悬爱
-01-

QIN AI DE
ZHONG QUAN XIAN SHENG

亲爱的
忠犬先生

翼苏 / 作品

贵州出版集团
贵州人民出版社

图书在版编目（CIP）数据

亲爱的忠犬先生 / 翼苏著. —— 贵阳：贵州人民出
版社, 2016.8（2020.3重印）
ISBN 978-7-221-13451-6

Ⅰ.①亲… Ⅱ.①翼… Ⅲ.①长篇小说 – 中国 – 当代
Ⅳ.①I247.5

中国版本图书馆 CIP 数据核字 (2016) 第 201514号

亲爱的忠犬先生

翼苏 著

出 版 人　苏　桦

出版统筹　陈继光

选题策划　胡晨艳

责任编辑　程林骁

流程编辑　唐　博

特约编辑　菜秧子

装帧设计　刘　艳

内页设计　逸　一

封面绘制　吴谊泽

出版发行　贵州人民出版社（贵阳市观山湖区会展东路SOHO办公区A座
　　　　　邮编550081）

印　　刷　三河市华东印刷有限公司

开　　本　32开（889mm×1194mm）

字　　数　283千字

印　　张　9

版　　次　2016 年 10 月第 1 版

印　　次　2016 年 10 月第 1 次印刷
　　　　　2020 年3月第2次印刷

书　　号　ISBN 978-7-221-13451-6

定　　价　45.00元

亲爱的忠犬先生

目录

卷　　一
心理挣扎

1. 初见

女生宿舍，两个女学生走到 402 门口，冲里面喊："妮妮，出去吃饭吗？"

一脸怒意的金妮妮在卫生间门口来回踱步，听到外面有人喊，赶紧打开了宿舍门，对着那两个女生道："你们等等我啊，我这急着上厕所呢。"

长发女生看到她的模样奇怪道："那你站在门口干吗呢，赶快进去上啊！"

金妮妮一肚子的气，指着卫生间的门愤慨道："那女的在洗澡呢，怎么进去啊，我这都等了十分钟了！"

短发女生吃了一惊，探头看了一眼："啊，又洗澡，这不才刚回来嘛。"

金妮妮满脸烦躁地道："你们又不是不知道，这女的一下课第一件事就是洗澡，一洗就是快两个小时，你们说我怎么受得了啊，又没法换宿舍。"

长发女生听完无语了，一副受不了的表情："真是怪人，你这要等到什么时候啊，来我们宿舍上厕所吧。"

金妮妮点点头，又狠狠踢了下紧闭的卫生间的门，然后才往外走："嗯，憋死我了，真是气死人了！"

下一秒，宿舍门被重重关上，门外女生的声音还是不断传了进来。

短发女生道："你说她是不是有病啊？我阿姨也有洁癖，可也没这样的啊。"

金妮妮一肚子火，明显是受够了："就是啊，大早上的起来洗澡，下了课又洗澡，晚自修回来还洗澡，一天不知道要换几件衣服，床单更是隔了两天就要换了，衣服晾在外面，风一大居然又收回来重新洗，你们知道她说什么吗？说是风大有灰，衣服脏了。你们说有这种人吗？"

长发女生听着倒吸了一口气，捂着胸口，漂亮的脸皱了起来："我的天哪，这么恐怖，真是脑子有病吧？"

金妮妮上完厕所出来洗手，路过自己宿舍的时候又瞪了一眼，似乎觉得这样才稍稍解气，她撇撇嘴道："算了算了，不提这怪人了，我们去吃好吃的去。"

门外渐渐安静下来，卫生间里能听到的只有花洒喷头源源不断流出来的哗哗水声和搓澡巾不断摩擦皮肤的声音。

浴室里的女孩披散着头发，水不断顺着她湿透的头发流过她身上的每一寸肌肤。她低着头，手中的搓澡巾不断地搓着手上的同一块皮肤，一下又一下，重重的、狠狠的，直到那块皮肤变红，她却好像一点都不觉得痛。

她喘着气，又继续搓着其他的地方，一遍又一遍，仿佛觉得身上永远也洗不干净。那些灰尘，那些垃圾，那些虫子，那些细菌，都沾染在她的身上，她一定要洗干净。

一个小时后，全身的皮肤都被搓得通红，她用手抚摸着自己的皮肤，似乎很满意。

"干净了，终于都干净了……"她低着头喃喃地道。

她扯了扯嘴角，轻轻笑了笑，笑出了声，有些神经质。

她从保鲜袋里拿出一块干净的毛巾，将头发擦干，然后严严实实地包住，接着又拿出一块毛巾，一点一点地将身体上的水擦干，做完这些，她把毛巾放在脸盆里，走出卫生间，从水池旁的桌子上的袋子里拿出自己的内衣和衣服，小心地穿上，她把裤脚挽起来，以免碰到地上的水。

却不想，脚下一滑，她整个人跌坐在湿漉漉的地上，手撑着地，包着头发的毛巾也掉落在地上，头发凌乱地散开，遮住了她发白的脸。

"啊！啊！"她手发着抖，慢慢抬到眼前，左手上沾着水，还有些脏脏的东西，就像是一块污点。她抓起地上的毛巾，毛巾却已经沾了地上的水，她一把扔掉，又慌乱地伸出右手去够水台上放在脸盆里的毛巾。

"咣当！"

脸盆翻倒在地上，发出有些闷闷的声响。

"啊！啊！啊！"女孩的嘴里发出痛苦的嘶吼，她抓着自己的头发，拍打着自己的身体，就像是一个疯子。

十月，刑侦队人事调动，原来的队长高宇翔调往 Z 市，副队长陆祯晋升为队长。

人事调动后的周一早上，一辆超级拉风的红色跑车驶入了警局的地下停车场，一个潇洒而漂亮的倒车后，车稳稳地停好了。下一秒，车门打开，走下来一个穿着时尚的年轻男人，一身名牌，从头发到鞋子无疑都是精心打理过的。他关上车门，抬起手摘下墨镜，露出了一张俊朗迷人的脸，站在车旁，就彰显了四个字：我很有钱。

下车的正是现在刑侦队的队长陆祯，他心情颇好地哼着曲子抬脚往电梯的方向走，正好碰上了队里的队员季浩然、季浩洋两兄弟，两人是双胞胎，长相身高都差不多，性格和说话的腔调也都挺像，还特意搞了一样的发型，穿着一样的衣服，不熟悉的人根本分不清他们谁是谁。

看到陆祯的那辆跑车，弟弟季浩洋下了车就直接冲了过去，对着陆祯谄媚地笑道："队长，恭喜啊。"

陆祯抬手和他打了个招呼，听到他这句话挑眉道："哟，消息挺灵通啊。"

这时季浩然也停好车走了过来，听到陆祯的话就道："那是，队长，我们是谁啊，这么重大的消息我们当然是第一时间就知道啦。"

"要说龚局这次真是做了一个非常明智的决定啊！"

陆祯听了心里难掩得意，但表面上却硬是装作不在意的模样，嘴角扬了一下，赶紧压了下去："行了，别拍马屁。"

看到好车就双眼发光的季浩洋伸出手摸着陆祯的跑车，嘿嘿笑着，简直恨不得一口亲上去了。

"队长，你车什么时候借我开开呗，给我过过瘾。"

陆祯还没吭声，季浩然就拍了拍弟弟的头："得了吧你，就你这路盲还能开车？你忘了上次你自己开车出去，半小时就到的地方，开着开着从市区开到郊区去了，你要是开着队长的车，还不直接跨市了！"

季浩洋苦着脸道："那是因为上次旁边坐着赵强啊！"

　　陆祯听了直接翻了个白眼："得，俩路盲碰一块了，你们能回来真是奇迹。"

　　说话间，三人进了电梯。

　　季浩然："队长，你说我们队会不会来个新人啊？"

　　"还真说不定会呢。"来新人陆祯倒是无所谓，只要听他管就行。

　　季浩然又问："队长，你说会不会又来一个像木九一样的人？"说完突然话锋一转，对自己弟弟道，"不过，木九这样的人我觉得也就秦队长能镇住，不然搁谁队里谁都受不了啊。"

　　陆祯睨着他挑了挑眉，气压已经低了下来。

　　毫无察觉的季浩洋赞同道："也是，要不我怎么佩服秦队呢，上次在婚礼上我还想调侃调侃他们，结果直接被木九给损了，话一出口直接把我秒杀了啊。"

　　季浩然也跟着附和："所以也就秦队长能行啊。"两人一唱一和，完全忘了旁边还有一位气量很小的某人。

　　"停。"陆祯出声打断他们，眯起眼睛盯着他们不满道，"你们这是在特意夸秦队呢还是在顺便贬低我呢？"

　　兄弟俩这才反应过来，紧张地吞了口口水，然后同时摇头摆手，动作一致，表情无辜："不是，队长，我们哪有啊。"

　　陆祯眯起眼睛咬牙切齿道："一点都没有吗？"

　　这时电梯门正好打开，两兄弟一瞥见，默契十足地直接溜了出去，三十六计走为上计！

　　"你们！"陆祯刚想冲上去追，走廊里却还有其他队里的人，他随即想到自己现在已经是队长了，左手往裤子口袋一插，马上放慢脚步，只好装作气定神闲地往办公室方向走。

　　陆祯刚走到办公室门口，就看到龚局和队里唯一的女队员桑雨欣急匆匆地走了过来。

　　联络员桑雨欣先一步开了口，面色凝重："队长，有案子了！"

　　一听到案子，陆祯条件反射般拧了眉头，接着便看向了桑雨欣旁边的龚局，一般的案子局长不会亲自来，除非是有特殊的情况。

　　"陆祯，情况紧急，我就长话短说了，你们队里现在缺人手，我给你们安排了一位心理学顾问协助你们办案，她已经直接去案发现场了，你们就在那里碰头吧。"龚局的目光沉稳而锐利，"不过有一点，她有些特别。"他只是提点了一下，并未多说。

　　旁边的桑雨欣自动过滤掉了心理学，一听到"顾问"这个词，脑子里一下子就联想到了高智商侦探，然后卷福的脸就浮现在她眼前，瞬间少女心就要爆棚了！

　　而一旁的陆祯却恰恰相反，他一听到"心理学"这三个字就头疼，脸色瞬间冷了下来。可惜，龚局一说完转身就走了，丝毫不给他任何反应的机会。

　　毕竟现在案子最重要，陆祯也没再纠结，让技术员方易留在办公室，其余人都即刻前往案发现场。

　　路上，季浩然、季浩洋还有桑雨欣三人都在猜测和讨论新来的顾问的身份和来历，唯有陆祯愁眉不展地开着车，一声不吭。三人都知道，他们的队长肯定是心情不爽了。

　　半个小时后，他们到了案发现场，一所寄宿制高中。

　　法医苏唯几乎和他们同时抵达，不同于陆祯张扬的外貌和性格，苏唯无论是气质还是性格都非常内敛，他戴着一副细框眼镜，面色冷峻，说话永远是冷冰冰的，周身都散发出一股禁欲而不容靠近的气息。

　　相比于性格有些跋扈的陆祯，苏唯简直就是那高岭之花，所以警局里的女警员们都视他为男神，毕竟她们只想欣赏男神，而不是被男神骂……

现场被严密地封锁起来，周围除了警察没有其他人，只有远处几个学生好奇地往这里张望。陆祯出示了证件带着他们进了封锁区。

在两个垃圾桶旁边的地上躺着一具女学生的尸体，然而尸体的旁边却蹲着一个年轻的女人，并没有穿着制服，明显不是警方人员。陆祯的表情一下子冷了下来，封锁区内是严禁其他人入内的，更别说她不光进来了，还离尸体这么近。

苏唯无疑是反应最大的，直接冲上去对她硬声道："马上离尸体远一点！"声音几乎冷到了冰点。

"抱歉。"年轻的女人并没有被这声音所吓到，她闻言抬起头离尸体远了些，反而面色平和地开口问，"你是法医苏唯吧。"

女人抬起头时，陆祯五人都看到了她的脸，皮肤白皙，五官精致，无疑是一位美女。然而陆祯可不是那种会怜香惜玉的人，特别是在这种情形下，他毫不掩饰自己的怒气，冲着周围的警员厉声喊道："谁放她进来的？"

周围的警员一时不知该如何解释，而就在这时，女人站直了身体，看向了陆祯的方向。

"是陆队长吧，抱歉，本来应该等你们来了再进来的。"

陆祯回头看着她，眼皮开始跳了，他突然有一种不好的预感，这么多警员怎么会擅自放她进来，除非她……不会是……

果然下一秒，女人神情自若地开了口："忘了自我介绍了，我是新来的顾问，我叫简宁。"

2. 味道

所有人都没预想到，新来的顾问竟然是一位如此年轻的女人，大家表情心情各异，而陆祯唯一的感受就是——头疼。

不喜与人交流的苏唯在听完简宁的介绍后，看了一眼她的眼睛，却什么都没有说，戴上手套蹲下来检查尸体，对于他来说，眼下最重要的就是尸体。

陆祯的表情和语气都算不上好，又向她确定了一次："你就是龚局安排的心理学顾问？"他几乎是无意识地在"心理学"这三个字上加重了语气。

简宁微微一笑："是。"

陆祯打量着简宁，不知在琢磨什么。就在这时，桑雨欣叫了他一声："队长。"

简宁表情不变，头转向了桑雨欣的方向："你是桑雨欣吧。"

听到自己的名字从简宁口中说出，桑雨欣一愣，而后反应过来："对，简顾问之前见过我们吗？"不然怎么会都知道他们的名字。

"不，我是个盲人，但我在龚局那儿听过你们各自的声音。"简宁语气轻松，如同在说一件不足为奇的小事一般。

盲人？！

这个事实带给他们的冲击无疑是剧烈的，除了早已看出的苏唯外，四人的表情几乎一致，龚局给他们找来协助办案的顾问竟是位盲人！听上去着实有些不可思议。

震惊之后，陆祯这才明白之前被他忽略的那句"她有些特别"指的是什么了。他看向简宁那双眼睛，双眸漆黑，虽然是双漂亮的眼睛，但的确少了几分灵动。

可是眼睛看不见要如何协助他们破案？

陆祯一直觉得心理学太过玄乎，现在的影视剧太过夸大其作用，他不禁开始质疑起龚局做出的决定。这么想着，他眯起眼睛，表情不善地看着对面的简宁，习惯性地抬起手想要咬指甲，却发现戴了手套，只好放了下来。

桑雨欣想起之前被打断的话，赶紧道："队长，我先去核查死者身份了。"

季家兄弟一看陆祯的表情，默契地对视一眼，决定还是先撤为妙："队长，那我们也先去勘察周围情况了啊。"

陆祯回头对他们摆摆手："嗯，去吧。"

陆祯一回头，发现简宁又自顾自在尸体旁蹲了下来，不过和尸体保持着一定的距离。让他觉得意外的是，照理说她看不见，却丝毫没有影响到苏唯对尸体进行检查，但他实在不理解她在干吗。

过了一会儿，等苏唯收起验尸的工具，陆祯开口问他："苏唯，死者什么情况？"

苏唯没抬头，冷冷地说出结论："高楼坠落致伤出血死亡，身上还有几处伤口，应该是坠楼过程中碰到了打开的窗户造成的。"

陆祯抬头看去，果然是有一扇没有关上的窗户。

陆祯又问："死亡时间呢？"

苏唯回道："九到十小时之前。"

陆祯推算了一下："那就是晚上十一点到零点了。"而后他又问了旁边的警员，"是谁最先发现尸体的？"

警员道："是一名清洁工，早上来这里收拾垃圾的时候看到的，之后就报了警，学校先封锁起来了，所以现场没有被破坏。"

陆祯又问了几句，没过多久季浩然和季浩洋也走了过来，走到陆祯面前。季浩然道："队长，我们刚去看了学校的监控，十点二十三分的时候这个女生独自进入这幢教学楼，之后没有人进去过，在十一点二十六分的时候，就拍到她坠楼的画面，这之后也没有人出来或者进去过。"

等自己哥哥说完，季浩洋马上说出了自己的想法："我觉得基本可以判定为自杀了。"毕竟监控记录得很清楚，整栋教学楼当时只有死者一个人。

　　陆祯还想说些什么，就听到苏唯清冷的声音从身后传来："简顾问，简顾问，你觉得我的尸检有问题吗？"

　　简宁稍稍远离了尸体，抬头对苏唯道："不是，我只是觉得有些奇怪。"

　　陆祯挑眉看向她："哪里奇怪啊？"

　　简宁淡淡说出了两个字："味道。"

　　"味道？"陆祯闻言俯下身子细细闻了闻，眉头微皱，显然这里的味道并不怎么样，"我闻到了垃圾的味道、血的味道还有尸体的味道，这些味道有问题吗？"

　　简宁听后却摇了摇头："不只是这些，还有消毒药水的味道，在尸体上的，全身都有。"

　　季浩然和季浩洋听后一愣，是真的惊讶，这都能辨别得出？！

　　而陆祯则对她的判断有些怀疑，随后看向苏唯，希望能从他那边获得答案。

　　苏唯闻言又看了简宁一眼，语气比之前好了些："嗯，的确是有。"

　　"哇，简顾问你好厉害！"

　　"是啊，这都能闻得出！"

　　陆祯一看自己队员们的反应，心想你们还不是觉得她长得好看，不过是闻出个消毒水味有什么了不起的，他想着不由得轻哼了一声。

　　这声轻哼自然被简宁听到了，不过她偏头看着陆祯的方向徐徐一笑，并没有说什么。

　　陆祯看到她的笑容，别开脸看向尸体，暗自思索起来，一个跳楼自杀的女学生的身上有着消毒水的味道，的确是让人觉得奇怪。

　　在场的人还在思考这个奇怪的问题，去调查死者身份的桑雨欣已经回来了。

她手里拿着一个本子，对陆祯道："队长，我已经查到死者信息了，戴佳音，今年十八岁，是这所高中高三（4）班的学生。"

简宁听完猛地抬头，看向桑雨欣所在的方向："你说她叫什么？"

"啊？"桑雨欣有一瞬间的错觉，觉得简宁真的是在看她，而且能看到她，但是马上她就意识到这显然是错觉，赶紧重复了一遍，"简顾问，死者叫戴佳音。"

简宁的心猛地一沉。

一个扎着马尾辫、长相清秀的女学生站在学校的小路上，她神情有些紧张，两只手不自然地握成拳，有些僵硬地摆在身体两侧，时不时往四周张望着，像是在等人。

今天的太阳有些晒，虽然在树荫下，但不久后她的额头上还是出了汗，她赶紧从口袋里拿出一个保鲜袋，掏出里面的手帕，将脸上的汗擦去。

不远处传来的脚步声让女生停下了手上的动作，她收好手帕，静静地听着，像是在确认来的是谁。

首先说话的是一位中年人："这次麻烦你了，还特意过来，我看学生的反响非常好。"

接着一个年轻的声音回答道："老师，您不用跟我客气。"

中年人笑了笑："行，请你去吃饭就当作是谢礼了。"

两人离女生所在的那条小路越来越近，女生抓着自己的衣角，做了好几个深呼吸，像是终于做好了准备，迈开脚步向两人的方向走去。

"老师好。"一个怯怯的声音打断了正在交谈中的两人。

两人停下脚步看向她，对她点了点头："你好。"

女生紧张地开口，眼睛看向那个年轻女人，声音也有些轻："老师，我想向您请教些问题，不、不知道您有没有空？"

中年人拍拍年轻女人的肩膀，道："看来是找你的，那行，你们先聊着，我就在前面等你。"

年轻女人转头对中年人道："好的。"

中年人走后，女生两只手紧张地相互握着，迟迟没有开口。

年轻女人察觉到她的紧张，便道："不用紧张，你叫什么名字？"

女生低着头轻轻地道："我、我叫戴佳音。"

年轻女人的声音低缓而温柔："嗯，很好听的名字，可以叫你佳音吗？"

女生点点头："可以。"

女生没有说话，年轻女人便主动问她："那佳音有什么问题要问我呢？"

"那个……"女生似乎觉得有些难以启齿，慢吞吞地说道，"我觉得、觉得自己有问题。"

年轻女人追问："什么样的问题？"

女生咬着嘴唇，陷入了沉默，心里还在挣扎。

年轻女人鼓励道："佳音，没关系的，你想解决问题就先要说出口。"

等了片刻，她终于听到了女生怯怯的声音。

"我觉得浑身难受，觉得自己身上很脏，周围也、也很脏。"

年轻女人听后若有所思，而后问："那你站在这里觉得难受吗？"

女生老实地回答："难受。"她用手抱着自己的手臂，从姿势上就可以感受到她的不安。

"所以你回到宿舍就会洗澡、换新的衣服，对吗？"

女生的语速加快，夹杂着烦躁："对的，不然就会很难受，觉得脏东西都在我的身上。"

年轻女人安抚她："这说明你很爱干净，佳音，首先你要知道这不是什么大问题，这样你才能克服它。你来找我是想要缓解这种不舒服的感觉是吗？"

女生点头道："是的，我想变得和正常人一样，因为同学都觉得我是个怪人，都离我远远的。"

"你的想法很好，你现在已经迈出了第一步。"

女生苦着脸，眼睛里隐隐含着泪："我觉得很害怕，觉得自己会变成疯子，我不想这样下去了。"

年轻女人慢慢引导她："不要怕，佳音，你先闭上眼睛。很好，就是这样，现在告诉我你闻到了什么？"

女生紧紧皱着眉，闭上眼睛让她更加感到不安，仿佛垃圾就在她旁边，随时会沾在她的身上。她紧紧拧着眉头："臭味，垃圾的臭味。"

"不，这里没有垃圾，这里很干净，放松些。"年轻女人的声音低柔，带着让人安心的力量，

女生的眉头皱得更紧，手也紧紧相握着："还有虫子。"

"佳音，你闻不到虫子的味道的，而且它们都离你远远的，放松下来，感觉一下，你闻到了什么？"

女生的表情此时稍稍放松了些："有，好像有太阳的味道。"

"对，很好。"女人继续引导她，"你明白的，太阳是对你好的，还有呢？"

"还有泥土的味道，那很脏。"女生的表情随之又紧张起来。

"但是你碰不到它们，你站在路上，那些泥土都在花坛里。"年轻女人蹲下身体在花坛里摸索了一下，然后站起身把一样东西放到女生的鼻子前，"佳音，告诉我，你现在闻到了什么？"

女生动了动鼻子，闻到的味道似乎让她有些放松："有点香，像是花的味道。"

年轻女人道："对，没错，现在睁开眼。你看，就是花，对吧，

很香很美，就像你一样。"

女生怔怔地看着眼前的花。

年轻女人感觉到了女生的变化，接着道："不要拒绝它，相信你闻到的，看到的，即使它生长在泥土里，让你觉得脏的泥土里，你看，它依旧很香很美很干净，你也是。所以不要排斥那些美的东西，包括你自己，因为真正干净的是不会被那些脏东西所污染的。"

女生抬头看着她，声音带着些颤抖："真的吗？"

女人淡淡地笑了："当然是真的，虽然我看不见你，但我能感觉到你是一个很干净很美丽的女孩。"

"老师，谢谢你。"女生拿着花，紧绷的脸上终于露出了一丝笑容。

年轻女人抬起手摸了摸她的头发，从口袋里拿出一张名片，对她道："这上面有我的手机号，如果你需要帮助可以随时联系我。"

女生接过名片，看到了名片上写的名字——简宁。

3. 强迫

陆祯发现简宁的脸色不对，随口问道："怎么？难道你认识她？"

简宁的脸转了回去，又对着女生的尸体，缓缓道："两年前我来过这所学校，当时她找到我希望能帮她解决心理问题。"

陆祯想到了简宁的身份，有学生找她解决心理问题倒也正常。

"她有什么心理问题？"

简宁站起身，缓缓道："洁癖强迫症，极度爱干净，觉得周围包括身上都很脏，她每天只要出了门，回来一定要洗澡换衣服，每天会反反复复地洗手，她觉得周围都是垃圾、细菌，会沾染到她的身上。"

老是一惊一乍的季浩洋听后大叫起来："我的妈呀，这么恐怖？"

而后转头看向季浩然，发现和自己是一个表情，明显两个人脑子里都在想这个女生一天的生活，洗洗洗！除了洗还是洗啊。

　　桑雨欣自己也有些洁癖，不过也从来没想过过度了反而会成为一种心理疾病。

　　陆祯也拧着眉头，有些无法想象："所以她让你给她做心理辅导？"

　　"我给她做了将近半年的心理辅导，那时候她的症状已经有了很大的缓解。但是，现在，如果这些消毒水是她自己擦在身上的，那么她的症状已经比两年前加重了，而且严重很多。"辅导结束后，她们还维持了差不多两个月的联系，当时她的情况也比较稳定。

　　桑雨欣推断道："估计是病情有所反复吧，之前好了，现在又加重了。"

　　简宁面色变得有些沉重，她摇了摇头："可这就更加不合理了。"

　　桑雨欣不明白，用手摸了摸脖子："不合理？"

　　"对。"简宁还没有回答，陆祯突然开口了，"的确太不合理了，尸体周围都是垃圾筒，你们想一个有些洁癖的人怎么可能会往这里跳？"陆祯说完发现简宁点了点头，他抿了抿嘴，有些不乐意，视线马上移向了别处。

　　季浩然知道这是从心理学的角度分析的，不过，他想到了另外一种可能，便道："不过也有可能啊，你们想她是十点多的时候走进教学楼的，十一点多才跳楼的，那时候天已经完全黑了，她肯定看不到楼下是垃圾桶嘛。"

　　简宁还是摇头，非常笃定地道："这种情况是不可能的，她对垃圾臭味非常敏感，即使周围有一点点垃圾她也会感觉得到，所以她肯定知道这里有垃圾桶。"

　　桑雨欣又纳闷了："知道了还跳下去，那这是什么情况？"

　　简宁解释道："她这是从一个极端走向另一个极端了，这一段时间肯定在她的身上发生了什么事，严重刺激到了她。"

陆祯沉思了片刻，发现了一个奇怪的地方："还有，从她走进教学楼到她坠楼，中间相隔了整整一个小时。"

季浩洋抬头看了一眼这栋教学楼，开口道："是啊，时间未免太长了些，走得再慢，十五分钟绝对可以到楼顶了。"

一个小时，她是在等待还是在挣扎，又与她最后的死亡有没有关系呢？

陆祯听完目前所掌握的信息后作了部署："这样，季浩然和季浩洋你们继续勘察现场，包括整个教学楼里，看看还有什么其他线索，都给我查仔细了啊。"

两人点头道："知道了，队长。"

陆祯转头看向桑雨欣："桑雨欣你去联系一下死者家属，询问一下死者的生活状态和最后联系家人的时间。"

"好的，那我去了。"

苏唯做完检查，没有其他发现后便起身对陆祯道："那我先回法医室验尸了。"苏唯不善交流，而且比起其他地方，法医室更让他觉得自在，队里的人都知道这点。

陆祯冲他点了点头。等苏唯带着尸体离开，现场转眼之间就剩下了陆祯还有简宁，陆祯实在不想和她待一起，便先问她："简顾问现在准备去哪儿？如果要回局里可以和苏唯一起。"他赶紧往身后看去，也不知道苏唯走了没。

简宁看着他的方向轻笑："我准备去戴佳音的宿舍，陆队长不去吗？"

唉，真是，他也正想去那里，岂不是要一起了……陆祯无声地碎碎念了一会儿，最后无奈地从嘴里蹦出一个字："去。"

两人离开封锁线，陆祯却发现简宁没有带盲杖，心想她怎么走，难道还要他扶着吗?

简宁却像是能看穿他的心思一般:"你走在前面就好,我会跟着的。"

"哦。"陆祯松了口气,他本身就是不怎么会照顾人的人,真要让他扶着简宁走,还真是别扭。

陆祯往前走着,听到了跟在身后的脚步声。他回头一看,果然简宁跟在他身后走,离他大约两步的距离,而简宁像是能感知到他的视线一般,竟然徐徐一笑。明明知道简宁看不见,但他还是有种心虚的感觉,赶紧转回头清了清嗓子。

"陆队长是不是不喜欢心理学?"

陆祯脚步一顿,没想到简宁会这样问,他还以为简宁会问是不是对她有意见呢?毕竟他表现的就像是那样,他皱着眉头疑惑地问:"你为什么会这么觉得?"他没否认,因为这的确是他的想法。

"你对我表现出反感,却不是因为我这个人,而是因为我是心理学的顾问。"

陆祯嗯哼了一声。

"至于你不喜欢心理学的原因,我猜是源自于生活中。"简宁顿了一下,"大约,是前女友吧。"

"咳咳,咳咳……"听到"前女友"三个字,陆祯直接被呛到了。这次他直接停下来,转身一脸见鬼一般看着简宁,而她的脸上明显就是完全看穿你的表情。

陆祯咬着牙恨恨地看着她。简宁竟然完全猜对了,他的前女友就是心理学专业,动不动就拿他作分析,恨不得找出他身上所有的问题,他实在受不了,两人大吵一架后不欢而散,就因为这个,他对心理学实在没什么好感。

陆祯面色不善地看着简宁,简宁却先开了口:"抱歉分析了你。"

她这话说得格外真诚，"的确心理学不是万能的，它在办案中只是起了一部分的作用，帮助你们更快锁定嫌疑人而已，所以之后我也只会对嫌疑人进行分析，而不是身边的人，这一点陆队长可以放心。"

最后那句话像是给了陆祯一个承诺，又像是在安抚他的情绪。陆祯对她的敌意也稍微少了些，不过真要让说出什么软话他也不会说，于是沉默了一会儿有些扭捏地憋出了一句话："嗯，行，反正，只要能尽快破案就好。"声音低得像是在自言自语。

这个插曲之后，陆祯和简宁来到戴佳音班级所在的宿舍楼，在楼下的房间里，他们找到了这幢宿舍的管理阿姨。

陆祯先开口问："阿姨您好，我想问一下戴佳音是一直住在宿舍里吗？"

那管理员阿姨一听到他们是来问戴佳音的，就压低声音打探起了消息："是啊，警察同志，听说她跳楼自杀了是不是啊？"

案件还没有查明，陆祯当然不会透露任何消息，只是道："我们现在在调查，据我所知，学生每天晚上是要在规定时间内回到自己宿舍的吧。"

阿姨点头道："是啊，十点钟熄灯，九点四十五分前一定要在宿舍里了。"

"那每天都应该会有人查寝吧。"陆祯记得住宿学校都是这样。

阿姨："是有，通常是楼组长，基本安排两个学生查一幢楼。"

陆祯："那昨天晚上查寝的时候戴佳音在宿舍吗？"

阿姨翻了翻昨天的记录，道："昨天应该全都到齐，没有人不在宿舍里。"

陆祯细问："而且十点之后也没有人出过宿舍楼吗？"

阿姨很干脆地摇摇头："没有，十点之后我们都是锁门的，根本没法出去，进来也是要我们开门才能进来。"

陆祯抬手指了指外面："我看到旁边还有围栏，有没有可能有学生爬出去呢？"

管理员阿姨指了指身后的监控："这也不可能，那边都是装着摄像头的。"

"让我们看一下。"陆祯调出了那天晚上的监控，九点四十五分之后确实没有人进出宿舍了。为了查清楚戴佳音下课后的去向，陆祯又打电话给季浩然，让他去问学校要了学校内的所有监控录像，发给方易。

陆祯挂了电话，对宿管阿姨道："好，这样我们就排除了所有的可能性，可是昨天晚上十点二十三分的时候戴佳音却出现在教学楼那里，她并不在自己的宿舍里啊。"

管理员阿姨一听，不满地道："啊呀，现在的小姑娘真是，都不负责任，估计都没好好地查寝，真是，等她下课回来，我要好好说她一顿。"

陆祯打断她道："阿姨，现在也不是追究谁责任的时候，戴佳音的宿舍在哪里，麻烦带我们去看一下。"

"好好，警察同志你们等等，我去拿钥匙。"

管理员阿姨拿着戴佳音宿舍的钥匙，带着他们上楼，边走边说："现在的孩子啊，心理承受能力太差了，说她两句，就要不高兴哭鼻子了，这要是遇上什么大事，直接想不开了啊。"

陆祯见这阿姨挺八卦的也愿意聊，就问："阿姨，戴佳音这个学生平时在宿舍里的表现怎么样？"

那阿姨显然对戴佳音非常了解："好爱干净的小姑娘，看着有洁癖吧，桌子、衣橱啊什么的不许别人碰，而且每次洗澡都要洗两个小时，每天呢要洗好几次澡，和她一个宿舍的学生都要求换宿舍呢，你们想这卫生间基本就她一个人霸着了，谁都受不了啊。"

　　陆祯想想也是，即使知道她心理存在问题控制不住，刚开始可能还会理解，可是天天生活在一起就不是谁都能接受的了。

　　"所以她和宿舍里其他女生的关系并不好？"

　　阿姨摇摇头道："当然不好了，她啊每天都是一个人进进出出的，估计班级里的同学都挺排挤她的，好几次听到她宿舍的女生和另外几个女生在背后讨论她，说她是个怪人。估计啊心理承受不了了吧。"

　　正说着，阿姨在一间宿舍门口停了下来："哟，到了，就是这间。"然后她拿出钥匙插在钥匙孔里打开了门。

　　陆祯对阿姨道："谢谢您啊阿姨，没别的事了。"

　　阿姨笑笑："没事，这不是帮助警察嘛，那我就先下去了，你们慢慢看。"

　　简宁也对她道："谢谢阿姨。"

　　两人一前一后走进戴佳音住的宿舍，简宁摸索到了卫生间的门，推开之后，就闻到了淡淡的消毒水味道，她走出来对陆祯道："很可能她下课后回了一趟宿舍，并且洗了澡，之后再出门的。"

　　陆祯倒是没想到去检查卫生间，"哦"了一声后继续往里走，看了一圈宿舍的情况，开口道："这宿舍可真是干净啊，一共是四个床位，但是有两个床位是空着的，看来这里住着戴佳音和另外一个女学生。"他故意说出来且说得大声，就是为了让还在卫生间观察的简宁听到。

　　他说着又有了发现："妈呀，她的书柜是用一块布遮住的，里面还用透明膜又包了一层。"

　　陆祯放下布又转身打开戴佳音的衣橱："里面的每件衣服都是分开来放的，而且每件衣服都放在透明的袋子里，这里还有几块手帕，都是用保鲜袋包好的。"他感叹着关上衣橱门，蹲了下去，又发现了些东西，"还有各种洗涤用品，消毒水还有酒精、手套。"

　　这时简宁走了进来，听了陆祯的描述，表情有些凝重："她的情况的确非常严重了。"

陆祯又爬到戴佳音的床上去看了看，下来摇了摇头道："要不是亲眼所见，我还真是无法想象她的生活状态。"

简宁有些无奈地道："更多的时候，她是控制不住，这是一种强迫心瘾。另外你可以看看她的笔，肯定没有铅笔和橡皮。"

陆祯看了一眼笔筒里的笔，又看向简宁。

"还真是。"他随后明白过来，铅笔屑和橡皮屑对戴佳音来说都是脏的东西。

"所以这种强迫不仅影响到了她的生活，还有学习各方面。"

"看来她一直很痛苦，但这只能解释她为何自杀，问题是……"陆祯话还没说完，门口就传来开门的声音。

陆祯回头看去，门口出现了一个女学生。

女学生看到他们时明显一愣，但马上就大喊了一声："你们在这里干吗？"

陆祯向她出示了证件："警察。同学，你住在这里？"

女学生两只手紧紧握着书包带子，慢慢走了进来："是啊。"

"这么说你就是戴佳音的舍友了。"陆祯看了一眼时间，挑眉问，"不过现在应该是上课时间吧。"

女生走到自己床铺前，回头瞥了他一眼又继续打开橱门："听说她自杀了，我要回来把东西都搬走，我要换宿舍了。"

陆祯语气有些意外："这么急？"

女生的脸上马上出现了一种厌烦的表情："能不急嘛，一起住的人死了，万一晚上来缠着我怎么办。"她说着从里面拿出一个行李箱，拉开拉链把衣服往里面扔。

陆祯看着她的动作道："看来你和戴佳音的关系不太好。"

女生皱了眉头，放下衣服转身指着她的床铺道："谁会和这种怪人关系好。你们也看到了吧，严重的洁癖啊，其实我一直觉得她脑子有问题的。"

陆祯想想也表示理解，接着问："那昨天晚上戴佳音是几点离开宿舍的？"

女生明显感觉有些烦了，但碍于对方是警察，还是老实回答了："我们昨天晚上有晚自修，但是她没来，所以我也不知道，我上完晚自修回来，宿舍里没有人，熄灯之后她也没有回来过。"

这时，简宁开口问她："戴佳音有手机或者电脑吗？"

女生瞥了简宁一眼道："有啊，手机和电脑都有，昨天早上的时候我还看到她用电脑呢。"说完她又继续收拾东西。

女生的话立马让陆祯的表情变得沉重了——

"可是宿舍里并没有，现场也没有发现。"

那就是又一个问题了，手机和电脑在哪里？

4. 谜团

这无疑是一个重要的发现，陆祯马上打电话给了方易。

"方易，你看一下昨天的监控，找戴佳音那天所有去过的地方，不要漏掉任何一个地方。"

方易汇报道："好的，我现在刚看到昨天早上的监控，她七点十分出了宿舍楼，去了食堂，七点三十出了食堂，七点四十三的时候到了教学楼。"

陆祯追问："你在监控里可以看到她拿着手机还有电脑吗？"

方易回答道："她就背了个包，但是我不能确定里面有没有手机或者电脑，暂时没有看到她拿出来过。"

陆祯："好的，加油，你接着看吧，先挂了。"

陆祯挂了电话，对简宁道："现在有两种可能性，戴佳音昨天把手机和电脑带出了宿舍，不知道是什么原因，最后那两个东西不在她身边，另一种就是手机和电脑在宿舍，并没有被戴佳音拿出去，但是现在却不见了。"

那女生听了马上就叫了起来："你这意思是说我偷了吗？我会去偷她的东西？"

陆祯对她摆了下手："我可没有这个意思啊，对了，你们宿舍平时还有谁会来吗？"

女生摇摇头，松了口气："没有，我基本除了睡觉不太待在宿舍里，所以这个宿舍基本就是她一个人在。"

简宁问："所以她也没有朋友来找她？"

女生一副觉得很可笑的口气："她怎么可能会有朋友啊，而且她也不许别人碰她的任何东西，所以她的柜子和衣橱都是锁着的。"

"等等，你说锁着的？"陆祯回头看去，柜子和衣橱门都没有锁，他转回头，蹙眉问，"你昨天晚上的时候看到衣橱是锁着的吗？"

女生道："是啊，她每天都锁的，晚上的时候肯定也是锁着的。"

可现在却并没有被锁住，昨天晚上之后戴佳音已经死了，就是说这个橱门是别人开的。

陆祯和简宁走出了戴佳音的宿舍，陆祯双手叉腰，动作看上去有些散漫，表情却是一本正经。他开口分析道："戴佳音的舍友早上七点的时候离开宿舍，我们到宿舍是在九点二十分，这中间有两个多小时的时间，戴佳音的宿舍是没有人的。"

简宁道："所以一种可能性是有人在这一段时间偷走了戴佳音的手机和电脑。"

陆祯拧了眉头："虽然这应该是最贴切的判断，但是为什么那个人要拿走手机和电脑呢？"

简宁推测道："因为手机和电脑里有那个人不想被人知道的东西。"

"所以偷走了就不会有人发现了，而且它们的主人现在也死了。"陆祯叹了口气，压低声音，"看来这已经不是一起简单的自杀案了。"

季浩然和季浩洋对现场的勘察已经完成，因为快到吃饭的时间，四人便去附近的餐馆吃饭。

四人点好了菜，趁着菜还没上，便开始聊起了案子。

季浩然道："队长，我们去教学楼里仔细检查过了，没有看到死者的包，所以也没有手机、电脑包括钥匙。"

陆祯追问："连钥匙都没有？"

季浩然摊手道："没有，什么都没有。"

陆祯叹了口气道："算了，先吃饭吧，等会儿我们回局里，看看方易监控看得怎么样了。"

季浩洋嘿嘿笑道："我觉得他眼睛肯定花了，看每个人的脸都是一样的。"方易有轻微的脸盲症，季家兄弟他到现在还时常搞错，有一次隔壁的女警察剪了短发，方易居然一下子没认出她来，还以为是新来的同事，因为脸盲症闹了不少笑话。

陆祯听了也笑了："放心吧，识别软件会帮助他的。"

"简宁？真是你啊。"一个中年男人的声音打断了他们的对话。几人抬头看去，就看到了一个戴着眼镜的男人，长相斯文，中等身材，脸上带着些笑意。

简宁马上听出了这个声音："唐老师？是唐老师吧。"

唐老师笑了笑，脸上的皱纹显得更加明显："不容易啊，你居然还能听出我的声音。说起来自从你上次来我们学校做讲座之后两年没见了吧，不过也是因为我前年出国了，今年才回来的。哦，你现在是警察了吗？"

简宁点头道："嗯，在刑侦队。"

唐老师又向在场的其他人点头笑了下："那不错，对了，那你们这次来是为了戴佳音的案子吧。"

"是的。"简宁顿了下，随后问，"唐老师认识这个学生吗？"

唐老师摇了摇头，有些惋惜地道："不认识，真是可怜的孩子，或许是学习压力太大了吧。不过你们要是有什么需要帮助，尽管联系我。"

简宁淡淡地笑了："谢谢唐老师。"

"没事，那我不打扰你们吃饭，我也该回学校去了。"

简宁点了点头道："唐老师再见。"

唐老师走后，季浩然和季浩洋也紧接着去了洗手间。

陆祯没忍住，犹豫了一会儿还是开了口："他是你以前的老师？"问出口了又后悔了，关他什么事啊？

简宁摇头道："不是，是认识的老师。"

"哦。"陆祯应了一声。饭桌上又恢复了一片尴尬的沉默。

陆祯无聊地玩着筷子，眼睛瞥着洗手间的方向，心想这兄弟俩去了这么久怎么还没回来！

季家兄弟回来后没多久，菜渐渐被摆上了桌，因为肚子饿，季浩然和季浩洋倒是自顾自动筷子吃上了。

陆祯瞥了一眼简宁，心想她看不见要怎么夹菜呢？队里唯一的女队员桑雨欣又不在，对面那俩死小子之前还左一句简顾问厉害，右一句简顾问厉害的，现在怎么也不关心人家一下！哎，真是，他之前还表现得不欢迎她来的样子，难不成现在还要主动给她夹菜？不过……

他转念一想，不就是夹个菜，也没什么。

但是……

陆祯抬起右手撑着额头，他活了二十多年还没给什么人夹过菜呢！

短短一分钟的时间，陆祯的心理活动可谓相当丰富。

挣扎纠结了半天，陆祯还是拿起公筷夹了一块肉，清了清嗓子，偏头看向简宁，手也慢慢移向了旁边。

而此时，他却看到简宁不知何时已经夹了一块肉，放进了嘴里，正细细咀嚼着。

陆祯此刻真是一脸"我刚才在纠结个什么鬼"的表情，手还悬在半空中维持着刚才的姿势。

还好简宁看不到他现在的动作，陆祯暗自松了口气，正欲缩回手，却被季浩洋看到了。

"队长，简顾问说了，她自己吃饭没有问题，你不用给她夹菜的。"

陆祯："……"

简宁听到季浩洋的话，抬起头看向了陆祯，眼里隐隐有些笑意。

陆祯别开脸，然后狠狠瞪了一眼季浩洋，咬牙切齿道："我自己吃！"然后把肉一口塞进了嘴里。

"谢谢。"轻柔的女声从旁边传来。

陆祯抿了抿嘴，偏头看着简宁的侧颜，半晌就憋出了一个字："嗯。"

好不容易吃完了饭，四人开车回了警局，桑雨欣还在戴佳音的家里没有回局里。一进办公室，他们就看到方易摇晃着脑袋，揉着太阳穴，紧紧盯着电脑屏幕。方易脾气温和，长得白白净净的，此时看上去就像是一只蔫了的小白猫。

陆祯走过去拍了下他："怎么了，方易，眼花了？"

方易停下动作，转头对他们诉苦："队长，你们回来了。怎么可能不眼花，那么多人呢。我现在看人都觉得他们的面部都是糊的。"

季浩然和季浩洋使坏地把脸凑到他面前："方易啊，你现在是不是觉得我们兄弟俩完全一样啊？"

方易回头看着两张几乎一样的脸，只觉得眼睛更花了，痛苦地捂着自己的眼睛："天哪，哥哥们，我这段时间肯定分不出你们俩了。"

陆祯赶紧把这俩活宝拍开："行了，你们俩别搞他。方易，来汇报一下你眼花的成果吧。"

方易喘了口气，喝了口水润了润嗓后开始汇报："昨天早上死者去了教学楼，然后上课，中午去吃了饭，下午继续上课，晚上吃了晚饭。"

季浩洋听后很不给面子地翻了个白眼道："怎么跟流水账似的。"

方易无奈地道："没办法，我看到的就是这样的啊。"

陆祯瞪了季浩洋一眼，直接把他拍走了："去，别理他，方易你继续说。"

方易推了推眼镜："晚饭之后，她去了图书馆，到了九点的时候才出来的。"

陆祯问："她在图书馆里干什么能知道吗？"

方易遗憾地摇了摇头："不知道，除了门口柜台的位置有，里面是没有摄像头的。"

陆祯接着问："她从图书馆出来之后呢？"

方易叹了口气，表情郁闷，把那段监控放出来给他们看："问题就在这里，有一段时间她是在监控里的，但是之后就消失了，你们看，是吧，那段时间她走到了一片监控盲区。"

陆祯看着画面中的戴佳音，眉头紧锁："到她再次出现，中间有多久？"

方易道："再次出现，就是在十点了，那时候就是她走到教学楼的时候。"

陆祯依旧拧着眉头："那就是将近一个小时了。"她究竟在那里干了什么呢？

简宁这时开了口："方易，她早上背的书包呢？"

收到桑雨欣短信的方易已经知道了简宁是新来的顾问，而且她的眼睛看不见，他不由得看向了她的眼睛，那是一双看一眼他就能记住的眼睛，因为他有轻微脸盲症，所以他往往会找到每个人外貌中最特别的一处记住。

他记住特案队木九的也是眼睛，但是她们两人的眼睛却不同，木九的眼睛具有攻击性，像是能看穿别人的心思一样，而简宁的眼睛却平静得像一潭湖水，温和带给人信任感。

方易回过神马上调出十点时的那段监控，指着画面中的女生道："就是晚上十点的时候，包不见了。"

简宁对方易笑了下："辛苦了。"

看到对方的笑容，方易连连摇头："不辛苦，不辛苦。"

陆祯一脸嫌弃地看着方易，刚才还说眼花了累死了，转眼又说不辛苦了？

他们不知道戴佳音那天晚上为什么没有参加晚自修，而是独自去了图书馆。

也不知道她在图书馆干了什么？是看了书还是写了作业，或是见了什么人，而后的那在监控中消失的一个小时，她是独自一个人还是和别人在一起，避开摄像头是无意还是刻意的。

不知道她为什么在那时留下了自己的包，那包现在又在哪里。

他们不知道她是以怎样的心情走进教学楼的，更不知道她最后为什么选择了跳楼。

所有的答案都被一团迷雾覆盖，那团迷雾掩盖了真相，或许还掩盖了某些秘密，他们现在都没法看到。

5. 监听

戴佳音的验尸报告没有任何疑点，和苏唯在现场做的初步检查相同，体内也没有检测出任何的药物，所以不存在药物导致的精神错乱而自杀。

到了下午，桑雨欣回到了局里，向他们描述了她了解到的情况。

"我去了戴佳音的家里，她父母都在，我观察下来，她母亲也有洁癖，但是没有像戴佳音那么严重。"

因为简宁曾经给戴佳音做过心理咨询，因此她坐在椅子上，向他们解释了戴佳音出现这种症状的原因。

"戴佳音之所以会有洁癖强迫症很大原因是来源于小时候的刺激。在她十岁的时候，放暑假期间，和她父母去乡下看望独自居住的外公，因为想给外公一个惊喜，戴佳音最先冲进了房间，看到的却是已经去世的外公，还有因为天气炎热，尸体已经生蛆了。那件事给她带来了很大的阴影，很长的一段时间，她都觉得蛆爬在她的身上，所以才会引发了洁癖强迫症。"

简宁说到蛆，非常怕虫子的季浩洋已经整个人都不好了。

陆祯拧了眉头，倒是没想到会是因为这样的原因："这样的事情给孩子造成的阴影确实是会挺大的。"一个只有十岁的孩子看到这样的景象，可能就会留下永远无法磨灭的阴影。

桑雨欣继续道："但是我在听她母亲的描述中觉得戴佳音虽然经常会洗澡洗手什么的，可远远没有在学校里表现得那么严重，也没有发现她会用消毒水洗手洗澡。"

简宁略微沉思了一下，说出了自己的判断："这就说明她最近的刺激源是在学校，在家里她感觉到舒适，但是学校却让她觉得紧张，甚至是危险。"

　　桑雨欣拿出了厚厚的一沓日记本："还有，简顾问，我去戴佳音的房间里看过，找到了一些日记，最开始的是从她小学五年级的时候，而两年前的一篇日记里还写着简顾问你呢，说是心理辅导给她的帮助很大，但是最后一篇日记是在 4 月 10 号写的了，之后她好像就再也没有写日记了。"

　　陆祯直接忽略了桑雨欣开头那句，先简宁一步问："最后一篇日记写的是什么？"

　　桑雨欣翻到了那一页看了一眼道："没什么特别的，就是写了学校里的活动。"

　　陆祯拿过日记翻了一下："但是从那时候起，她却停止了写日记的习惯。"

　　向来不会往深处考虑的季浩洋猜测道："或许是不想写了吧。"

　　季浩然看了一眼简宁的表情，然后拍了拍自己弟弟的肩膀："我打赌你说的一定是错的，简顾问对不对？"

　　嘿，真是！陆祯心想，一个个的怎么都开始围着简宁转了？！心里有些不是滋味，问题是这心思还只能憋着，不然有失他的颜面啊。

　　果然，简宁直接否定了季浩洋的猜测："不会，写了那么多年，如果不是发生了什么变化，是不会无缘无故地停止某件事情，而且她有强迫症，更加不会轻易发生改变。"

　　季浩然炫耀地向自己弟弟吐了吐舌头，一脸"你看我又猜对了"的表情。

　　季浩洋撇撇嘴，心想你也好不到哪里去。

　　陆祯觉得是时候也发表一下自己的猜测了："会不会之后她把日记写在电脑里了？她还在写日记，只不过换了一种方式。"

　　桑雨欣点头："有这种可能，因为电脑就是在今年买的。"

　　陆祯的脸上马上露出"果然如我所料"的表情。

　　桑雨欣突然想到了一件事："啊，对了，还有一件事，戴佳音的父母说今天早上有人去过家里，就在他们得知戴佳音已经死亡之后，是个女生。那个女生说自己是戴佳音的朋友，而后在戴佳音的房间里待了一会儿，没过多久就走了。"

　　陆祯觉得这是个重要的线索，马上问："那戴佳音的父母之前见过或听戴佳音说起过这个女生吗？"

　　桑雨欣摇头道："没有，他们是第一次看到那个女生，而且戴佳音之前从来没有提过她有什么朋友，但是那个女生对戴佳音非常了解，也很伤心的样子，所以他们就以为是有这么一个朋友，只是戴佳音没和他们说。"

　　桑雨欣从包里拿出一本画册："对了，我还特意让他们大概画了她的画像，如果比对今天早上第一节课没有去上课的学生的话，应该就可以找到她。"

　　会议室外，简宁对唐老师道："唐老师，麻烦你了。"

　　唐老师摇摇头，笑道："没事，不就给你们提供地方嘛，那学生已经在里面了。"

　　陆祯朝他点了下头，正准备开门往里走，却听到了紧跟在身后的脚步声。他一回头，发现简宁似乎准备和他一起进去。

　　"你也要进去？"

　　"陆队长不希望我进去吗？"

　　"不是希不希望的问题，你又看不……"陆祯不经意竟说出了自己内心的想法，发现失言之后马上住了嘴，一脸紧张。

　　简宁却面色平静地替他说出了口："陆队长觉得我看不见提供不了什么帮助吧。"

　　陆祯抿着嘴略有些局促地看着她。

虽然从简宁的语气里没有听出任何的生气或是别的什么情绪，但他不知该说什么，有些僵硬地道："你要、要进去就一起进去吧。"

他打开门和简宁一前一后走了进去。

一个短头发的女生坐在椅子上，微微低着头，脸上没有什么表情，但是手上的动作暴露了她内心的紧张。

陆祯和简宁坐到她对面的椅子上，那女生听到有人进来，只是抬头看了一眼，就继续低着头。

陆祯开口叫了她的名字："蔡敏。"

蔡敏没吭声，甚至没有一点反应。

陆祯继续问："今天早上你没去上课，是吗？"

蔡敏没有回答他的问题，反而问："你是在录音吗？"

陆祯明显一愣，莫名其妙地道："什么？我没有在录音啊。"

蔡敏并没再说什么，只是睁大眼睛瞪着他，眼里满是防备。

简宁开口道："陆祯，把手机关了吧。"

"啊？"陆祯忍不住往简宁那边靠了靠，压低声音问，"为什么要关手机？"说完后还特意把自己的耳朵凑过去。

可没想到简宁根本没想和他悄悄地说，她直接说了出来："你照做就好了，出去了我再解释。"

陆祯抿了抿嘴缩回了自己的脑袋，虽然不明白让他这么做的原因，但还是马上把手机关机了，然后对蔡敏道："我现在关机了，可以了吧？"

听到关机的声音，简宁还又特意问了一句："蔡敏，现在还有什么让你不舒服的地方吗？"

蔡敏冷冷地道："没有了。"依旧低着头。

陆祯觉得有些神奇，简宁看不见却能猜对蔡敏的心思，他收回思绪，视线重新落在蔡敏的脸上："好，那我们继续吧。今天早上你没有去上课，对吗？"

蔡敏没有看他，只是反问："不上课也有罪吗？"

陆祯挑眉道："你不去上课当然没有，但是你去了戴佳音的家里，是吗？"

蔡敏倒是一口承认了："没错，我是去了她家里。"

进展还算不错，陆祯继续问："你和她是朋友？"

蔡敏犹豫了一下还是否认了："不是。"

陆祯："那你去她家做什么？"

蔡敏的声音突然拔高了些："我就去看看。"

这时，简宁突然道："你去找什么东西？"

蔡敏的声音突然变得有些激动："那里能有什么东西？我只是去看看。"

陆祯看了一眼简宁，又看向情绪激动的蔡敏，索性不说话了，让简宁来提问。

简宁很笃定地道："看来在那里你没有找到你要找的东西。"

蔡敏突然抬头看着简宁，眼神闪烁："我说了没有去找东西！"

简宁没有理会她，而是自顾自地继续道："你要找什么呢，手机、相机、电脑、录音笔。"简宁说到这里停顿了一下，轻笑了一声，"啊，看来是录音笔，戴佳音有一支录音笔对吗？你看到过她用这支录音笔，所以你觉得这里面录了有关你的东西。"

蔡敏喘了口气，咬着嘴唇停顿了几秒，才有些愤然地开口："那天我路过她旁边，她藏在口袋里的录音笔正好掉出来，那时候我就知道她肯定是在监听我们，这里面肯定录了什么东西，但是她一直拿着，我根本拿不到。可是她现在死了，她录音笔里的东西肯定会流出去，所以我一定要拿回来销毁掉。"

简宁很确定地道："但是你在她家里并没有找到吧。"

蔡敏有些沮丧地道："没有。"

陆祯眯着眼睛，问："那你去过她宿舍吗？"

蔡敏咬着嘴唇，点了点头。

"所以橱门上的锁是你撬开的？"

"对。"

"你拿了什么东西？"

"我什么都没拿！我没找到任何东西，才会去她家的。"

"你打开橱门的时候有看到电脑和手机吗？"

"没有。"

走出会议室，陆祯问简宁："你相信她的话吗？她在戴佳音家里没有找到录音笔也没拿走电脑和手机？"

简宁道："相信，她应该没有撒谎。"

"哦。"陆祯下意识地选择相信了简宁的判断，但回想到刚才发生的奇怪事情，仍是有些不明白，于是问她，"对了，她这是心理有什么问题吗？为什么你叫我关手机？"

简宁解释道："她有被害妄想症，会觉得别人在监听或者监视她，特别是手机、照相机、电脑、录音笔这类的数码产品，会让她感到紧张，有一种没有隐私的感觉，严重的患者甚至会觉得别人戴的眼镜也是用来监视他们的。"

陆祯恍然大悟，心想怎么现在的学生这么多有心理问题的，一个洁癖强迫症，一个被害妄想症。

"所以她才会问我有没有在录音，因为我的手机放在了桌子上。"

"没错，那个时候我已经有了这样的推测，之后让我肯定这个推测的是当我问她去找什么东西的时候，她的语气表现得非常不屑，她的反应很激烈，这恰恰说明我的问题是对的，她的确是去找某样东西。"

简宁停顿了一下继续道:"而结合她有被害妄想症,所以我会猜想她去戴佳音的家里就是为了找到那个让她觉得被监听的设备。在我说到手机、相机和电脑的时候,她的呼吸很平稳,没有任何反应,但是当我提到录音笔的时候,她的呼吸明显变得急促起来,说明这就是她要找的东西。"

陆祯看着简宁平静而漆黑的眼睛,突然想到龚局长前不久和他说过的:"不要以为简宁眼睛看不见,其实有时候她'看见'的比你们都要多。"如今他好像有些理解了。

"那个……"想到刚才如果没有简宁在或许他一个人大概会错失不少关键,陆祯抓了抓头发,憋了一会儿,侧着脸低声嘀咕了一句,"刚才,谢谢了。"

"什么?"简宁没太听清。

好不容易让陆少爷说了句谢谢,居然没听见,陆祯恨恨地咬牙道:"没什么!"这种话自然不会再说第二遍了。

简宁:"……"这又怎么了?

简宁也没再和他胡扯下去,而是说出了自己目前的想法:"蔡敏虽然和这个案子无关,却给了我一些启发。"

话题回到了案子上,陆祯也收敛了表情:"你是不是觉得戴佳音的录音笔可能不止让蔡敏一个人觉得她在被监听,还有其他人也有这样的感觉。"

简宁垂眸,声音低柔却坚定:"还有一种可能,戴佳音真的是在监听什么人。"

6. 暴露

从校长室出来,姚申杰原本笑着的脸立马阴沉下来,与刚才那个点头哈腰的样子判若两人。他狠狠瞪着已经关上了的门，目光仿佛要穿过门直接刺到里面那个坐着的人，可这个眼神他到底不能让里面的人看见，至少现在不能。

他咬了咬牙，想着里面的人那副得意的表情，心里就骂起了脏话。他站在原地喘了口气，这才转身往前走。

他走得很慢，似乎在调整自己的状态，走到拐角处，他的表情已经慢慢地恢复了平和。他越发挺起胸膛，让自己看上去显得威严又有身份。

"姚书记。"

"姚书记好。"

他看着从自己身边走过的人，微微低下头和他打招呼，恭敬而又讨好的语气让他颇为受用。他微笑着对他们点头，他享受着这种状态，所以就越发不能让人给夺去，而且他要站得更高。

他走到自己的办公室门前，用钥匙打开办公室的门，走了进去。这是一间宽敞的办公室，里面只有他一个人。

直到关上门，他才放松了全身，慢慢走到自己的办公桌后面，坐在了属于自己的那把椅子上。他身体向后仰，舒服地靠在椅背上，闭上眼睛，一丝疲倦终于出现在脸上。很久他都没有再动一下，不知道是在思考还是在睡觉。

不知过了多久，门外传来敲门的声音，声音有些急促。

姚申杰有些厌烦地拧了拧眉头，不满这难得的安静被人打扰。他坐直身体，调整好自己的表情咳嗽了一声，才开口道："请进。"

姚申杰看着急匆匆闯进来的人，原本平和的脸又变得有些愤怒起来。来人还没开口说话，他就直接低声骂了过去："你怎么又来了！我不是跟你说过了嘛，最近这段时间不要来找我。"

走进来的女老师一脸的苍白疲惫，她快步走到办公桌前，焦急地开口道："申……"她叫的是姚申杰的名字，却直接被他厉声打断了——

"在学校叫我姚书记！"

女老师被吓了一跳，白着脸弱弱地道："姚……姚书记，我也没有办法啊，你说我的事情该怎么办？"

姚申杰把脸别开，不耐烦地道："我能有什么办法，你再逼我也没有用。"

女老师似乎很无助，她两只手互相抓着："姚书记，你说我该不该报警，或许我一开始就应该这么做吧。"

姚申杰一听到她说要报警，整个人像是要跳起来一样："你疯了吧你，我警告你，你现在可不能报警，警察一旦介入你觉得你之前干的事情不会被查到吗，到时候曝光出来，你觉得你还能继续做老师？"

女老师被她一吼，受惊一般地微微往后退了几步，声音里已经带上了哭腔："可现在怎么办，我都快崩溃了，万一那些东西流出去，我、我……"她说着，脑子里似乎已经想到了之后会发生的事情，痛苦地用手捂着自己的脸。

姚申杰觉得大概自己太凶了，又怕她真的发疯了要去报警，只能站起身安抚："王老师，冷静下来想一想，你以为你让警察介入不会逼急那几个学生吗？你现在要做的就是尽可能地稳住他们，不然他们可是只要按几个键就能让你一辈子抬不起头来的。"

王老师把手放了下来，脸上满是泪痕："可是，姚书记，你之前不是说过要帮我摆平那些学生的吗？"

姚申杰拿着纸巾，刚还想让她擦擦眼泪，这会儿听到了她提之前，毫不怜惜地将纸巾扔进垃圾桶，回到自己的位子上。

"你现在是来怪我来了？你要搞清楚，这可是你自己弄出来的事情！跟我有什么关系！"他冷哼一声，把自己撇得一干二净的。

王老师见他生气了，赶紧道："我知道，我知道，我就是太急了。"

姚申杰看到她那张哭花的脸就觉得心烦，赶紧摆手让她快点走："行了，你回去吧，现在刚死了个学生，本来学校已经受到影响了，你可别给我再搞出什么乱子出来。"

王老师眼里满是恳求："姚书记，你一定要帮我。"

姚申杰耐着性子道："我只能保证我不会把你的事说出去的。"

"谢谢姚书记，那我走了。"王老师脸上还带着泪痕，转身之前又看了姚申杰一眼，却没有得到任何的回应。她只能慢慢转身往外走，身体还有些摇晃，看上去可怜极了。

姚申杰看着她的背影并没有丝毫的心软，只觉得厌烦。他低着头突然想到了什么，抬头向她喊道："等等。"

王老师身体一顿，马上转回身，以为他有什么办法了。

可是姚申杰只是虎着脸道："把你眼泪给我擦干净了，你这样出去让别的老师看到不知道要说什么了。"

王老师赶紧从旁边的桌子上抽了几张纸巾把眼泪擦干净，这才开门走了出去。

门打开又再度被关上，姚申杰揉着自己的太阳穴，他的视线移到办公桌的第一个抽屉。他拿出钥匙把抽屉打开，翻出里面的一张照片，照片不算清楚，但足以看出照片里的人，以及他正在做的事情。

姚申杰额头上的青筋突突地跳着，他捏着照片的一角，愤怒得全身都在发抖，他发狠似的把照片揉成团，心里涌现出一种耻辱，比刚才更加强烈的耻辱感。

听了简宁的话，陆祯摸了摸下巴："她毕竟就是一个学生，会去监听什么人呢？"

简宁道："这是一种可能性。现在能推断的是戴佳音是从去年开始不再写日记的，所以她的录音笔应该是从那个时候开始使用的。"

陆祯赞同地点点头，晃了晃食指，而后分析道："对，总结一下现在所有的可能性，第一种可能性是戴佳音只是用日记本来记录自己的心情，却被人误认为是在监听；第二种可能就像你说的，戴佳音确实是在监听别人，录下别人的话，目的倒是不清楚。"

"还有一种可能，有人让她去监听某个人，录下他的话。"简宁补充道。

陆祯琢磨了一下："如果是第二第三种可能的话，为了监听，她在学校里的活动肯定会和之前发生变化。"

陆祯说完，给方易打了电话，让他对比一下戴佳音在一年前和现在的每天在学校里的活动，看看有哪些地方有了明显的改变。

陆祯交代完赶紧挂了电话，心想方易那边估计已经要骂死他了。

这时，唐老师走过来对他们道："简宁啊，你们忙完了吗？已经快五点了，我带你们去吃饭吧。"

简宁过转头，脸对着唐老师的方向微笑道："好的，谢谢唐老师。"

陆祯看了眼简宁，才又将视线移向唐老师，也道："那就麻烦唐老师了。"

"没事，学校附近正好新开了一家餐馆，味道还不错。"

唐老师带着他们到了附近的餐馆。

等上菜的时候，唐老师开口道："你们的案子还没查完呢？"

"是啊，有什么问题吗？"

"啊不是。"对上陆祯的目光，唐老师含糊地笑了笑，"主要是学生看到警察一直在学校，总是紧张了些，加上最近又要考试了，怕影响他们复习。"

陆祯表示理解："这也是没办法的事。"他们也想尽快结案，只是现在还有很多事情都没有查明。

菜还没上来，唐老师拿起杯子喝了口水，犹豫了下，放下了杯子开口问："你们今天找蔡敏问了话，她不是和戴佳音的案子有关吧？"

简宁道："没什么事，和她没什么关系。"

唐老师听后像是松了口气："这就行，万一还牵扯到其他学生就不好了。"

又聊了几句，简宁问："唐老师，你现在还教心理课吗？"

唐老师摇了头："去年的时候就不教了，不过到底也是对管理学生有帮助，他们遇到什么问题还是会来找我。"

简宁点点头，没说什么。

菜很快被服务员端了上来，三人便停止了交谈，专心开始吃饭。

吃完晚饭临走的时候，简宁突然开口问陆祯："陆祯，图书馆附近那块地方让人去搜查过了没？"

陆祯这次倒是听到了简宁叫的是他的名字，愣了一下，回答道："下午就让季浩然带着人去搜查过了，什么都没有找到啊。"

简宁喝了口水道："我们等会儿再去看一眼吧。"

陆祯原本不知她打得什么主意，却瞥见了坐在对面之人的表情，他挑了下眉，有些了然，便一口答应："哦，行啊。"

唐老师听了他们的对话若有所思，对他们笑笑道："那我不打扰你们了，简宁，有什么事情再联系我就好。"

和唐老师分开后，陆祯和简宁走到了图书馆附近那片没有摄像头的地方，没过多久，他们就离开了这里。

而十分钟后，一个人影悄悄地走到了这里，先是东张西望了一下，在确定周围没有任何人之后，快速地跑进那片小树林里。那人蹲下身子从怀里掏出一把小铁铲，一点一点地挖开泥土，挖了一个坑之后，他又移到旁边继续挖，似乎是在寻找什么东西。他的皮鞋还有裤脚上都已经沾上了泥土，却还是一刻不停，他的表情是那么焦急，动作也越来越快。

在暗处静静看着这一幕的陆祯双手环胸，笑着摇了摇头，小声对简宁道："你说他在挖什么？"

简宁面无表情，淡淡道："大概他以为戴佳音把包埋在泥土里了。"

陆祯"啧啧"了两声，有些嘲讽地道："他还真是迫不及待啊，我们这刚一走就马上来了。"

"那是因为他没法不急了。"简宁叹了口气，语气中夹杂着一丝无奈。

这个夜晚或许能让这一团迷雾渐渐散开，可展现在我们面前的事实又是我们希望看到的吗？

7. 隐藏

陆祯看了一会儿唐老师那里的动静，回头问简宁："我说，简顾……"他本想还是叫简顾问，可转念一想，刚才她都直接叫他名字，于是便改了口，"简宁，你是从什么时候开始怀疑他的？"他还真的从来没想过这位热心的唐老师会有什么问题，况且，简宁还认识他。

简宁微微偏过头对着他："你记得吗？我之前问过他认不认识戴佳音。那时候他想也没想马上就说不认识，反而让我觉得他是在急想要否认认识戴佳音这个事实。"

陆祯蹙眉琢磨了一下："或许他真的没有听过戴佳音这个名字啊。"

简宁摇摇头，解释道："一个人在听到一个陌生名字的时候，第一反应也是去回想认不认识这个人，中间会有一到两秒的思考时间，况且唐老师是知道戴佳音这个学生的，准确地说，他给戴佳音做过心理辅导。我让小桑仔细看了戴佳音前两年的日记，在去年的日记里，戴佳音写了唐老师给她进行的心理辅导。纵然唐老师可能会一下子想不起戴佳音，但是脑子里是有这个记忆的。"

陆祯听后挑眉笑了下："所以他的急于否定反而是在遮盖什么。"

简宁垂下眼，缓缓道："这只是让我开始怀疑他的一点原因，还有一点，他过于关注这个案子了，他像是一直在盯着我们，在我们需要帮助的时候提供帮助，每次有了一点线索，他都会出现。如果他不是和案子有着某种关系，是不会那么急于知道案子的情况的。"

陆祯眼睛一亮："就像很多杀人犯都已经在作案之后停留在现场，隐藏在人群里，甚至有些人还会作为目击者，给警方提供线索。"

简宁颔首道："所以在晚饭的时候，我才决定去试探一下他，一是让他自己露出马脚，二是我想看看戴佳音的包是不是在他手上。"

"看来那包也不是他手上啊。"陆祯往那里望了一眼，"行了，看他四十多岁的人了在那里挖得那么累，先去把他抓来问问。"

"再等等。"

"再等等？你不会真想让他把这块地方全挖一遍吧？"

"不。"简宁和陆祯解释道，"看他下一步会干什么。"

"好吧。"陆祯听话地退了回去。

晚上冷风一刮，陆祯搓了搓手臂看了看穿得并不多的简宁道："这里还怪阴冷的啊。"他心一横，"你……"

还没说完，下一秒，简宁淡淡道："你冷了？"

到了嘴边的那句"你冷不冷"硬是被简宁的这句话给憋了回去，陆祯有些不高兴地道："我当然不……"一时没控制住声音，接着他就感觉到嘴唇上传来柔软的触感，垂眼一看，居然是简宁的一根手指。

陆祯心里想真是奇了，明明看不见怎么这么巧碰到我嘴巴这儿。

"他要打电话了。"

简宁的声音打断他的思考。陆祯这才把视线从简宁的手指移到唐老师那里，心想她怎么连唐老师要打电话都知道。

唐老师已经从那片小树林里走了出来，气喘吁吁的，一手拿着铲子，另一只手拿着手机，按了几下就放在耳边："喂，校长，没找到，不在这里，我已经都挖过了，还是没有，你说会不会……好，我知道了，我会继续去查的。"

陆祯脸色有些不好："校长？这个学校的校长怎么也扯进去了！"

那边唐老师挂了电话，急匆匆地走了出来，走到拐角处，就撞上了站在那里的陆祯和简宁。

唐老师瞬间变了脸色。过了一会儿，他才慢慢压制住内心的恐慌，扯了扯嘴角道："简宁，你……你们怎么在这里啊？"

陆祯对他笑笑，盯着他手上还没来得及收起来的铲子，直接开口拆穿了他："唐老师辛苦了啊，都要出汗了吧，毕竟挖了那么久。"

"我、我只是……"唐老师想要辩解，但话说出口连他自己也觉得实在没有辩解的余地了，索性低下头不说话了。

陆祯看着他笑着道："唐老师跟我们去谈谈吧，啊，对了，不如再叫上校长吧。"

唐老师看着手里的手机，面如死灰。

正说着，陆祯的手机响了，他看了一眼屏幕接起电话："喂，季浩洋，什么？"

电话那头季浩洋的声音模糊不清，陆祯紧锁着眉头，沉声道："我知道了，我就在学校里，马上过去。"

简宁听见他挂了电话，便问："怎么了？"

陆祯压低了声音对简宁道："又发生命案了。"

姚申杰将车停在车库，拿起放在副驾驶位的公文包下了车，走向自己住的那幢楼。站在电梯里按下了十八楼后，他靠在电梯的一侧闭上眼睛，这段时间接二连三发生的事情让他几天几夜都没有休息好。

"叮"的一声，电梯门打开，姚申杰看了眼右上角屏幕，慢慢走了出去。

走到家门口，他拿出钥匙打开了门，换了拖鞋，直接走向了一个房门紧闭的房间。

他拿着一把钥匙把门打开，房间里一团糟，书、杯子和枕头都扔在地上，早上放进房间的午饭还在地上放着，他拧着眉头看了一眼，竟然一点都没有少。

床上坐着的男生听到开门的声音，头也没抬，就这样有些颓废地坐在那里。

姚申杰看到眼前的房间，气不打一处来，狂怒地拿着手上的包直接扔了过去："你这是想要干什么？绝食吗？"

包直接打中男生的脑袋，他的头歪向一边，晃了两下。

男生面无表情地瞪着门口的姚申杰，没有说话，只是用眼神做着抗议。

姚申杰不满他的眼神，骂道："瞪什么瞪？问你话呢，你现在到底想干什么？啊！"

男生慢慢开了口："我也想问你想干什么？为什么把我关起来不让我去学校，你不是最看重我的学习成绩的吗？怎么，现在都不让我上课了我怎么考出好成绩啊？"

说到成绩，姚申杰就觉得气不打一处来，他涨红着脸用手指着男生的脸："你还有脸跟我说！要不是你做的那些好事，我能、我能被逼成这样！"

男生不以为然道："大大方方说出去就好了，你不就是觉得丢脸嘛。"语气满是嘲讽。

姚申杰用手撑着头，愤怒让他表情都变得扭曲起来："是啊，我怎么会生出你这种儿子！"

男生对这种话已经习惯了，看着他道："你什么时候让我出去？"

姚申杰咬着牙，克制着自己的愤怒："我再问你一次，东西在不在你那里？"

男生手一摊，晃了晃脑袋："我说过了没有，你不是都搜过了嘛，没找到吧。"

姚申杰气得已经暴了青筋："我跟你说你可别骗我，再怎么样我是你爸！"

"所以如果我骗你，也是跟你学的。"男生扯了扯嘴角，颇为嘲讽地叫了姚申杰一声，"爸。"

姚申杰再也控制不住自己的情绪，恼怒地直接冲上去给了他一巴掌，恶狠狠地吼道："我告诉你，你最近都别想出这个门了，给我老实待在房间里，每顿饭我都给你送进来，吃不吃随便你！"

说完，姚申杰拿起掉落的包愤然走出房间，门"砰"的一声关上，仿佛整个房子都随之震动了一下。

他手抖着把房间门重新锁上，脸上是掩盖不住的怒气，把钥匙放进包里，他用手撑着脑袋慢慢走回自己的房间。

男生贴在门上静静听着外面的动静，在确定自己的父亲已经进了另一个房间后，他走到书架前，把手伸到书架后面，在碰到一个硬物后，他用力把它扯了出来，紧紧握在手里。

出去，我一定要出去！

8. 丑闻

陆祯让季浩然赶过来看好唐老师，然后和简宁赶去了案发现场。

案发现场在离学校旁边的一条死水沟里，那块地方是一片被废弃的荒地，杂草丛生，坑坑洼洼的，水沟里的脏水如今又加上了死者头部流出的血，泛着一股难闻的味道。

尸体头朝下躺在水沟旁边，头部满是血，看不清原来的样子。尸体的旁边还有一块沾有血迹的砖头，可能就是凶器。

苏唯蹲在地上做着初步的检查，边检查边对他们道："伤口在头部，失血性死亡，死亡时间大概在一两小时之间，看现场的血迹可以判断这就是凶案发生的第一现场，这块砖头我要回去检验一下才能确定是不是凶器。"

陆祯也蹲下来查看了一下死者的头部，发现伤口很深，便问："能判断头部被砸了几下吗？"

苏唯："反复敲击，至少四五下了。"

陆祯"啧啧"了两声摇了摇头："怪不得都血肉模糊了，下手可够狠的。"

这时，季浩洋走过来对陆祯道："队长，鉴定科的人已经采集到鞋印了，我去看一下周围的监控。"

"行，去吧。"陆祯对季浩洋点点头，又走回简宁旁边，主动说了现场的情况，"就目前来看，死者是在背对着凶手的情况下被袭击的，而死者面朝的方向是学校的方向。"

桑雨欣手里拿着一个透明物证袋给陆祯看："队长，这是在死者身上找到的学生证，确实是这个学校的高三学生，叫王睿。"

"一个学生在大晚上的跑到这种偏僻地方来，看来，可能是有人约他来这里的，而那个约他来的人很可能就是凶手。"

简宁在陆祯说完之后道："如果凶器是那块砖头，那就是冲动型犯罪。凶器是现场本来就有的东西，并不是凶手带来的，凶手带死者来这里的目的可能并不是杀他，或许他们一开始在交谈，在交谈过程中死者激怒了凶手，当死者准备离开的时候，凶手起了杀心，拿起地上的砖头砸向了死者，死者被砸倒在地，那个时候并没有死亡，但是凶手当时处于异常愤怒的状态，看到死者想要反抗时，又反复用砖头砸向死者，直到死者没有任何反应。之后，恐慌代替了愤怒，凶手没有做任何的处理，直接逃离了现场。"

简宁的分析丝毫没有玄乎之处，完全符合现场的情况和逻辑性，陆祯突然觉得自己之前好像是对心理学有太多的偏见了。

当然了，以他的脾气自己是不会承认的。

陆祯沉默了一下才开了口："凶手可能是死者认识的人，我让方易查一查死者最后的通话记录。"

陆祯说着拿出手机打给方易。

方易一听是要一个高三学生的通话记录，松了口气，要知道这几天让他监控看得都要吐了："好好，只要不是让我再看监控就行。这几个小时，他打过两通电话，但都是同一个人。"

陆祯觉得有戏："能查到对方姓名吗？"

方易敲了几下键盘："查到了，叫何舒。"他调出她的资料，一下子张大了嘴，"哦，这个人居然就是这所高中的英语老师！"

陆祯沉声道："马上把她的地址发给我。"

何舒并不在学校，警察到她家的时候，何舒的身上还穿着带血的衣服，蹲在玄关处，神情恍惚，一副失魂落魄的样子。

那块砖头被苏唯确定为凶器，而何舒衣服上的血迹也属于王睿的，现场找到的鞋印以及指纹就是何舒的。

陆祯和简宁回到警局，在审讯室里看到了情况很糟糕的何舒。

她像是受了刺激一样，双手抱着自己的腿，面色惨白，嘴一张一合地在喃喃自语。

"我不想杀他的，不想的，我是没有办法。"

陆祯走过去喊了一声："何舒。"

听到有人叫她的名字，何舒浑身一颤，猛然抬起头，冲着陆祯和简宁大喊道："不是我，我不想杀他的，我没有办法，没有办法！"

何舒现在的精神状态根本无法审讯，简宁对陆祯道："陆祯，等会儿审讯，让女警员带她去洗个澡，她虽然换了干净的衣服，但她手上还是有血迹，这让她没法平静下来。"

陆祯想了想同意了："行，就照你说的。"

半个多小时后，何舒又重新坐在了审讯室里，陆祯把一杯热可可放在她面前。

何舒的状态明显比之前好了很多，但依然双手抱着手臂，低着头不说话，头发散落下来，遮住了一半的脸。

简宁开口叫了她一声："何舒。"

何舒抬头看了她一眼，又低下了头。

"我知道你不想杀他的。"简宁的声音轻柔，缓缓传入她的耳里。

何舒听了简宁的话抬起头，不可置信地看着她，有些激动地道："你、你相信我？真的吗？"

"我相信你，能告诉我，你和王睿到那里是要谈什么事情吗？"简宁尽力安抚她的情绪。

何舒又低下头，半晌小声地道："我找他去那里是因为我想要解决一些事情，我想和他好好谈谈的，我根本没想到我会这样，没想到事情会发展成这样！"

简宁缓缓开口道："他威胁你了吗？"

何舒震惊地看着简宁，她觉得不可思议："你怎么知道的？我、我……"她咬着嘴唇，没说下去。

简宁知道自己猜对了："他拿什么威胁你了？"

"我不能说，不能说。"何舒拼命摇头，似乎难以启齿。

简宁却继续道："是在手机里是吗？所以你才摔碎了他的手机。"

"呜呜呜……"何舒脸上全是眼泪,"我只是想让他删掉它!他想要让我帮他偷这次考试的考卷,不然就要把它发到网上,我不能让这种事情发生,这会毁了我的!毁了我一辈子的!"她痛苦地拼命抓着扯着自己的头发,这段时间压抑的情绪全部爆发了出来。

简宁从她的话中已经推断到了:"是一张照片是吗?"

何舒一愣,哽咽着:"是……我、我不能让他发上去,不能!"

简宁若有所思,随后问她:"他威胁你的事情你还和谁说过吗?"

何舒沉默不语,她咬着嘴唇,只是在那里哭泣。

何舒的不配合让陆祯失去了耐心,他沉声道:"何舒,都已经到了这种地步了,你不能再有所隐瞒了。手机虽然摔碎了,但我们还是有办法看到那张照片的,所以要么你现在说,要么我们等会儿去看照片,如何啊?"

何舒浑身颤抖着,陆祯的话让她的内心挣扎起来。

陆祯不耐烦地用手敲了敲桌面,催促着她快点下决定。

"是姚申杰!"这四个字她发狠一般地吼了出来,说完后就闷头大声哭了起来,就像是一种释放和宣泄。

陆祯听完无语地"呵呵"了两声,语气里满是嘲讽:"他可是学校的书记。"

这个学校发生的这两起案子到底牵扯了学校里的多少人!

9. 污点

陆祯把手机交给了方易,没过多久,他们就在电脑上看到了那张照片,照片拍摄于去年的 8 月 14 号,照片上面是一对男女,女的正是何舒,而男的正是学校的书记姚申杰,照片拍摄的地点应该是一家酒店的床上,因为床头柜上还有这家酒店的名字,照片中的姚申杰闭着眼睛应该是已经睡着了，而何舒则睁着眼睛看着镜头。按照拍摄角度来看，应该是何舒拿着手机自拍的。

陆祯看着这张照片冷笑道："呵，这照片可有意思了，去年的时候姚申杰可是有老婆的有妇之夫啊，他老婆是今年1月份才病逝的。难怪何舒不能让王睿把这张照片发上去了，这要是公开了，就网上那个传播速度，不出一天，整个学校都知道了。"

季浩然用手抓了抓头发，这案子发展得太快太诡异。

"队长，这次的案子一开始不就是一个女学生的自杀案嘛，怎么一会儿又来一起凶杀案啊？"

"就光那个自杀案就不像表面上看到的那么简单，虽然现在还不能确定这两起案子有没有关系，不过可以确定的是，这学校真的挺乱的，学生、老师、领导都像是有问题。"陆祯冷笑道，"两个案子我们先分开来，浩洋你和我去找姚申杰，小桑，你带着简宁去学校审唐老师和校长。

"好的，简顾问，我们走吧。"

简宁和桑雨欣回到了学校，在校长室里见到了唐老师、钱校长还有看着他们的季浩然。

简宁开口对唐老师道："唐老师，我们单独聊聊吧。"

简宁和唐老师面对面坐在隔壁的会议室里，会议室里安静得没有一丝声响。

唐老师抬起来，就对上简宁的眼睛，平静安宁，他突然觉得内心有一种羞愧，曾经他也想要解决学生们的所有心理问题，可如今一切都变了味，他叹了口气，有无奈有自责。

"我知道你想问我什么，我的确认识戴佳音，给她做过一段时间的心理辅导，所以她一直很信任我。半年前，她买了一支录音笔，她跟我说有个心理医生跟她说过多做一些事情转移注意力，可以缓解她的心理症状，所以她用录音笔能随时随地记录下自己的感受和许多身边的事情。"

心理医生？

简宁没来得及细想，就听唐老师又继续道："但是有一天，她跑来跟我说，她无意中听到了姚申杰和何舒的对话。那时候我才知道姚申杰和何舒是情人关系，因为姚申杰一直和钱校长不对盘，我就把这件事情告诉了钱校长，想到正好戴佳音挺沉迷于用录音笔，就让戴佳音一直注意着姚申杰和何舒，最好能把他们的对话录下来。"

简宁耐心听着唐老师所说的，然后问："她成功了吗？"

"成功了，但是……"

简宁平静地"看"着他，替他说了下去："但是，她录到了你和钱校长的对话。"

唐老师看着简宁摇着头笑了笑："简宁，你果然聪明。那天钱校长来我办公室找我，碰巧那时候戴佳音也来了，但是我们没发现，聊的东西就被她录下来了。"

简宁心里已经有些了然，但她还是问："你们在谈什么？"

唐老师有些自嘲地道："能谈什么呢？不过是钱嘛。但是我们当时并不知道被她录了下来，就在戴佳音自杀的那天晚上，她约我出来，我到的时候她什么都没带，她告诉我她录到了姚申杰和何舒是情人的证据，她希望我能帮她揭发出来，但是钱校长并不打算揭发，一是已经过去那么长时间了，二是姚申杰的老婆也已经去世了。"

简宁明白了，轻轻冷笑了一下："钱校长只是打算用录音威胁姚申杰，是吗？"

唐老师躬着身体点点头，整个人显得比之前苍老了一些："是啊，所以我当时的回答很含糊，希望她能把录音笔交给我。但是戴佳音大概料想到我不会揭发姚申杰的，就跟我说录音笔已经放在一个地方，她会用自己的方式来解决，只是我根本没想到她会自杀，后来我才想到她大概是想把事情闹大。"

简宁接着问他："那你是怎么知道戴佳音录下了你和钱校长的对话？"

"那天晚上，她走后不久，给我发了条短信，上面写的正是我和钱校长说的事情，她说她已经录了下来。"

简宁有些嘲讽地道："所以你急了？"

"但是我就是找不到她的录音笔，到后来听说她到图书馆是带着包的，没有办法，我只能去那里挖了，然后就被你们发现了。"唐老师用手捂住脸，闷声道，"我从来没想过事情会发展成这样，我也很后悔。"

简宁对他的忏悔丝毫不为所动，冷声开口道："后悔有用吗？更何况就是你们逼死了她。"

因为简宁的这句话，唐老师整个人一震，抬起头看着她的脸。

"她有洁癖强迫症，忍受不了任何的污点，从你开始让她去找姚申杰有情人的证据开始，她就已经处于痛苦之中了，后来她又发现了一个又一个的污点。"简宁沉声说着，"唐老师，这是我最后一次叫你唐老师。你知道吗？戴佳音那一天把消毒水涂在身上，你觉得她是以什么样绝望无助的心情跳下去的，为何她会选择跳进了垃圾堆里？"

唐老师怔怔地看着简宁，这些他回答得出，却又回答不了。

"因为，她想用自己的死亡来清洗这所学校。"简宁每一个字都像是一块沉重的石头压垮了唐老师的心，他低着头，浑身都在颤抖，已经发不出任何的声音。

简宁站起身往外走，声音平稳却近乎冰冷："我相信这次一定会清洗干净的。"

简宁走出会议室，她关上门轻轻吐出一口气，脑子里想的是戴佳音。这个女孩过于偏执，却偏执得让人心疼，在污点围绕着她的时候她选择了最极端的方法，但就是这种方式才让这个学校表面干净平和下的污点完全暴露出来。

不一会儿手机响了，简宁接起电话，那一边传来了陆祯的声音，她便把从唐老师口中得到的真相告诉了陆祯。

"啊，果然，我也找到戴佳音的录音笔了，在姚申杰儿子那里，是戴佳音那天晚上给他的。手机、电脑、包都已经被他扔了。"在一开始的侦查过程中，他们一度以为是有人去了戴佳音的宿舍偷走了她的手机和电脑，其实是她自己装进了包里，带出了宿舍。

陆祯回头，就看到对自己儿子吼骂的姚申杰，还有在那里疯狂笑着的姚齐。他拧着眉头道："你说人为什么总是会为了一时的贪欲而这样不计后果呢？"

简宁看着窗外那幢戴佳音跳下来的教学楼，在夜幕下显得格外悲凉，她轻声道："谁知道呢。"

10. 心症

案子终于告一段落，几天没休息的刑侦队终于可以离开警局回家了。

离下班还有一个小时，陆祯突然想到还没有给简宁详细介绍过自己的队员们。

"不是我炫耀，我们队里可个个都是精英，季浩然和季浩洋都是特警队出身，所以身手非常好，人也非常……""优秀"两个字还没说出口，伴随着一声大叫，一个人冲进了刑侦队办公室，那人正是特警队出身的季浩洋，他抱着头满脸惊慌地对自己哥哥喊道："啊啊啊啊……哥，怎么办！木九妹子说我可能被鬼盯上了！"

陆祯："……"

简宁："天真？"

陆祯："……"

为了挽回自己队员的形象，陆祯立马将视线转向了坐在电脑前安静的方易："咳咳，方易是我们的技术员，他可是我们局里数一数二的电脑高手，而且他……"

方易突然从电脑后面探出脑袋："小桑，问你一个问题，什么地方的用户最喜欢关机？"

桑雨欣："什么地方？"

"答案是宁波，因为对不起，您拨打的用户已关机，哈哈哈哈哈哈！"

季浩洋："宁波，哈哈哈哈哈！"

陆祯："……"

简宁："搞笑？"

陆祯："……"

从办公室出来后，桑雨欣去了法医室，但几乎一直在那儿的苏唯此时却不在，她转而一想，便去了西面的楼道口，果然在那里看到了一个熟悉的背影，他背对着她站在窗口，手里拿着一支点燃的烟。

苏唯平时并不抽烟，只有在案子结束之后，他才会一个人到这里抽一支烟。苏唯看上去冷冰冰的，在解剖台前更是，很多人都觉得他就是个冷血动物，但是其实他心又比谁都软。桑雨欣见过他给流浪狗疗伤喂食，所以她很清楚这一点。

桑雨欣慢慢走到他旁边，看着窗外没有说话。过了一会儿，回过神来的苏唯才注意到了她，他看了一眼手中的烟，斜睨着她："你不是闻不了烟味吗？"声音一如既往的冰冷。

"没事啊，窗开着呢。"她笑着回答他，心里默默地想着：你的话就没事。

苏唯没再开口说话，也没有出声赶走她，他只是伸出手把窗户的缝隙开得大了些。

到了下班的时间，陆祯拿起车钥匙站起身，对坐着的简宁道："下班了，你怎么回去？"

简宁抬头回了一句："坐公交车。"

"哦。"陆祯经过简宁的办公桌走到门口，听到身后整理东西的声音，他放在门把手上的手一顿，想了想还是转头，"要不要我开车送你回家？"

简宁拿起收拾好的包往门口走："好的，谢谢。"

这样的回答倒让原本以为她会拒绝的陆祯愣住了："嗯？我还以为你会说不需要呢。"

简宁停下来，眼睛看向他的方向："所以刚才那句是客套话吗？"

陆祯默了两秒："不是。"他打开门，"走吧。"

在外面收拾桌子的季浩洋看到陆祯一出来，边跳边挥手："队长！"

陆祯无语地看着他，半晌道："季浩洋，你像个猴子似的上蹿下跳干什么？"

季浩洋高呼："队长，求搭车！"

陆祯望天，想到刚才那么丢人的事，嫌弃地挥了挥手："一边去！"说完继续往前走。

可等他们走出办公室却还能听到季浩洋的嗷叫声："队长，让我坐车顶也好啊，或者后备厢！"

陆祯："……"他怎么会有这么逗比的队员？！

陆祯带着简宁去坐电梯，走到电梯前，陆祯停了下来，简宁也跟着停了下来。听到陆祯按下了电梯按钮，简宁开口道："坐电梯下去？"

陆祯也没多想，直接回答道："不然呢？车库在下面。"

简宁咬了下嘴唇，问："不能走楼梯吗？"

"六楼呢，你想走下去？"

简宁听出陆祯不愿意走楼梯，便道："嗯，不然我自己走下去好了。"

这下陆祯觉得奇怪了："不是，电梯都快来了，你干吗走楼梯啊？"

简宁却没有回答他的疑问，而是道："没事，楼梯是在边上吧，我走楼梯就好了。"说完转过身慢慢向楼梯口走。

陆祯自己也不知道是出于什么心态，突然撒了个谎："哎，等等，楼梯在修现在不能走。"

简宁停下来，回头对着陆祯，有些将信将疑："可早上不是还能走的吗？"

陆祯撒谎越来越顺了："这不是下班了就开始修了嘛，门口还立了个牌子呢。"

这时电梯门开了，陆祯马上催促道："电梯来了，快进来吧。"

简宁紧紧咬着下唇，心一横，还是走了进去。

电梯门关上，她便紧紧贴着电梯的一角，右手死死抓着旁边的杠子，像是在寻找一种支撑。

陆祯回头就看到简宁突然发白的一张脸："你这是怎么了？"简宁本来皮肤就白，如今简直是白成纸了。

电梯缓缓向下，简宁没说话，只是握着杠子的手更加用力，身体也有些颤抖。

陆祯突然意识到了问题："你、你不是怕坐电梯吧？"

简宁白着脸小幅度地点了点头。

"那你为什么不早说啊!"陆祯真是郁闷极了,自己当时只是出于玩心,完全没想到简宁是因为害怕坐电梯才一直坚持想要走楼梯的,这下居然闯祸了!他转回头赶紧按下三楼的按钮。

电梯很快在三楼停下,门打开后,陆祯边说:"好了,我们出去吧。"一边想要上前扶着简宁走出去,可他的手刚碰到简宁的手臂,就被她一下子给让开了,动作幅度之大让他想当成错觉都不能。

陆祯抬起的手一下子僵在半空,他抿了抿嘴,心里有些不是滋味地跟在简宁后面走出电梯。

气氛一下子有些冷,陆祯好一会儿才开口:"你应该跟我明说啊,不然我怎么知道。"说完又觉得自己的语气里有些怨气,不知道是因为她不肯和他说原因还是因为她刚才的刻意避开。

简宁没说话,只是脸色好了不少。

陆祯咽了口口水,尴尬地道:"那,我们走楼梯去吧。"

简宁抬起头,声音有些冷:"不是说现在在修吗?"

"……"承认自己撒谎陆祯实在觉得丢脸,于是只能硬着头皮往下编,"五楼以上在修,这里还是可以走的。"

简宁听了没有说话,一时间安静下来。陆祯看着她的眼睛,即使知道她看不见,但还是难掩心慌。

"走吧。"

好在简宁没有拆穿,陆祯松了口气,快要走到一楼时,他的手机响了,低头一看屏幕,陆祯条件反射般地咽了口口水才接了起来:"喂,哥。"声音里透露出毕恭毕敬的感觉。

"周六晚上七点回家来吃饭,别忘了。"

"我怎么会忘了?我是那种人吗!"陆祯一说完,即使隔着手机也能感觉出那边散发出来的低气压,于是很没有尊严地改了口,"我是这种人，我一定准时到。"

手机那头终于传来一声轻哼："嗯。"

陆祯松了口气，刚开口："再……"还没说完，那边就挂了电话。

"你在家排行第二？"二这个字简宁说得格外大声。

"对啊。"

简宁微微扯了一下嘴角："果然。"

陆祯："……"

终于走楼梯到了停车场，被人说二的陆祯带着简宁来到自己的跑车前，为了弥补刚才闯的祸，他还替她开了车门，却发现自己的东西放在了副驾驶座上。

"等下，座位上有东西。"

简宁不想麻烦他整理东西，便道："我可以坐后座上。"

"这车就两个座位。"整理好东西的陆祯刚探出脑袋，就听到身后传来一句。

"这么小？"简宁没想到是跑车。

"……"陆祯在心里吼着：他这可是跑车啊！

可偏偏简宁看不见，直接说出来似乎有点故意炫富的嫌疑，陆祯咬咬牙，忍住了。

经过这段插曲，终于坐到车上，陆祯问："你家住在哪儿？"

简宁报了地址。

"离我家还挺近的啊。"陆祯觉得自己刚才的行为过分了，便想挽回一下自己的形象，"既然挺近的，那我每天就接送你上下班吧。"

简宁系好安全带，偏头看着他："我可以心安理得地接受吗？"

"……"陆祯被噎了一下，"当然可以。"

车开出警局，陆祯从车里的后视镜瞄了一眼简宁，小心地开口问：

"我可以问下你为什么怕坐电梯吗？"

简宁垂眼淡淡说了一个词："幽闭恐惧症。"

"原来是这个原因啊。"他语气一转，"不过其实现在每个人基本上都会有一些心理方面的问题，像我也有啊！"

说是这么说，陆祯其实没觉得自己有什么问题。

谁想简宁马上接口道："嗯，二而且幼稚。"

陆祯："……"他就不应该说那句话！

二十多分钟后，陆祯的跑车稳稳地停在简宁家楼下，简宁解开安全带，侧身说了句："谢谢，再见。"

正准备开车门，旁边传来了一个弱弱的声音。

"那个……"

"什么事？"

陆祯明明嘴在动，但是几乎没什么声音出来："刚才的事……"

"什么？"简宁隐约只听到了几个字。

"对不起！"

"……"简宁被他的大嗓门吓了一跳，"我耳朵没聋。"

陆祯没吭声。

简宁心想难道他在等她说没关系吗？她竟然有些捉摸不透陆祯的心思，总觉得比起他表现出来的跋扈，他其实更可以说是有些幼稚？

"我走了？"

"周一早上我来接你。"

"谢谢，那再见。"简宁第二次准备开门，身后又传来了声音。

"还有……"

简宁回头看着他，示意他说下去。

"我这车是跑车。"

"……"简宁难得地无语了，同时觉得有些好笑，"这句话你不会憋了一路吧？"

憋了一路的陆祯："再见！"

简宁转回头，嘴角不自觉地上扬了些。她打开车门下了车，关上门后就听到了车发动的声音。

车开出去不过十几米，陆祯猛地踩了刹车，又将车倒了回去，他放下车窗，偏头看着简宁拿出钥匙开了楼下的大门，等她完全消失在视线之中，陆祯转回头，看着方向盘。

喂！等等，他到底在干吗啊！

简宁走楼梯毫无障碍地到了五楼，她走到家门口，脚碰到了一样东西，她感受了一下，似乎是一个箱子。她弯下腰用手碰了一下，的确是一个纸箱，而纸箱的表面有凸点，她用手细细抚摸过去，是盲文，写着她的名字。

简宁没有网购的习惯，也一时想不到会有谁给她寄东西，她用手抱起这个纸箱，并不重。她晃了一下，里面没有发出什么声响，她把纸箱凑近自己的鼻子，闻到了一股淡淡的香味，像是女士香水的味道。

没有再研究下去，她用钥匙开了门，换了拖鞋走进家里，她把纸箱放在客厅的茶几上，用剪刀把它拆开，香水的味道比之前更加清晰。她将手伸进纸箱里，手指却突然传来痛感，是刺。

她此时已经隐约猜到了里面的东西是什么，她的手贴着箱子再次伸了进去，果然，这次她摸到了花瓣，箱子里放的是好几朵玫瑰花。

然而，手中的触感却让简宁的秀眉拧了起来，因为她发现，里面的玫瑰花竟然已经全部枯萎。

"脆弱的人果然都是听话的动物啊，只要稍稍一引导，他们就会乖乖地按照我说的去做了。"一个穿着蓝色旗袍的短发女人斜靠在沙发上，她的右手拿着一张照片，这是一张合照，一个年轻的女人和一个女学生，照片的右下角印着一个日期：2015 年 4 月 10 号。

她放下照片，又拈起桌上的一朵红玫瑰，放在鼻前细细嗅着，接着却用另一只手将花朵捏碎，一片片的花瓣散落在地上。

"是啊，所以才有趣嘛。"她后方站着一个男人，他手中轻轻晃动的酒杯中，液体像血一样的鲜红，一双指骨分明的手用镊子夹起透明容器中的一块淡红色的东西，轻轻放入了酒杯中，那东西沉入杯底，淹没在红色之中。

"喝吗？"男人开口问向了在这个房间的第三个人，但他知道不会听到任何的回答。

"唔唔唔……"

卷　　二
逃杀游戏

1. 暴怒

"上课。"

"起立。"

"老师好。"

"同学们好，都坐下吧。"老师翻开书，对下面的学生道。

"今天我们上第……黄青峰，你在干什么？"老师向学生们看去，声音突然拔高。

只因教室里一个男学生突兀地站了起来，他像是没有听到老师的话，先是站在那里东张西望，然后开始在周围走动着。

老师见他还是不回去更加不满了："黄青峰，现在在上课呢！回到座位上坐好。"

　　黄青峰抬头瞥了老师一眼："我的笔不见了。"

　　老师拧着眉头道："笔没有等会儿下了课再找，你不是还有其他笔吗？实在没有找其他同学借一支。"

　　他却只是重复着刚才的话："我的笔不见了。"

　　老师发火了，指着教室外面："黄青峰，你要么现在回到座位上去，要么就给我出去！"

　　而黄青峰突然走到一个女学生旁边，一把抢过她的笔，冷着脸质问道："是你拿了我的笔吗？"

　　那女生被他吓了一跳，而后拼命摇头："不是啊，这支是我的。"

　　"是我的。"他瞪大了眼睛。

　　"咚！"

　　黄青峰一拳把那个女生打倒在地，又一脚踹到她的腹部。

　　"是我的！"桌子上的东西翻倒在地上，发出一阵声响，黄青峰却只是捏着那支笔。

　　"啊！"女生痛哭着在地上蜷起身体。

　　"黄青峰！"老师赶紧冲了过去，用力把他拉开，对旁边的同学道，"快快，送她去医务室。"

　　黄青峰看着这个由他导致的混乱场面，面无表情。

　　办公室里，老师坐着对一个中年男人道："黄青峰今天上课的时候先是不顾课堂纪律站起来找笔，然后又打了我们班的一个女学生，打了一拳又踹了一脚，现在小姑娘到医院去做检查了。你得好好教育一下你儿子，这已经不是第一次了，再这样发展下去，以后不知道还会发生什么事。"

　　"好的，老师，回去我一定好好教育他。"黄爸爸说完就狠狠瞪了黄青峰一眼，一脸凶狠。

老师看到黄爸爸的表情，劝道："稍微教育一下就好，但不要打孩子。"

"我知道。老师，我先带他回去了。那小姑娘的治疗费用我们会付的。"黄爸爸和老师告别，就用手拎着自己儿子的衣领，用力往前一拽，推着他往前走。

老师看着他们的背影，无奈地摇了摇头。

回家的路上，黄爸爸的脸阴沉着，不看自己儿子一眼。回到家里，他拿出钥匙开了门，一脚把黄青峰踢进了家里。

关上门后，黄爸爸撸起袖管，骂道："这次又是怎么回事？干吗打人家啊，到头来还要我去给你善后，还要花钱，这个小兔崽子！"

黄青峰看着父亲道："我的笔不见了。"似乎在说什么很重要的事。

"笔不见了，就为了这个？"黄爸爸直接甩了他一个巴掌。

黄青峰的脸歪向一边，但他依旧面无表情，甚至还以这样的姿势看着自己的父亲。

黄爸爸一下子暴怒起来，又狠狠甩了他一个巴掌。

黄青峰这下直接摔倒在地上，嘴角流出了血。

黄爸爸看着他的样子，还是觉得不解气，抢过他的书包，拿出他的笔盒，拿着一支圆珠笔，摁了一下，露出笔尖，把倒在地上的儿子一把拖了过来，让他的背对着自己。

他掀起儿子的衣服，握着笔戳了下去。

"我让你打人！"他说着脏话又用力戳了下去。

"我让你闯祸！"

一下又一下，在黄青峰的背上形成一个个的小血洞，而黄青峰只是全身紧绷着，紧拧着眉头，嘴里竟然没有发出一点声音。

不知道戳了多少下，黄爸爸喘息着把已经沾了血的笔扔向一边，便不再管自己的儿子，直接回了房间，"砰"的一声关上了门。

　　黄青峰慢慢站了起来，手抖着把书包收拾好，强忍着痛一步一步走回自己的房间。

　　没有管自己背上的伤，他放下书包，坐到书桌前，打开了电脑。

　　他看着屏幕敲击着键盘，因为疼痛而紧绷的脸渐渐放松下来。

　　"痛痛痛啊！"

　　周三早上，刑侦队照例是由季浩洋的鬼叫声开始了一天，季浩洋捂着自己的额头先冲进了办公室，紧跟在后面的是拿着一块板子的桑雨欣，要说特警出身的季浩洋虽然体能好，但在桑雨欣面前偏偏也占不了多大的上风。

　　"季浩洋，还有一下没打呢！"

　　"姐饶了我吧，玩个游戏而已，已经打了四下了！"

　　"你刚才还打了我五下呢！"

　　就在桑雨欣快要抓到季浩洋时，他突然看向门口，大叫了一声："苏唯哥！"

　　"苏唯"这两个字仿佛是一个咒语一般，桑雨欣放下手，把板子塞进口袋，站直身体，理好头发，凶狠的表情一秒变成温柔的笑脸，速度之快，如同变脸一般。

　　可等她缓缓转身看向门口，哪里有苏唯的身影！

　　"季！浩！洋！"桑雨欣咬着牙回头看去，正好抓到了猫着身子准备悄悄溜走的某人。

　　作为哥哥的季浩然正吃着早饭，舒服地靠在椅子上，就像看戏一般，丝毫不管自己弟弟，欣赏着新一轮的追逐大战。

　　"小桑，你干吗追季浩洋啊？"

　　三人："……"

　　就在这时，不知何时到的陆祯和简宁出现在了门口，陆祯单手撑着门，好整以暇地看着他们。

"闹够了？"

"队长。"

陆祯的表情一下子冷了下来，指着外面厉声道："季浩洋，操场跑两圈去！立刻！"

"为什么受伤的总是我？啊！"季浩洋叫着跑了出去。

一分钟后，一个脑袋从办公室外探了进来，看了一眼里面的情况后，鬼鬼祟祟地溜了进去。

一眼看到他的桑雨欣惊讶地叫道："季浩洋，你跑完了？"

季浩洋赶紧做了一个嘘声的动作，瞄了一眼里面关着门的小办公室，一脸得意地道："当然没跑。"

方易一听，疑惑地问："队长不是叫你去跑吗？"

季浩洋晃着手指看着他们："天真了吧你们，你以为队长真的是叫我去跑步吗？他这是在简顾问面前树立自己的威信！"

"啊？"他们俩将信将疑。

然而，下一秒，里面小办公室的门打开了，露出了他们队长的脑袋，以及他向季浩洋竖起的大拇指。

桑雨欣＆方易："……"

厚重的窗帘严严实实地挡住了窗户，一丝光也透不进来，昏暗的房间里杂物堆得到处都是，凌乱不堪，屋子里唯一的光源来自桌子上那个长方体的屏幕。

手指在快速地敲击着键盘，发出"哒哒哒"的声响，似乎是这个房间里永远不变的声音，屏幕上的光线照在电脑前的那张脸上，他咧着嘴笑着，使他的表情看上去格外扭曲。

他目不转睛地盯着屏幕，恨不得一直不眨眼。时间一分一秒地过去了，他敲击的速度越来越快，笑容也越来越大，能感觉到屏幕里的东西让他变得更加亢奋了。

就在这时——

"快出来吃饭，叫了多少遍了！

"你听到没有！快点给我死出来！"

即使戴着耳机，门外的声音还是传入他的耳朵里，他拧着眉头，不满这种突然被打断的感觉，但他的手还是没有离开键盘，依旧不停地敲击着。

"咚咚咚！咚咚咚！"

敲门声夹杂着踢门的声音越来越响，女人的叫骂声就像是尖刺一样扎着他的耳朵。他的手一顿，屏幕上紧接着出现了：

GAME OVER。

他瞪大了眼睛，暴怒地拿着拳头砸向键盘，嘴里嘀咕着什么，却始终没有发出一点声音。

"你好了没有啊，你再不出来我要砸门了！"

在椅子上静坐了几秒后，他站起身一把抓起旁边的一个娃娃，拉开抽屉拿出里面一把刀，一下一下向那个娃娃身上扎去，眼睛、鼻子、嘴巴，他一个接着一个地往那里扎去，娃娃已经破烂不堪，他却乐此不疲，暴怒在他脸上消失，他又再次咧开嘴笑着，屏幕上鲜红的英文字母映在他的脸上，扭曲狰狞。

"是时候了，爆发出来吧，你内心隐藏着的魔鬼。"

2. 游戏

"呼呼……"男人喘着气，站在一堵墙壁后面，身体紧贴着墙壁，耳边警惕地听着周围的动静。

"滴答！滴答！"耳边传来的只有不远处的滴水声，在这个空旷的地方显得格外清晰，除此之外再也没有其他的动静。他缓缓吐出一口气，心里安定了不少。他靠着墙壁慢慢蹲了下来，跑了将近半个小时，已经让他的体力近乎透支，身上出的汗让衣服有些黏在身上，冷风一吹，有些凉意。

他捏了捏已经酸胀的小腿，为之后的行动做好准备，一边做着活动，他一边小心翼翼地观察了一下四周，都是暗灰色的墙壁，抬头看去，只有一截儿钢架垂了下来，外面的月光从破碎的窗户外透进来，泛着幽幽的反光。

是个好东西，他琢磨着。

于是，男人站起身试图去够那个钢架，他踮起脚，手正好能抓住钢架的一端，他用力往下一拽，衔接处并没有完全断开。

他不甘心，握着钢架的手又往上放了一点，整个人跳起来，利用自己身体的重量，终于把它扯了下来。

"咚！"

他手里握着那根钢架摔倒在地上。

完了，暴露了，得赶紧离开这里。

他咬着牙迅速站了起来，又退到墙边上，小心地探出脑袋，用眼睛瞄着墙壁后面。

没有人，他看准了另一边的楼梯，在心里默念三下，然后拔腿冲了过去。他紧贴在墙壁上，心脏"怦怦"地跳着，是一种恐惧，以及莫名的刺激感，他舔了舔有些干的嘴唇，慢慢往楼梯那里挪动。

还有一步就到了楼梯那里，他停下脚步，静静地听着周围的动静，确定只有滴水的声音后，他跨出一步，转过身，对着楼梯。

突然，他的双眼倏地睁大。

在淡淡的月光下，他看到了一双平静的眼睛和一把刀，那把刀横在他胸口的位置。

他身体的本能反应显然比脑子要来得快，伴随着惊吓，他快速后退着，但那人显然一直等着他的出现，就在他退后的那一瞬间，手里的刀就对着他砍了下去。

疼痛从胸口这里传来，但他已经来不及去看伤口有多深，踉跄地后退着，手上的钢架朝着那人的脸打去。

但不幸的是，被那人灵活地躲开了，又是一刀，砍在了他的手上。

情况现在对他非常不妙，那人哪里都没有受伤，而他自己却已经挨了两刀了，他再一次用钢架攻击，直接把它扔向那人，趁着那人躲避的那短短几秒，他撒腿就跑。

不能被抓住，不然就是死路一条。

恐惧渐渐覆盖了原来的那一点刺激，他狂奔着，耳边是风声，和身后追赶的脚步声，就像是鬼一般，在他身后不远的距离，紧紧地追着他。

脚渐渐失去了力气，身上的伤口越来越痛，甚至能感觉到血从身体里流出来，他大口喘着气，觉得自己之前好不容易恢复的体力又被消耗殆尽了，再这样下去，只有死路一条了。

他转了个弯。走道里一片漆黑，没有一丝光线，他摸到一个房间，躲了进去，左脚碰到什么东西，他蹲下身拿了起来，是一个啤酒瓶。

他紧握着这个啤酒瓶，在黑暗中等待着那个人。

脚步声越来越近，他咽了口口水，握紧了那个啤酒瓶，只觉得心都吊到了嗓子眼。

声音越来越清晰也越来越慢，那个人似乎在确认他的位置。

他的双眼睁大着，等着那人出现在门口给对方致命一击。突然一个人影在门口走过，他冲了出去，双手握着啤酒瓶就狠狠往那人的头上砸去。

"啊！"痛苦的哀号声响起，啤酒瓶碎裂，那人摔倒在地，发出一声闷响。他握着剩下一半的啤酒瓶继续朝那人头部砸去，一下一下，他听到了啤酒瓶敲击在头部的那种声音，鼻子里闻到的是浓重的血腥味。他看不到那人的情况，但是黑暗却给了他足够的勇气和刺激。

不知过了多久，地上的人已经没有了动静，他又机械性地砸了几下，才气喘吁吁地直起了腰。

"哐当"一声，啤酒瓶被扔在地上，他能感觉到手上和衣服上沾满了血，有他自己的，但更多的却是地上那个人的。

他咧开嘴，狰狞地笑了。

"哈哈哈！"

他赢了！赢了！

深夜，他走回家，用钥匙打开门，家里空无一人，他并没有开灯，换上拖鞋，没有障碍地走到了卫生间里。他放下背在身上的包，拉开拉链，从里面拿出一件衣服和裤子，放在盆子里，打开水龙头，水哗啦啦地流到了衣服上，他拿过旁边的肥皂，涂抹在衣服上，拿手用力地搓。

他不紧不慢地洗着衣服，直到上面一点味道都没有，水被倒在水池里，一点点消失，没有留下一点痕迹。

晾好了衣服，他拿着拖把把房间里拖了一遍，又拿着抹布把家具仔细擦干净，黑暗根本一点都没有妨碍到他。

已经凌晨两点，他做完所有的家务，拿起地上的背包，回到了自己的房间里。他打开电脑，在包的一个口袋里掏出一把小刀，借着电脑的光，轻轻地把它擦干净。

他来回翻转着刀，在检查它是否干净，刀背上映出了他的眼睛，那双漆黑平静的眼睛。

周六下午接到报案后，刑侦队的人从家里赶到了案发现场。

陆祯在四十分钟后到达这个在郊区的废弃工厂，其他队员都已经到了现场。尸体在二楼一个房间门口，走进封锁区内，他当即就看到了仰面躺在血泊中的男性死者，头部已经血肉模糊。

苏唯正在对尸体进行初步检查，陆祯没有打扰，观察着尸体附近的情况。

先到达现场了解了死者情况的桑雨欣对走进来的陆祯道："队长，在死者身上找到了他的身份证，已经确认了他的身份。黄虎，四十一岁，工人，是本市人。"

陆祯看了一眼她递来的身份证，颔首道："联系一下他的家人，确定一下他们最后看到死者的时间和地点。"

"知道了。"桑雨欣点着头，看向周围，看了一圈疑惑地问，"队长，简顾问呢？"

"还没来。"

桑雨欣走后，陆祯看着苏唯对尸体做着检查，见苏唯脱下手套，知道他已经检查完毕，便问："苏唯，怎么样？"

苏唯站起身冷静地道："伤口在头部，失血性死亡，死亡时间应该在昨天晚上十二点到凌晨一点之间，死者头部遭到反复敲击，伤口处还有玻璃碎片，凶器应该就是旁边的这个啤酒瓶，啤酒瓶上沾着灰，所以还留下了完整的手印，这周围的血迹我要回去检验一下，才能确定是不是都是死者的。"

陆祯听后颔首道："辛苦了。"

季浩然走了过来："队长，这是一个废弃的厂房，总共有六层楼，周围也没有摄像头，今天早上是一个拾荒者发现尸体后报的警。"

陆祯点点头，而后问："门口的血迹追踪到了吗？"

"季浩洋带着人去追踪了，按照血迹的位置和留下的脚印的方向来看，凶手应该是身体左侧以及左手受了伤。"

陆祯思忖了一下，道："凶手既然有可能受伤了，你带人去查找本市所有的医院，特别是一些诊所，看看今天去疗伤的有没有符合这些条件的。"

季浩然点点头："行，队长。对了，简顾问呢？"

"问我干吗？"陆祯第二次听到这话直接炸毛了。他是刑侦队的队长，又不是简宁的保镖司机。

"可简顾问不是一直和你一起来的吗？"

陆祯没好气地道："她还没到呢。"

"那她怎么过来啊？"

"我怎么知道！"其实陆祯是知道的，他本来打电话给简宁就是要去接她的。可简宁表示自己在外面，朋友会送她过来，在电话里他听到了那个朋友的声音，分明就是个男人。

当然，男人不是重点，重点是有人送多好，他还不用特地过去一趟。

"队长，队长！"

"血迹追踪到了？"

"不是，一百多米后就断了，应该是上了辆车。"

"那你这么激动干什么？"白高兴一场，陆祯气得要翻白眼了。

"我在门口看到简顾问了。"

"你不过才一天没见到她，用得着这么高兴吗？"

季浩洋一脸八卦地道："不是，有人开车送简顾问来的，而且是个男人。"

"那又怎么了？"陆祯嘴上表示不在意，耳朵却听着。

"光看那车我就知道那人绝对品位不错，诠释了什么叫作低调的奢华啊。"

高调的陆祯冷笑一声:"呵呵,见到人说不定你就不会这么说了。"

"人家是高富帅好嘛,而且对简顾问不要太体贴哟!我看不是追求者就是男朋友。"

季浩洋那语气和表情,看得陆祯真想打他。

"你是来查案的还是来看偶像剧的!"

季浩洋缩了缩脖子,听到身后的脚步声,扭头一看发现了简宁,他赶紧喊着:"简顾问来啦。"

陆祯也看了过去,她今天似乎是特意打扮了一番,外套里面是一件浅色连衣裙,不施粉黛却依旧靓丽夺目。

"季浩洋。"简宁认出了他的声音。

"哎,简顾问,刚才那位是你男朋友?"

陆祯转身装作看尸体,眼睛却瞥向简宁,耳朵竖起认真听着。

可还没听到简宁的回答,就有警员对他喊:"陆队长,过来一下。"

"来了。"陆祯应了一声,走了过去,心里不由得嘀咕起来:真是的,偏偏这时候被打断。可转念一想,那人是不是简宁男朋友关他什么事啊!

了解完情况的陆祯走回到简宁旁边,季浩洋不在那儿,显然刚才的话题已经结束。他还没说话,就听到简宁开了口:"陆祯,现场什么情况?"

陆祯惊得脖子一缩,一下子瞪圆了眼睛:"你怎么知道是我?"

"脚步声。"

陆祯一听抬着下巴,得意道:"是不是很特别?"

简宁徐徐一笑:"特别响。"

"……"

陆祯怕把自己越坑越深,及时停住了这个话题,转而向简宁描述了目前得到的案件信息。但明显现在的信息并不够，简宁面向着陆祯，开口道："我们沿着血迹走一遍，看看那时候到底发生了什么。"

两人沿着血迹往前走。

走了很长一段路，就看到地上有一个钢架，上面并没有血迹。

再往前走了一段路，血迹消失了。

陆祯蹲下身体看着墙壁上和地上的血迹："按照血迹的喷射程度来看，有人是在这里受伤的，而且不像是啤酒瓶造成的，看着更像是用尖锐的东西划伤的，但到底是凶手还是死者还不能确定，看来他们的第一次正面冲突就在这里，之后一个逃，一个在后面追，直到追到死者被杀害的位置。"

陆祯说完，发现简宁站在墙壁旁边，他走过去瞥了一眼她，犹豫了片刻，终究是忍不住，装作不经意地问了一句："刚才送你来的是你男朋友？"

"不是，朋友。"

"你们刚才一起在吃饭？"

"我知道了。"

"你知道什么了？你、你可别误会啊！我……"

"我误会什么？"

"误会，我……没什么。"

简宁没再追问下去，而是指着她所在的位置："有人在这里待了很长时间，并且他出了汗，说明之前他跑过。"

嗯？原来简宁刚才在说案子？他暗暗松了口气，还好刚才没说出口。

"哦。"陆祯赶紧装作淡定地应了一声，一抬头，竟然无意中就有了了新的发现，"啊，我想我知道那个钢架从哪里来的了，在天花板这里。"

"这里附近没有血迹，那个人可能是待在这里休息，然后把那个钢架拉下来当作工具，之后他走到楼梯的位置，碰到了另一个人，他们发生了冲突，一个人受了伤，之后一人追逐一人逃跑，直到一个人把另一个人杀了。"

陆祯："你觉得受伤的那个人是谁？"

简宁缓缓开口，语气笃定："凶手。"她说完之后想到了什么，偏头面向陆祯，"对了，你刚才不会是要说，误会你喜欢我吧？"

陆祯："……"

房间里传出键盘的敲击声，他挺直身体坐在电脑前，双眼平静地看着屏幕。

良久之后，他从抽屉里拿出那把刀，重新放进双肩包里，而后背在身上，走出了房间。

房子里空无一人，空气中有着淡淡的香气，他走到门口，换上鞋子。

"叮咚！叮咚！"

门铃在这时突然响起，他看了一眼猫眼，而后打开了门。

"是黄青峰吗？"

"我是。"

3. 家暴

桑雨欣从被害者的家里回来后，汇报了了解到的信息："队长，黄虎的家里只有他的儿子在，他妻子在几年前因为忍受不了他的家暴和他离婚了！"说到家暴，她极其愤然，"我询问了他的儿子，他说黄虎下班后经常不回家，在外面的棋牌室打牌，基本上是夜不归宿或者到了凌晨才会回来。所以，昨天晚上黄虎没有回家，他儿子也没想到自己的父亲会出事。"

　　又是一个不负责任的父亲，陆祯"啧啧"两声摇了摇头："那知道黄虎经常去的棋牌室在哪里吗？"

　　桑雨欣颔首道："知道，就在他家附近，我也去那里问过了，那里的老板说黄虎是晚上十点多的时候说是去买烟了，但结果就再也没有回来，他的手机也还放在棋牌室里。"

　　陆祯拧了拧眉头，思考了一下："黄虎的家里离案发地点有四十五分钟的车程，那天和他一起打牌的人有注意到黄虎有没有异样吗？接到过短信或电话吗？"

　　桑雨欣摇头道："没有。据他们回忆，一切和平时没有任何差别，昨天黄虎还赢了很多钱，所以特别高兴，他才会出去买烟，当作请客。不过打牌的过程中黄虎的手机一直在响，但一开始他没有接，后来觉得烦了就接了电话，应该是他前妻打来的。"

　　陆祯听完马上做出了安排："季浩然，你和方易一起去看一下棋牌室附近的监控。"他偏头看向简宁，暂时忘了刚才的插曲，"简宁，我们去趟黄虎前妻家里。"

　　"队长，黄虎的前妻现在居住的地方在洪沙岛上，要坐船过去。"

　　陆祯还真没去过那儿，一听还要坐船就拧了眉头："这么远？行，我知道了。"

　　陆祯拿了件外套和车钥匙正准备往外走，一直在电脑后面查着什么的方易突然叫道："等等队长，最晚一班回来的船晚上七点半开，你们可别晚了错过了可就回不来了。"

　　"知道了知道了。"陆祯看了一眼时间，才下午三点多，"现在过去来得及。"

　　陆祯心想这下应该没事了吧，谁料方易又叫了起来："还有队长，那边好像在下雨，要不要带上伞？如果风大雨大的话可能会停船，你们记得早点回来啊。"

陆祯翻了个大大的白眼，回头对着方易挥了下手："我知道啦方管事婆。"说完就往外面走，生怕方易还想到什么。

"谢谢。"简宁向着方易的方向道了声谢，便跟上了陆祯。

陆祯和简宁自然是走楼梯到了一楼。说来有趣，之前一直坐电梯的陆祯现在竟然已经养成一种习惯，无论简宁在不在，都是走楼梯。

两人上了警车，开往黄虎前妻的家里。

车里安静得没有声响，陆祯开着开着瞥了一眼后视镜，简宁睁着眼睛，视线向前，十多分钟没人说话，加上想到了之前的事情，陆祯莫名觉得尴尬。

"咳咳。"他还是没忍住，装作咳嗽了两声。

"怎么了？"

"我就是想说，之前的事你可别误会啊，我不过就随口问问！"陆祯下意识地抬高了声音，为了装作底气很足的样子。

简宁轻笑，心想他怎么还在纠结那件事。

"我没误会。"

"那就好。"陆祯嘀咕了一句，接着车里又陷入了沉默。

没过两分钟，陆祯开始没话找话了："听季浩洋说，你朋友开的车价值不菲？"

简宁对车没研究："是吗？确实坐着挺舒适的，他家境本就不错，而且在心理学领域知名度很高，不少杂志上刊登过他的文章。"

简宁语气淡淡，陆祯却听出了她对对方的赏识："谁啊？"

"我说了你也未必认识。"简宁心想陆祯本就对心理学有偏见，自然不会关注。

谁料陆祯一听这话不高兴了："你不说怎么知道我不认识？"

简宁拿他没办法："他叫韩磊。"

"啧，名字真普通，这哪能记住啊！"语气里分明就是"我不知道不怪我见识少"的感觉。

简宁对陆祯时不时的一些幼稚言语已经有些适应了，她发现一旦脱离案件，他的身上就几乎找不到刑侦队队长该有的模样。

一个小时后，他们的车下了船到了洪沙岛，这里的确下着雨，不过并不大，陆祯开车开了十分钟，就找到了黄虎的前妻徐亚楠的家，对于警察的到访她并不意外，或许在得知前夫的死讯后，她已经想到了警察会找上门。

徐亚楠往后退了两步，让陆祯和简宁进去，关上门后，她领着他们坐在客厅的沙发上。

"你们坐着，我去给你们倒两杯水。"

陆祯摆手道："不用麻烦了，谢谢。"

"不麻烦，很快就好了。"徐亚楠却坚持着去了厨房，不一会儿就端出两个盛着水的杯子，放在陆祯和简宁面前。

"谢谢。"陆祯没有去拿面前的杯子，而是把简宁面前的杯子往她那里放近了些，显然是为了让简宁能方便拿到。

杯子再次碰到茶几的声响自然被简宁注意到了，她正欲说声谢谢，却被陆祯略显刻意的咳嗽声打断了。

简宁轻笑，伸出手摸到水杯后拿起喝了口水。

徐亚楠也坐在了对面的沙发上，她搓了搓双手："你们来这里是为了黄虎的事情吧。"

陆祯道："是的，徐女士，您是黄虎的前妻吧。"

徐亚楠叹了口气，脸色有些苍白："没错，我真是后悔嫁给了他，要不也不会这么受折磨，也害了自己的孩子。"

陆祯声音拔高了一些："所以黄虎不光对你家暴，还打自己的孩子？"

徐亚楠满脸悲伤："是啊，我没法忍受他每天的打骂，所以跟他离婚。你们也看到了，我现在生活得并不好，身体也不好，根本没有条件抚养儿子，因为之前他对孩子还不错，他也不想把孩子给我，所以孩子就交给他抚养了。可是没想到，离婚后一周我把孩子接到家里来，发现孩子的身上居然有被打的痕迹，因为是穿了衣服看不见，我是在他洗澡的时候才看到的，这孩子什么都不说，但我知道肯定是他爸打的。

"我气急了，根本没想到他居然会打儿子，于是我就带着儿子去他那里质问他。他说是因为儿子在学校里表现不好，他被老师叫到学校去了，所以才打了儿子，说完就把我赶出去了，也不让我看孩子。"

徐亚楠越说越激动，掩面哭了起来。

陆祯抽了几张旁边的纸巾递给她，等她情绪稍微缓了缓后向她询问："徐女士，昨天晚上的时候您是不是打过电话给黄虎？"

徐亚楠点了点头："对，我给他打了好几个电话，因为我听儿子的老师说，儿子在学校打了学生，叫黄虎去了趟学校。我怕他再打儿子，就给他打电话，他一直不接，后来才接的，但是骂了我几句就把电话给挂了。"

陆祯："那之后呢？"

"我打电话到家里，但没人接电话，我想儿子应该是睡觉了。"

简宁开口问了一个直接的问题："那今天早上为什么没去那里呢？"

"呃，因为……因为儿子去上学了，我想也没必要去那里了。"徐亚楠有些尴尬，低着头。

简宁却猜透了她的心思："是因为你现在的男友不让你去吧。"

徐亚楠猛地抬起头："什么？"

简宁放下手里的杯子："你不去看孩子一是因为前夫，二是因为你现在的男友不想要你去接触你的孩子。"

　　"你怎么会知道这些的？"徐亚楠吃惊地看着面前这个漂亮的女警察。她细看之下才有些察觉，对方好像看不见……她内心的吃惊又转变为了疑惑。

　　经过前一个案子的配合，陆祯已经习以为常，简宁虽然看不见，却依旧能靠自己的方式推断出事件的真相。

　　简宁缓缓开口，说了自己的判断："你前面说了离婚后一周你还带着孩子回来，但之后你却只是在学校门口看孩子，是因为你有了男朋友，但他并不想让你把孩子带回来。知道了儿子可能会被你前夫打，你没有在白天打电话，而是在晚上，很可能是因为你男友晚上出去上班，所以在那个时候才能给儿子打电话。你很担心儿子，但是在知道你前夫出事后，今天早上你却没有去看你儿子，因为你男朋友快要下班回来了。"

　　徐亚楠张了张嘴，沉默了片刻，承认了："我也没办法，我也要生活，之前我一直在外面租房子，还要看病，钱根本就不够用。之后我就认识了一个男人，他对我还不错，总算是有个依靠吧，只是他的确是不想让我和前夫还有儿子有太多的联系。"

　　正说着，大门突然打开，一个中年男人走了进来，看到陆祯和简宁就拧紧了眉头："这是怎么回事？"

　　徐亚楠一下子站了起来，有些慌张的样子，她扯了个笑对他道："没什么事，就是黄虎死了，所以警察来问些问题。"

　　中年男人不耐烦地道："黄虎死了关你什么事？"

　　徐亚楠催着他："没什么事，你去睡觉吧。"

　　中年男人看了陆祯他们一眼，直接走过去坐到了沙发上，坚持道："不用，我陪着你。"

　　之后又问了几个问题，陆祯和简宁就准备走了。徐亚楠送他们到门口，一副欲言又止的样子，还往自己男友的方向看看。陆祯知道她是想问自己儿子的情况，便道："你儿子没什么事，放心。"

徐亚楠感激地道："谢谢，有空我就去看他。"

从徐亚楠家里出来，陆祯说了之前没法和徐亚楠说的事情："桑雨欣送黄虎儿子去学校的时候去见了他的班主任，他说黄青峰在学校的时候经常打别的同学，前几天因为找不到笔连女同学都打了。"

简宁点点头，之前她遇到过不少像黄青峰这样的家庭："因为他一直生活在家暴的环境下，所以他认为暴力可以解决一切。"

陆祯应了一声表示认可："按照黄虎那时候的情况，他不可能放下牌局去案发现场，所以一定是在去买烟的时候发生了什么意外。黄虎的社会背景还算简单，也没有什么仇人，没有欠债，谁会对他下手呢？"

简宁垂眸思索了一番："如果凶手是在黄虎去买烟的时候把他劫持并且带到那个废弃厂房里的，那就有一个问题，凶手在任何地方都可以杀了黄虎，为什么一定要到厂房那里？现场给我的感觉，凶手似乎不想直接把他杀掉，他让黄虎逃跑，凶手在后面追击，凶手享受的不是杀人的那个瞬间，而是追击的过程。"

陆祯听完紧拧眉头："如果是这样，那黄虎绝对不是最后一个受害者。"一个把这当作乐趣的人比因为仇恨而杀人的人更恐怖，他不会停止，反而会去寻找更多的刺激。

两人走出那栋楼，发现外面竟然下起了大雨，狂风乱作，天也黑了下来。

想到来之前方易的叮嘱，陆祯整个人都蒙得不知道说什么好了。

简宁听着雨声，担忧道："会不会停船？"

"怎么可能！"

十分钟后……

"……"陆祯听着码头的广播，露出生无可恋脸。

然而，他还是不信，反复和工作人员确认："师傅，真的停船了？"

"是啊，你看这风大雨大的，没法开船了。"

"不是，虽然下雨，但是这浪也不大啊！"

话音刚落，一个大浪打上来。

工作人员："你看。"

陆祯："……"

等在车里的简宁听到门打开了，便问："怎么样？是不是没法开船了？"

陆祯坐进车里关上门，声音格外低落："只能等雨小了才能开。"他拿起手机嘀咕起来，"哎真是，方易！什么不好预言偏偏预言这个！"

给队里打完电话，陆祯看了一眼时间，已经快六点了，如果七点半之前雨还不小的话他们今天就彻底回不去了，而且看现在的情况还真有可能。想到这点，陆祯就暴躁："唉，真是！"

"你饿不饿？"

"你饿了？"

"嗯，我刚才听到外面有卖红薯的。"

陆少爷一听撇撇嘴："路边的红薯有什么好吃的，我去看看还没有其他吃的。"

他拿着钱包下了车，可转了五分钟，最后还是买了红薯回了车里。

陆祯翻着白眼回了车里，苍天啊！除了红薯就没别的了嘛！

"吃吧。"

"你不吃？"

陆少爷并不想吃："我不饿。"

话刚说完，"咕……"清晰的声音从陆祯的肚子里发出，他捂着肚子郁闷地闭上眼睛，要命了，连自己的肚子都跟他唱反调。

"吃吧，味道不错。"

陆祯一脸嫌弃地接过红薯，把皮剥开后闻了闻，样子不咋样，香倒是挺香的。他偏头看着默默在吃的简宁，抿了抿嘴，挣扎了一会儿咬了一口，丝丝的甜味在嘴里溢开，糯糯的，还真挺好吃的。

"怎么样，好吃吧？"

陆祯嘴硬着不肯承认："那是因为肚子饿，吃什么都好吃，还有，这可不是普通的红薯，我花了一百块呢。"话到最后变成低语，卖红薯的是一个老婆婆，陆祯给了她一百块让她早点收摊回家。

简宁的轻笑声从旁边传来，陆祯偏头看着她，发现她也在"看"他，简宁的脸上有着淡淡的笑容，车里的灯光照在她的脸上，显得格外柔和动人。陆祯别开脸，可下一秒又看了过去。

2015 年 11 月 21 日，陆祯第一次到了洪沙岛，第一次吃了路边的烤红薯，以及，他第一次脸红了。

4. 虐杀

他动了动手指，眼皮颤了颤，而后抬起手捂着疼痛的头部。过了一会儿，他才慢慢睁开眼睛，渐渐恢复了意识。

四周一片黑暗，伸手不见五指，他用手支撑着靠在了身后的墙壁上，墙壁上刺骨的凉意从他单薄的衣服传到了他的身体里。

他冷得抖了抖，发现自己穿着的还是在家里时的衣服，他回想了一下经过，只知道自己在家里被人敲昏了，之后便失去了意识，可现在自己又在什么地方呢？

缓了一会儿，他用手扶着身后的墙壁尝试着站了起来，身体也渐渐有了力气。他警惕地慢慢向前走，脚步放轻，他不想惊动把他抓来这里的人。

突然，四周猛地亮了起来，刺眼的灯光让他赶紧闭眼并用手把眼睛遮住，他听到有人走过来的脚步声，离他越来越近。

他马上放下手，眯着眼睛向前方看去，很快他看清楚了自己的位置，这是一个像监狱一样的地方，他的前方是一根根的铁栏杆，阻断了他和外面，他的头顶是一盏灯，黄色的光线照亮了这个房间。

他走到铁栏杆前，伸出头往外看，没有任何人。

之前明明听到有人走过来，怎么会没有人呢？

他完全搞不清楚现在的情况，是谁敲晕了他把他关在这里，他要做什么，自己又会怎么样？

他烦躁地抓了抓头发，脑子里一团乱，一低头，却意外地在铁栏杆外面的地上看到了一把钥匙。

钥匙！

他赶紧蹲下来伸出手把它拿了起来，刚要起身拿钥匙开门，外面又传来脚步声。他吓了一跳，赶紧把钥匙塞进裤子口袋里，又退回到了墙边上。

脚步声越来越近，他的身体紧贴着墙壁，屏住呼吸紧盯着外面，心脏"怦怦"地跳着，冷汗也从额头冒出。是谁，会是谁来了？是那个把自己抓来的人吗？

几秒后，一只鞋子出现在他的视线中，下一秒，一个黑衣人出现在眼前。

黑衣人还戴着黑色的头套，只露出眼睛和嘴巴。

他身体颤抖着，屏住呼吸紧张地盯着黑衣人。

但黑衣人只是看了他一眼，没有说话，也没有干任何事，又继续往前走了。

他完全傻了眼。脚步声越来越远，他整个人顿时瘫倒在地。伸手把冷汗抹去，他慢慢爬到了门口，又往门外看了一眼，黑衣人已经走远了。

　　现在正是时候，虽然他不知道这到底是什么情况，但是绝对不能这样坐以待毙，他要先从这个牢笼一样的地方逃出去。

　　这样想着，他拿出钥匙，把手伸出去，小心地把钥匙塞进钥匙孔里。

　　"咔哒！"

　　门开了。

　　喜悦一下子涌上心头，他做了个深呼吸，再一次检查了外面的情况，在确定没有人之后，才打开了门。

　　他走了出去，关上了门，左边是黑衣人离开的地方，所以想了想他决定往右边走。

　　他右手贴着外面的墙壁，压低脚步声往前走。这里的光线很暗，他只觉得自己身处在一个长长的走廊，而前面像是没有尽头，他得赶紧找到出口，在没有人发现之前。

　　走着走着，他想到了黑衣人，他脑子里突然闪过一个念头，不会是……

　　难道？他不敢多想，因为不知道自己现在是处于危险中还是安全中，也许除了黑衣人还有别的人在。

　　他咬着嘴唇，用手捂着自己还没完全愈合的伤口，心里突然有了斗志。没关系的，上次他就赢了，在那么危险的情况下他都赢了。

　　想着想着，他有了些信心，但是仍旧不能放松警惕，他现在身上除了一把钥匙没有任何工具，他得找到什么东西保护自己，所以他一边慢慢往前走一边低头寻找工具。

　　走了十多分钟，他终于走到了走廊的尽头，就要转弯了，他贴着墙壁，小心地伸出头往那里看去，没有人。

　　他松了口气，转了个弯继续往前走。又走了一段路，他看到了前面有两扇门，都是关着的，而两个房间中间又挂着一把钥匙，看来这把钥匙只能开一扇门。

后面是黑衣人,这里是神秘的房间,只能选择一个,前进或许后退,他做了个深呼吸,最后决定拿起这把钥匙。

走到一扇门前,把钥匙插入钥匙孔里,他转动了一下,打不开,不是这间房间。

他拔出钥匙走到另一扇门前,又一次把钥匙插了进去,转动钥匙。

"咔哒!"

他松开钥匙,手放在门把手上,往下一按,打开了门,里面一片黑暗。

刚走进去,里面的灯突然亮了,刺眼的亮光让他不自觉地眯起眼睛,再睁开时他看到了房间里的一切,还有人。

他惊愕着回头,门却应声关上了。

"啪嗒!"

门锁上了。

晚上七点多,雨渐渐停了,等了一个小时的陆祯和简宁终于开车上了船,八点多他们回到了警局,队里的人自然都还在办公室。

苏唯得出的现场血迹报告证实了简宁的判断,之前走廊上的血迹和在外面的血迹都不属于死者,但也只能证明现场还有一个人受伤,并不能确定受伤的就是凶手,在数据库里也找不到血迹和指纹的所有者。

案子一下子陷入了僵局,刑侦队的所有人都在办公室里,研究着案情,希望能挖掘到新的线索。

就这样,到了第二天,他们依旧没有什么突破性的发现。

"陆队长!"原本安静的办公室突然被这一声吼叫打破。

陆祯听到后马上冲了出来,发现进来的竟然是特案队的赵强,看着他神色慌张，陆祯紧张地问："赵强，怎么了？"

简宁也跟着走了出来。

赵强喘着气喊道："快快，看视频！"

陆祯不解："啊？我们这儿正在研究案子呢，看什么视频啊？"

"啊呀，又是个案子，你们快点看视频。"赵强跟他们讲不清楚，只能一把抢了方易的电脑，输了网址，一个视频就跳了出来。

"你们过来看，简直疯了。"

这下所有人都围了过去。

方易看了一眼，就瞪大了眼睛："哦，我的天！"

视频中是一个男人，他被绑在一把椅子上，一条鞭子不断抽打在他的身上，非常狠的力度。很快，他的衣服都破碎了，一道道红痕出现在他的身上。

男人痛苦的喊叫声让每个人都竖起了寒毛。

紧接着，他们就看到一支箭射入了男人的右眼，接着是左眼。

季浩洋抓着自己哥哥的手才忍着没闭上眼睛，连一向胆大的桑雨欣都扭过头害怕得不敢再看。

简宁虽然看不见，却依旧能听到视频的声音，她可以感受到。

视频中的残忍画面让办公室的所有人都一下子说不出话来，然而虐待还在继续，惨叫声不断从电脑里传出。

半晌，陆祯张了张嘴，还有些发蒙："赵强，这是，怎么回事？"

赵强拍着大腿心里也是急："刚才突然出现在网上的，而且还是现场直播，石头正在想办法把视频删掉，并且追踪上传视频的位置。"

陆祯大惊："就是说这个视频现在所有人都能看得到？"

赵强焦急万分："没错，你们看这个点击量，而且看样子很难删掉它，现在只能希望石头能快一点。"

又过了一分多钟，画面中的男人承受不了这种酷刑，最终被折磨致死。这时镜头突然拉近，放大了他的脸，两支箭插在他的双眼上，脸上全是血，恐怖而又血腥。

接着镜头又被拉远，灰色的墙壁上用红色的东西写着两个单词：GAME OVER！

5. 选择

视频结束，画面一片黑暗，几秒后这个视频被删除。

赵强终于吐出一口气："呼，看来是被石头删掉了。"

可纵然如此，这几分钟的时间内足以让无数的网民看到这段恐怖、血腥的视频，无论虐杀并把过程直播到网上的人是什么目的，所要达到的都已经达到了。

陆祯跟着赵强到了特案队的办公室，技术员石元斐额头上都是汗，经过了刚才几分钟的奋力补救，现在他整个人都瘫在椅子上。

特案队的队长秦渊问："石头，现在情况怎么样？"

石元斐精神明显有些低迷："视频已经被我删了，那段视频我已经录下来了，这次我算是碰上强手了，过程中我根本没办法删掉视频。"

秦渊安慰他："没事，石头，你已经尽力了，能追踪到对方的位置吗？"

石元斐苦着脸摇头："这就是更加让我郁闷的，不能。"

陆祯叹了口气："那我们只能从这段视频里找线索了。"

陆祯回到刑侦队办公室，方易已经收到了石元斐录下的视频。会议室里，方易把视频放到大屏幕上，众人又看了一遍视频。

视频结束后，一直用耳朵认真听着的简宁道："死者应该身处于地下室，这个房间和这间会议室差不多大，四周是墙壁，门是关着的，拿鞭子打他的人旁边站了个穿高跟鞋的，而射箭的是另外一个男人。"

　　等简宁说完，会议室先是沉默了几秒，接着传来了季浩洋倒吸一口冷气的声音。

　　所有人都看着简宁，整个视频的拍摄对象就是死者，他们关注点也一直都在死者身上，虽然能看出他在的地方是地下室，但其他的却完全看不到，可简宁只是听便能知道这么多，实在是让他们叹为观止。

　　"简顾问，你太厉害了。"

　　"是啊，这都能听得出！"

　　大家都在感叹着，而自认为比队员们更了解简宁的陆祯却没这么惊讶，似乎觉得她就是有这样的实力。

　　简宁继续道："如果能模拟这个现场，我应该能知道更多。"

　　陆祯看向简宁，当机立断道："好，那我们现在就去准备。"

　　他们几人找到了一个和现场差不多的房间，在房间的中间放了一把椅子和一个人体模型。

　　陆祯在隔壁的房间回看着视频，抓住了一个点："从视频中看那个鞭子的抽打位置，那个挥鞭子的人应该在一米七五到一米七八之间。"

　　季浩洋一听立马举起手，人凑到陆祯面前："队长，我！我一米七七。"

　　"行，去吧。"

　　桑雨欣道："那女的我来吧，我今天正好穿着高跟鞋。"

　　所有人就位，季浩洋拿着鞭子站在人体模型旁边，人体模型的前方摆着摄像机。

　　而陆祯、简宁则在隔壁的房间同步看视频。

　　陆祯对着话筒道："季浩洋，开始吧。"

　　"OK！"通过喇叭听到的季浩洋说话的同时举起手臂将鞭子狠狠抽向人体模型，一下又一下，就像是视频中的人对待死者一样。

简宁听着鞭子声的回音道："声音不对，我听到的一连串敲击的声音，像是有节奏的。"

回到办公室，陆祯对方易道："方易，能不能把其他声音去掉，加强高跟鞋的声音？"

"可以，我试试。"方易敲了几下键盘，"好了，你们再听下。"

简宁听完直接道："是摩斯密码。"

季家兄弟吃惊地道："摩斯密码？"

陆祯一挑眉，拍了一下方易的肩膀："方易，你再放一遍。"

又是一遍之后，陆祯拧着眉头，随后松了开来："我知道了，康元路 99 号。"

"哇，队长，你居然懂摩斯密码啊！"

刑侦队的队员们都一脸崇拜地看着陆祯，就连简宁也有些意外地看着他。陆祯看到后心想自己终于在简宁面前露了一手，自然是得意得沾沾自喜，却装作不在意，抬着下巴语气淡淡地道："这有什么。"

陆祯维持着这个有些耍酷的姿势，然而预料之中的赞美声却没再继续下去，陆祯听见他们在查具体的位置，表情上没表现出来，心里却在吼着：你们倒是多夸几句啊！

当然，没人注意到陆祯的心理变化，季浩然摸了摸下巴道："不过，他们居然通过这种方式告诉我们地址？"虽然这可以大大节省找到那个地下室的时间，但是他们为什么会特意告诉警察？

陆祯听后偏头冷笑了一声："因为他们大概认为即使告诉我们地址我们也找不到他们。"

驱车前往康元路，他们很快便找到了这个阴暗的地下室，沿着昏暗的走廊走了很长一段路，他们面前出现了两扇门。两扇门都锁着，陆祯和季浩然分别撞开这两扇门，看到的是完全不一样的场景。

季浩然走进的那间房间有一个桌子和椅子，桌子上放着一台笔记本电脑，上面的画面正是那段视频。

而陆祯一撞开那扇门，浓烈的血腥味就扑面而来，嗅觉和视觉的双重刺激。

房间里只有一把椅子，和坐在椅子上被残忍杀害的男人，他的脸上、身上，都是血，而他身后的墙上写着血红的大字"GAME OVER"。

连一向看见尸体眼睛眨也不眨的苏唯也道："是有够变态的。"

趁着苏唯检查尸体的时候，陆祯走到墙壁上闻了闻那个红色的液体："这好像不是人的血。"

季浩洋看着死者摇着头感慨："这是有多大的仇啊，下这么狠的手。"

陆祯摸着下巴琢磨了一下："这不像是单纯的杀人，他们在尽最大程度地折磨他，但是从视频上我感觉不到仇恨，反而像是……"

"惩罚。"陆祯还没想出来，简宁已经说出口。

陆祯颔首道："对，就是这种感受。"

季浩洋将墙壁上的字拍了下来："还 GAME OVER？他们当这是真人游戏吗？"

陆祯一回头见简宁低着头沉思着，便问："简宁，你是不是想到什么了？"

简宁的眼睛对着那堵墙壁，若有所思地道："墙壁上的 GAME OVER，他们把这个写这里肯定是有意义的。游戏结束，这让我想到了之前的那个案子，追击和逃跑，难道不也是游戏吗？"

回到警局，苏唯的检验结果让刑侦队的人大为吃惊，因为之前在废弃工厂中发现的另一个不明人物的血迹正是这次死者谭余年的，那个凶器啤酒瓶上的指纹也是谭余年的。就是说，那个凶手在杀了黄虎后被人残忍地杀害了。

　　刑侦队的办公室在一瞬间陷入了安静之中，找到上一个案子的凶手原本对他们来说应该是个喜讯，但现在凶手找到了，却已经是一具尸体了。

　　一个案子的结束带来的却是一个新的案子。

　　季浩洋望着天花板，感叹着："天哪，一帮人杀了一个凶手，难道那些人是所谓的'正义使者'？知道谭余年杀了人所以把他绑起来杀了。"

　　陆祯双手抱胸淡淡道："是不是'正义使者'我不知道，但你们有没有觉得这个凶案现场就像是一个仪式。"

　　坐在位子上的方易一直皱着眉头，在思考着什么，而后他道："队长，苏唯检验出来墙壁上的血是不是鸡血？"

　　陆祯点点头，看向他："对，就是鸡的血，为什么这么问？"

　　方易这下更坚定了自己的想法："我之前没想到，但如果墙壁上的血是鸡血的话，我确实是听到过这个仪式的。这是一个很古老的仪式，一个古老的部落，他们为了惩罚背叛者，会把他全身捆绑，然后用鞭子抽打他，最重要的就是眼睛，因为他们觉得眼睛是明亮的，善良的人是不会被污染的，在他们死后会指引他们上天堂，而那些背叛者不配拥有光明，所以他们会把他的眼睛用箭射瞎，让他们死后下地狱。在最后，他们会用鸡血写下背叛者的名字，展示在全族人面前。"

　　季浩然疑惑了："果然是惩罚，那为什么惩罚他呢？因为他杀了人？"

　　陆祯刚想说什么，手机却在这时响了，一看是秦渊就接了起来。

　　"喂，秦渊。"

　　秦渊在电话那头道："陆祯，赵强他们去了谭余年的家里，家里什么都没少，除了他的电脑。据他母亲说，他毕业后就没出去工作，整天闷在房间里打游戏。"

"好的，我知道，谢谢。"

挂了电话，陆祯把得到的消息告诉他们："谭余年的电脑不见了，而且他之前非常沉迷于游戏。"

"所以他们特意拿走了他的电脑，因为里面有他们不想被我们发现的东西。"所有的线索在简宁的脑子里一个一个地展现，"电脑、游戏、GAME OVER、惩罚。陆祯，那个地下室有两间房间，在门口还有什么？"

"还有什么？还有……啊！门口的墙壁上有两个挂钩。"陆祯微微睁大了眼睛，想到了最大的可能性，"挂钩是用来挂钥匙的！"

简宁垂下眼，低声道："有两把钥匙，每把钥匙打开一扇门，而谭余年选错了门。或者，当他到那里时，他只剩下这一个选择了。"

陆祯沉声道："没错，这就是一场游戏。"生与死的游戏。

6. 谎言

陆祯根据现有的线索，做出了猜测："如果是这样的话，一共是两场游戏，每场游戏是两个人。第一场游戏的参与者是谭余年和黄虎，而第二场游戏的参与者是谭余年和一个未知的人。第一场游戏中黄虎死了，谭余年赢了，所以谭余年又参加了第二场游戏，这就好像是个晋级赛，除非死亡，不然就会一直比下去。"

"哦，天哪，居然还有人会参加这种要命的游戏啊！"季浩洋摇着头感慨了一下，又问，"可他们选择选手的方式和人群呢？随机？"

陆祯否定了他的看法："应该不是，肯定是特定的一类人，不然他们就不会特意把谭余年的电脑拿走了。"

他转而询问桑雨欣："对了，小桑，黄虎家有电脑吗？"

"没有找到，我再去确认一下。"之前她去黄虎家里的时候并没有找到电脑，而他的牌友也没有提到过。桑雨欣想了想，准备打电话给棋牌室的老板和他的前妻问问情况。

"现在第二场游戏中有一个人赢了，那么接下去就会有新的比赛，我们得尽快找到这些参赛者之间的联系，不然下一个死者很快就会出现。方易、浩然和浩洋，你们查看一下黄虎和谭余年家附近，还有这两个案发现场附近的监控，对比一下有没有相同的车辆或者人出现。"

他们三人在调看监控时，桑雨欣很快就回来了。

"队长，我问了黄虎的前妻，她说家里有一台电脑，是她买给儿子的，而且黄虎根本不会用电脑，这点我跟他的牌友证实过了。"

"所以，电脑是黄青峰用的。"陆祯吐出一口气。如果电脑不是黄虎在用，而是黄青峰在用，那这个问题就显得复杂了，"看来我们有必要再去找一下这个孩子了，桑雨欣，这孩子现在在哪儿？"

桑雨欣："现在在家里，他妈陪着他。"

陆祯和简宁到了黄青峰的家里，按了门铃。没过多久，徐亚楠的声音就传了出来："是谁？"因为这些天发生的事情，让她对别人的造访显得格外警惕。

陆祯立马道明了自己的身份："徐女士，您好，我们是警察，上次见过面的。"

"哦哦。"徐亚楠这才放心地开了门，一看到是他们，就让他们进了房间，"警察同志，又有什么事吗？"

简宁道："我们想找黄青峰了解一些情况。"

徐亚楠的脸上立刻出现了排斥的情绪："这，上次不是有警察已经找他谈过话了吗，为什么又要来找他问话？"

陆祯明白徐亚楠的心情，作为一个母亲，虽然她的男友不想让她和儿子过多的相处，但是她毕竟是关心自己的儿子的。

"您别担心，因为黄青峰和他父亲住在一起，所以对他父亲的情况肯定更加了解，我们希望能尽快破案，这样也是为黄青峰好。"

听了他的话，徐亚楠犹豫了很久后，终于勉强答应了："那好吧，你们问吧。"

这时，简宁突然提出："徐女士，能请你回避一下吗？"

徐亚楠明显不理解了，情绪比刚才还要激动些："为什么我要回避？你们问他问题好了，我不会打搅你们的，我就在旁边陪着他，这也不行吗？我是他妈妈。"

陆祯清楚简宁的考虑，这同时也是他所希望的："如果你在的话，我们问他的问题，他也许就会有所顾虑，可能关于他父亲的一些事，他不希望你知道。"

坐在沙发上的黄青峰也开了口："妈，我没事。"

徐亚楠有些不可置信地回头看着自己的儿子，或许是因为愧疚，她不想违背自己孩子的意愿，终于松了口："那我先出去了，给你去买点吃的去。"

黄青峰轻声道："嗯。"

徐亚楠终究有些担心，面露愁色地拿着包出了门。

门关上后，简宁坐在了黄青峰的旁边，而陆祯则搬来一把椅子坐在他的对面。

黄青峰低着头，两只手相互握着，一声不吭，脸上似乎找不到这个年龄孩子该有的表情和样子，他的表现明显比其他孩子更加冷静和成熟，说到底都是这个家庭造成的。

从小看着自己的父亲对自己的母亲辱骂，甚至是拳打脚踢，在母亲承受不了离婚后，这种暴力又转嫁到自己的身上。

母亲对自己的关心减少，周围人的议论目光，让他的心里备受煎熬，身体上还有心灵上，双重的痛苦让他现在变成这样，对任何人有了警戒，并且习惯于用暴力解决一切问题，由受害者变成施暴者。

　　陆祯眼睛看着黄青峰，开始了提问："黄青峰，叔叔想问你一些问题，你妈妈给你买了一台电脑，是吗？"

　　"是。"他简短地回答，听上去没有一点感情。

　　他的声音让陆祯拧了一下眉头："电脑平时都是你在用吗？"

　　"是。"仍旧是一个字。

　　"用电脑来干什么呢？查资料、聊天还是玩游戏？"

　　他停顿了一下："查资料。"

　　"黄青峰。"简宁叫了他一声，而后问，"你的电脑现在在哪里？"

　　"我不知道，它不见了。"语气平静，没有愤怒。

　　"你觉得是被人偷了吗？"

　　"嗯。"回答简短，依旧没有什么情绪。

　　简宁："前天晚上你爸爸出去打牌，你是一个人在家吗？"

　　"嗯。"听到"爸爸"两个字，他的情绪有了波动。

　　"晚上有出去过吗？"

　　"没有。"回答没有丝毫的迟疑。

　　"前天你的班主任把你爸爸叫到学校去，是吗？"

　　"是。"

　　"因为什么？"

　　"我打了人。"情绪非常稳定。

　　"为什么要打人？"

　　"因为她拿了我的笔。"出现了愤怒的情绪。

　　"你爸爸知道这件事后，当时的表情是怎么样的？"

　　"他很生气。"又恢复了平静。

　　"回到家之后他做了什么？"

　　"打了我。"

"打了哪里？"

他面无表情地回答："背上。"

陆祯道："让叔叔看看好吗？"

"不用，已经没事了。"声音冷漠。

简宁："黄青峰，恨你爸爸吗？"

"不恨。"压抑的声音。

"除了我们之外，还有人来找过你吗？"

"没有。"

简宁最后问："黄青峰，你撒过谎吗？"

黄青峰看了简宁一眼："没有。"

黄青峰这句话一说完，简宁就抬起头对着陆祯点了下头，示意他可以结束了。

等到徐亚楠回来后，简宁和陆祯就告辞了。

回到车里，陆祯对简宁道："我看这孩子状态不对。"

简宁系上安全带，脸对着前方，缓缓道："在几乎所有的问题上他都撒谎了，电脑不是用来查资料的，在你问这个问题的时候，他就会特意回避玩游戏这个选项，而且在你提到游戏的时候他的情绪是有微微的波动，我听到他的手抓了一下自己的腿，这是一种克制，而在以后包括我问他恨不恨他父亲时，他也做了同样的动作，他在克制自己的情绪。

"而对于电脑，更加不可能是被人偷了。他对于自己的东西有一种控制欲，就像是在学校的时候他发现自己的笔不见了，而强迫症让他觉得一定要找到他的笔，所以在看到他的同学拿着一支和他一样的笔时，他就会使用暴力，在他看来，这是应该的。"

陆祯回忆了一下黄青峰的表情，的确是如简宁说的那样。

"所以如果电脑不见的话，他应该会极度暴躁，但是他却没有，反而像是无所谓。"

简宁道:"这就是问题的所在,说明电脑不是被偷的,而是他心甘情愿给别人的。所以我才会问他有没有人来找过他,这个问题他也撒了谎。"

陆祯有了答案:"所以说取走他电脑的可能就是那几个组织这场游戏的人。"

"而最后一个问题,我问他撒过谎吗。他说没有,这句话他没有说谎。"

"啊,没撒谎?"陆祯有些吃惊。

简宁脸转过去对着他:"因为他觉得那些都不是撒谎,他没有这个意识,他觉得这只是对自己的一种保护,在他看来这是正确的一种手段。"

陆祯恍然大悟:"所以那些事情他完全不会告诉我们。"他对他们是有敌意的。

"没错,而且现在也不知道他是否已经参与到这个真实游戏之中了。"

"我会派几个警员盯着,以防万一这个孩子出什么意外。"接着,他想到了一个奇怪的地方,"等等,可如果是孩子在玩游戏,为什么参加的却是他的父亲?"

简宁:"因为我们并不清楚游戏规则。"

陆祯想了想:"游戏规则?简宁,游戏的话有胜利者和失败者,如果失败者有惩罚,那么相对的胜利者就有奖励,这是所有游戏的基本规则,所以我们假设黄青峰在一场游戏中获得了胜利,那么他所得到的奖励会不会就是他父亲的死亡?"虽然这是种很可怕的假设。

简宁沉默了一会儿:"如果是这样的情况,而且游戏继续进行下去的话,他肯定还会继续参与这个游戏,也许别人参与这个游戏是为了刺激和奖励，那么他就是单纯地为了奖励。"在现实生活中他不相信任何人，他只相信自己，而这个游戏，所有的奖励都是靠自己获得的。

一切都是公平的。

7. 恐惧

简宁睁开眼睛，她捂着自己有些发痛发胀的头，慢慢缓了过来。此时，她坐在地上，上半身靠着墙壁，四周很冷，异常安静，没有听到任何的声音。她动了动手和脚，可以活动，自己没有被绑着。

从饭店的洗手间到这里，她是被人敲晕的，这样的环境让她在第一时刻就与这次的案子联系起来——自己可能也变成这个游戏的参与者。

坐以待毙是不现实的，那可能只会有一个结果，在陆祯他们找到她之前，她可能就会被杀了。

她扶着墙壁站了起来，走了几步就基本搞清楚了周围的环境。她身处在一间房里，没有窗户，门是开着的，他们也希望她走出去。

沿着墙壁走到了门口，在出口处她的脚踢到了一样东西，她蹲下来触摸了一下，是一个对讲机。

一个男人的声音从里面传出："1 号玩家，欢迎参加这个游戏，现在我来公布你的任务。一个小时后，如果你还活着，游戏就胜利，现在你可以问两个问题？"

这下简宁更加确定了自己的猜测。她冷静下来，开口道："我的对手有几个人？"

对方回答道："三个人。"

简宁又问："我的武器呢？"

对方回答："没有，但是你可以抢夺别人的武器，不过放心，武器里没有枪。"

没有再给她说话的机会，那男人说："那么，两个问题问完了，现在游戏开始，祝你取得最后的胜利。"

对手有三个人，并且对方都有武器，而自己是个盲人，这个情况对她而言无疑是非常糟糕的，一个小时，她觉得自己根本撑不到，但现在只能走一步算一步了。

把对讲机放到口袋里，她靠着墙壁往前走。这是一条走廊，很长的走廊，周围有很多的房间，但门都是锁着的。简宁觉得可能还会有开着的房间，所以她一间间地试过去，但都是锁着的。

这时对讲机里又传出了男人的声音："友情提醒，3 号玩家快要找到你了。"

简宁索性站着不动了，她要先确定对方是从前面还是从后面来的。

脚步声从前面传来，接着一个有些轻浮的声音响起，是一个年轻的男人，语气轻浮："哎哟，原来是个美女啊。"

年轻男人嬉笑着道："美女看着没有武器啊，不如你现在逃吧，这样才有趣啊，嘿嘿！"明显觉得她根本就不是他的对手。

短短两句话对于简宁来说足以判断出对方是怎样的人，以及她该如何应对。此时，简宁在心里已经有了计划，她直接对他坦白："我是个瞎子。"

年轻男人看着她的眼睛，抬起手在她的眼前晃了晃，在确认她的确是个瞎子后明显无语了。

"瞎子？真是无趣，这场游戏居然就是追杀一个瞎子，搞什么啊！"

简宁轻笑："当然不是，你知道的吧，除了你之外，还有两个人，为什么追杀我需要这么多人呢，因为在你们决出胜负之前我是不能死的。看到这个对讲机了吧，一个小时后只有那个最后和我在一起的人才能赢得这个比赛，组织者就会告诉我奖励在哪里。"

对方还是有些将信将疑："你不是在骗我吧？"

听到他的语气，简宁知道他基本相信了自己的话，又补充道："我是个盲人，又没有武器，对你没有任何威胁，如果到那时候是我骗了你，你还是可以杀了我，这样你依旧赢了比赛。"

年轻男人考虑了一番，大概也觉得她的话有道理。

"所以我现在反而要保护你了？"

"可以这么说。"

年轻男人琢磨了一下最后还是答应了："那好吧，我暂时不杀你，等到了一个小时后如果你真的是在骗我，我肯定会杀了你。"

简宁松了口气："谢谢。能告诉我你是怎么知道我是被追杀的那个人吗？"

年轻男人就直接说了出来："追杀者穿着一样的衣服，你的衣服和我的不一样，当然能认得出来。"

简宁心想等有了机会一定要把衣服换了。

"原来如此，这是你第二次参加这个游戏吗？"

"是啊。上次我运气可不是一般的好，两个房间选一个，我选到了安全的，然后看着那个人被杀了，那刺激啊！"年轻男人现在还没法忘记当时的场景，说到兴奋处还笑了出来，但他很快收敛了，看着简宁冷声道，"我警告你，别耍什么花招，也不要站在我身后。"

"我不会的。"简宁淡淡笑了一下，看上去非常无害。

从他刚才的话中，简宁可以基本确定，和谭余年一起参加上一场游戏的就是眼前这个男人。

简宁跟着这个男人走了一段路，前面又传来脚步声，简宁知道第三个人出现了。

年轻男人看着走过来的人，更加惊讶了："哟，居然还有学生啊？"

听到"学生"两个字，简宁的心里已经隐隐不安了。

"我这次好人做到底，小朋友，你走吧，我当没有看到你。喂喂，你这是什么眼神？我告诉你我这棍子可不是摆设，对着你的脑子一敲下去，你可就没命了啊。

"呵，原来你有刀啊。好好，这可是你要打的啊。"

简宁背靠在墙壁上，听着周围的动静，他们已经打了起来，孩子的武器更加厉害，但是男人有着明显的身体上的优势，不管谁先打倒另一方，她都一定要在出人命之前制止住。

"啊！"一声惨叫。

简宁听出是男人的声音，他被刺伤了。

她听到刀刺入肉体后又被拔出的声音。

男人一下子跪倒在地，简宁马上出声："黄青峰，不要刺死他，把他打晕了就行了。"

男孩停下了动作。

简宁心想，真的是他。

地上的男人还挣扎着想要站起来挥动棍子，被黄青峰一脚踢倒在地。

"你没杀过人，不要去尝试，不然一切都回不了头。"她慢慢走到他们所在的位置，等待着黄青峰的选择。

接着，她听到了棍子挥动的声音，男人被打晕了。她松了口气，如果这个孩子杀了人那他一切就都完了。

黄青峰冷漠的声音响起："他为什么没有杀你？"

简宁实话实说："因为我跟他说不能杀我，不然就得不到奖励。"

"杀了你就能得到奖励。"男孩的声音冰冷残酷。

简宁问他："你想要的奖励是什么？"

"那个男人死。""死"字被他说得格外重。

简宁猜到了那个男人是指谁："你妈妈的男朋友？"

黄青峰的声音里带着愤怒："他不让妈妈来看我，还打了她。"

简宁叹了口气："那是他的不对，但他不用付出生命的代价。你爸爸也不用。"

男孩却冷着声音道："这是他应得的。"

简宁听着觉得心惊，继续引导他："你其实厌恶暴力，对吗？可你现在就在使用暴力。"

"不！"黄青峰打断了简宁的话，"我只是没有逃避，就像你之前说的，遇到了问题就要解决它，无论付出什么样的代价。"

简宁突然愣住，随即惊讶地道："你说什么？"因为她从来就没有说过这样的话。

黄青峰的声音冰冷得没有起伏："我只是按照你说的去做而已。"

简宁怔在原地，而手中的对讲机突然响起了一个女人带笑的声音："简宁，游戏结束了。"

"爸爸，我肚子饿了。"女孩站在牌桌旁边，拉了拉男人的衣服。

男人不耐烦地转头看了她一眼，又转而看自己的牌："吃吃吃，就知道吃，没看到我正在打牌吗？该死的，竟然输了，都是你这个扫把星！给我滚一边去。"

男人的脚重重地踹在女孩的身上，女孩直接被踹倒在地，她捂着肚子，满脸的泪水，却忍着没有哭出声。

画面一转。

"啊！"女孩的头撞在门上，她捂着头喊着疼。

男人打完牌回来看到她的模样，一下子把她推倒在地。

"扫把星，都是因为你是个瞎子，你妈才跟别人走的。妈的，要不是你这样，我现在用得着还要伺候着你吗！真是够霉的，钱还输了。"

男人越说越气，一把抓起女孩，把她提到了卧室里，然后把衣橱打开来，把她塞了进去，"你给我进去好好待着，看着就烦人！"

"爸爸，你别这样，别关着我，我不会给你添麻烦的，爸爸！爸爸！"女孩哭喊着拍打着衣橱门。

男人愤怒地踢了一脚衣橱门："别叫了！烦死了，再叫我就不放你出来了。"

女孩被吓得立刻没了声音，在黑暗的衣橱中缩成一团，咬着嘴唇，安静地哭泣着。

简宁的额头上冒着冷汗，她紧皱着眉头，面色痛苦，那些声音就这样一直在她的耳边，那是她小时候的事情，那是她的爸爸还有她的声音。

为什么这么多年，这些声音又出现了？

"爸爸，爸爸，放我出去！"女孩哭喊着。

简宁痛苦地捂着耳朵，撕心裂肺地喊着："放我出去！"

"简宁！简宁！"陆祯打开锁，拉开门，就看到了倒在地上的简宁，面色苍白，没有一点血色。

他赶紧把她抱了出来，一边往外面冲一边喊："简宁，醒醒，简宁！"但无论怎么呼喊，她都没有一点反应。

他抱紧了她，焦急地大喊："医生呢？救护车！救护车！"

医生很快赶了过去，简宁被放在担架上，抬上了救护车。陆祯跟着跳了上去，眼睛紧紧盯着她的脸，即使在昏迷中，她仍旧紧锁着眉头，非常痛苦的样子。

医生马上采取了紧急的抢救。

等救护结束，陆祯马上问："医生，她没事吧？"

男医生道："只是暂时性的昏迷，没什么大问题。"

陆祯急得已经冒汗："可是她的手怎么这么冰冷啊？医生，你再检查检查。"

男医生看了一眼，提醒道："先生，那是因为你握着的是担架。"

陆祯低下头看着自己的手，果然是抓着担架的杠子，无语了。

"抱歉，我只是太心急了。"

男医生安抚他："先生，不用担心，不用多久她就会醒的。"

"谢谢。"陆祯轻轻握着简宁的手，看着她惨白的脸，拧了拧眉。他无法想象，究竟发生了什么，会让她这么痛苦。

8. 女人

简宁睁开眼，鼻子里闻到的是医院特有的消毒水味道，房间里很安静，但她感觉得到她的旁边还有一个人。

左手打着点滴，自己的右手被人握着，她轻轻把右手抽开，却也惊动了那个人。

陆祯刚才闭上眼睛眯了一会儿，感觉到动静赶紧睁开眼，看到简宁已经醒了，终于松了一口气："简宁，你终于醒啦，太好了，现在感觉怎么样？"

简宁微微扯动嘴角，道："我很好，没什么事，就是想喝点水。"

"好，我去给你倒水。"陆祯倒好水，把病床的前端抬高，让简宁能方便喝水。

简宁一口一口地喝着水，感觉也舒服多了："可以了，谢谢。"

陆祯接过杯子放在桌子上，而后道："我去叫医生来给你看看。"

医生来后，检查了一下简宁的情况，对他们道："没什么问题了，一切都好，明天就可以出院了。"

陆祯笑道："谢谢医生啊。"

医生走后，陆祯又坐回位子上："对了，小桑等会儿说要给你送点她炖的汤来。"接着就和她瞎扯了一些，就是没有提她昏迷前发生的事情，因为他也不知道该怎么问。

但是简宁却自己提了出来："陆祯，这次案子的策划者有两个人，都是男性，姑且称为1号和2号。他们年龄在二十到二十五岁之间，1号用鞭子抽打谭余年，2号用箭射入谭余年的眼睛。1号在现实中性格软弱，在家庭中有一个很强悍的母亲，在学校中经常受人欺负，不敢反抗。他痴迷于游戏，因为在游戏中他享受到了强者的感觉，在现实生活中他永远低人一等，受人压制，所以他在这场真人游戏中把自己妄想成了游戏的掌控者，看着那些参加者恐惧、受伤、死亡。他经常穿着连帽衫或者戴着帽子，头发稍微有些长，走在路上他永远是低着头，走在最靠边的位置，在路上和别人相撞，他不会和别人争吵，会马上离开，但是离开后嘴上就会骂骂咧咧的，他有一份收入不高的职业，并且是服务性行业。"

陆祯安静地听她说着。他算是彻底被她折服了，明明不久前她还处在那样危险的情况下，经历了相当痛苦的事情，但依旧不会影响到她的思考和判断。

陆祯托腮看着她，另一只手不由自主地覆盖在她的手上。

"怎么了？"

陆祯这才意识到他在干什么，脸上闪过一丝尴尬："啊……没，看看你手冷不冷。"他有些不舍地移开了自己的手，"你继续说。"

简宁倒也没有在意，继续道："而2号，有一位温柔的母亲，但是他的父亲对他非常严厉，没有达到要求就会批评责骂他。他的学习成绩优秀，是学校里的好学生，对待任何人都非常有礼貌，所以周围人对他的评价会非常好。但是他的内心却非常压抑，他可能有着自己想做的事情，但是遭到了父亲坚决的制止，进而导致了他的叛逆，他表面温和，实则内心暴虐。他偏瘦，形象好，在外面永远都是抬头挺胸地走路，有一份不错的职业，工作稳定，没有挑战性。1号和2号两人的关系应该相当亲密，不是从小玩到大的朋友就是亲戚。"

陆祯听完后，对她道："和木九分析的一样，简宁，我们已经抓到他们了，而且他们是表兄弟。"

简宁点点头："是吗？那太好了，还有一个女人呢？"

简宁说出的信息让陆祯一愣，他疑惑地道："什么？女的？可除了这两名嫌疑人之外，还有三名参与者，其中一人是黄青峰，没有女人啊。"

"不，还有一个女人，在对讲机里她叫了我的名字，我总觉得她应该认识我。"

陆祯更加惊讶了："认识你的？所以选择你不是随机而是……"

"我觉得不是。"简宁并非是无端猜测，"她给我注射了致幻剂，把我锁在一个狭小的空间里，她知道我对于密闭空间有心理阴影，还知道我产生心理阴影的原因。"不可能有这么多的巧合。

简宁的猜测让陆祯觉得心惊，如果真的有这么一个女人的存在，而他们现在没有抓到她，那就意味着简宁还处于危险之中。

"我知道了，你放心，我回局里会查清楚的。"

"陆祯，你可以和黄青峰谈谈，他好像知道点什么。"简宁把当时黄青峰和她说的话复述了一遍给陆祯。

"我知道了，你好好休息吧。"

陆祯走到病房门外给桑雨欣打了电话，如今这个情况他不放心简宁一个人在医院。

他把手机放在耳边，在门口附近踱着步："喂，桑雨欣，你还有多久到医院？"

"快了，十分钟不到吧。"

"行。"陆祯急匆匆地挂了电话，因为迎面走来一个穿着西装的年轻男人，在简宁病房门口停了下来，他赶紧走上去，"有什么事吗？"

"这里是简宁的病房吧。"

陆祯警惕地看着他："你哪位？"

"韩磊，简宁的朋友。"

韩磊？这个名字自然不陌生，陆祯最近就听到了好几次，不过却是第一次见到。他上下打量了对方一下，季浩洋没有夸张，的确长得一表人才，不过……陆祯看他有些不怎么顺眼。

"简宁已经没事了，但她在休息，所以……"言下之意就是不要打扰，赶紧走人吧。

谁知韩磊听到只是微微扬起嘴角，手握在了门把手上："看来简宁向你提过我的名字，不过，她没有说过我的职业吧。"

陆祯拧着眉头看着他。

"我是测谎师，你的表情暴露了你。"说完，韩磊按下把手推门走了进去。

陆祯咬咬牙，准备跟进去，谁料韩磊突然转身，对他说道："就像你说的，简宁需要休息，所以有太多的外人在不好。"

陆祯愣了一下，就看着那扇门被关上了。

他脑子里还在想着刚才那句话，彻底炸毛了："外人？你才外人呢！"

五六分钟后，桑雨欣到了医院，陆祯一见到她就催着她进去："你就在医院陪简宁，我先回局里了。"

陆祯急着回去查清楚那个神秘女人的事，又不放心这里，走出去几步路又转身边倒着走边对正准备进去的桑雨欣叮嘱："记住啊，你就在医院陪着，有事马上给我打电话！"

"我知道了队长。"等陆祯彻底走后，桑雨欣歪了下脑袋，心想他们队长吃错药了吗？突然这么关心别人了。

　　陆祯回到局里，首先去了审讯室审问两名凶手，然而他们却表示从来没见过别的什么女人，抓了简宁则是因为收到了一封信，让他们把她当作游戏的参与者，信上写了简宁的基本信息，也提到了她有幽闭恐惧症，然而信已经被他们销毁了。

　　陆祯在他们的脸上看不到任何撒谎的痕迹，看来的确是有这么一个人的存在，只是他们确实不清楚。他走回办公室，刚想让季浩然把黄青峰带来，却发现桑雨欣居然回来了。

　　陆祯平地一声吼："桑雨欣！"

　　办公室的所有人都被他吓了一大跳，纷纷抬头直愣愣地看着他。

　　陆祯表情不怎么好地往里冲，指着桑雨欣道："你怎么回来了？我不是让你在那儿陪着她吗？"

　　"啊，队长，简顾问叫我回来的。"

　　"你回来的时候她一个人？"

　　"队长，你放心，简顾问的朋友在。"

　　就是她朋友在他才不放心呢！"算了算了，反正已经派警员过去了，季浩然，去把黄青峰带来。"

　　"哦，我知道了。"

　　陆祯点点头，转身往门外走，双手叉腰不知道在琢磨什么。

　　"队长这是怎么了？大姨夫来了？"

　　季浩洋捂着自己脆弱的小心脏："不知道，刚吓死我了。"

　　季浩然转了转眼珠子，打了个响指道："啊……我好像知道了什么不得了的事情了。"

　　桑雨欣也反应过来，倒吸了一口气："呵！不会是……"

　　季浩洋和方易摸不着头脑地问："什么事情啊？"

"你们俩自己琢磨去吧！"

而在审讯室，黄青峰被带来后，陆祯把那句话说给了他听。

"'遇到了问题就要解决它，无论付出什么样的代价'这句话是谁告诉你的？"

"她说她叫简宁。"

即使有准备，陆祯还是愣住了，他不可置信地看着黄青峰，沉声道："你再说一遍。"

黄青峰面无表情地重复了一遍："她说她叫简宁。"

9. 心思

陆祯再度去医院是在第二天，医生表示简宁情况很好，今天就可以出院。他去了病房，并没有看到韩磊，他整个人都觉得舒服了。

坐在病床上的简宁听到房门推开的声音，从脚步声就认出了他。

"陆祯。"

还没吭声就被认出的陆祯嘴角不自觉地上扬："嗯哼，医生说你可以出院了。"

"我知道。"简宁点了下头，最关心的还是案子，"那个女人的事查得怎么样了？"

陆祯把从那两名嫌疑犯口中得到的信息告诉了她，然而黄青峰所说的他却有些迟疑。

"黄青峰，他说……呃……"

简宁没有迟疑地说了出来："他说那句话是我告诉他的？"

陆祯观察着简宁的表情："对，可是，我觉得他在撒谎啊！这个案子之前你根本就不认识他啊。"

简宁面色如常，甚至嘴角扬起一抹笑意："你怎么知道不是我骗你呢？"

"啊？"陆祯愣愣地看着她。

"或许这个案子自始至终我就是幕后主使，然后伪装成受害者逃脱嫌疑呢？你没有考虑过这种可能性吗？"

陆祯想也没想，瞪大眼睛叫道："怎么可能？"他当然没有考虑过这种事了，他根本不会去考虑啊！

相比于陆祯的激动，简宁听到莞尔一笑，淡淡道："当然不可能。"

"……"

趁陆祯还没冡毛，简宁接着道："但如果，这就是她的目的呢？"

陆祯拧了眉头："那个神秘女人？这么说她要嫁祸你，你有什么仇人吗？"

简宁垂眸思索了一下，便摇了头："暂时想不到。"

女人……陆祯一挑眉，想到了什么，压低声音恶狠狠地道："说不定啊是那个叫韩磊的女朋友或者是暗恋他的人，发现你和他走得近就想报复你！我看你得离他远点！"

"你好像不喜欢他。"这一点陆祯表现得越来越明显，简宁想察觉不出都难。

陆祯冷哼一声："我可没发现他有什么讨人喜欢的地方！"他看韩磊第一眼就觉得不舒服，看韩磊待在简宁旁边就更加不舒服，虽然他自己也没搞明白是因为什么。

不幸的是，说曹操曹操就到，不一会儿，韩磊居然真的来了。

一看到穿着西装一副精英装扮的韩磊，陆祯的白眼简直快翻到天花板上去了。

而韩磊走进来后直接走到病床旁，开口道："简宁，今天感觉怎么样？"

简宁还没说话，陆祯倒是没好气地道："都可以出院了，你说感觉怎么样？"

韩磊这时像是刚刚发现陆祯一般，看向他微微一笑："原来陆队长也在啊。"

陆祯哼哼了两声："我是来接简宁出院的。"

"我也是来接简宁出院的，陆队长工作繁忙，其实不用过来的。"

陆祯咬着牙道："忙归忙，简宁还是要接的，换了别人，我也不放心啊。"他着重强调了"别人"这两个字。

"韩磊，麻烦你了，陆祯陪我出院就可以了，你去忙你的吧。"

一听这话，陆祯一副胜利者的姿态，挑衅地看着韩磊。

韩磊也没坚持，视线始终在简宁的身上："那好吧，你回家好好休息，后天见。"

简宁点点头："好。"

等等，后天见？前一秒还一脸得意的陆祯蒙了，扭头看向简宁，语气有些焦急："后天见是什么意思？"

"后天有一个心理学的研讨会，我和韩磊都受邀参加。"

又单独出去？陆祯急了："你才刚出院，要好好休息。"

"我身体没事，只是参加个研讨会又不会累。"

"那我陪你一起去，正好也听听。"简宁和韩磊在一起，他总觉得心里不舒服，万一那女人真是如他猜测的那样因为韩磊在报复简宁，那岂不危险？

"你恐怕进不去，而且……"简宁欲言又止。

陆祯追问道："什么？"

简宁摊手道："你也听不懂。"

"……"陆祯恨恨地咬咬牙，回去他就买一箱心理学的书来看！

第二天，研讨会进行到四点半才结束，简宁和韩磊一左一右从会场走出。

"正好到吃饭的时间，我们去吃晚饭吧。"

"不了，我还有事，自己打车就行。"简宁拒绝得很彻底，因为知道韩磊一定会提出开车送她去。倒不是因为陆祯之前说过的话，而是他们虽然是朋友，但简宁不想一味地接受他的照顾。

"好，那我帮你叫车。"

"谢谢。"

两人刚走到路边，韩磊伸手想要拦出租车，然而下一秒一辆无比招摇的红色跑车却停在他们面前。车窗降了下来，开车的正是陆祯。

"哟，简宁，好巧啊。"

"陆队长怎么会来这儿？"韩磊问。

"当然是路过啊，所以我说好巧。"陆祯自然是在撒谎，韩磊看得很清楚，简宁也知道，不过这种事没法拆穿。世界上哪有这么多巧合，有的也是刻意和用心，简宁并没有告诉陆祯研讨会的地址，但陆祯知道了时间，所以他在网上搜索之后，就查到了这里。

"简宁，上车吧。"

简宁没有拒绝："韩磊，那我先走了，再见。"

韩磊的脸上依旧是温和的笑容："嗯，再见。"

简宁拉开车门上了车，等系好安全带后，陆祯就发动了车子。

"你怎么来了？"

"想让你陪我买点心理学方面的书。"

"你想学心理学？你不是之前很排斥的吗？"

"我这不是觉得有时候对破案还挺有用的嘛，再说多学点也没什么不好。"

"哦。"简宁刚想说她记得附近就有家书店，就听到陆祯说："不过，还是先去吃晚饭吧。"

"……"

陆祯本想和简宁两个人吃晚饭，结果在商场遇到了也来吃饭的季浩然和季浩洋，于是两人就变成四人。

"简宁，你想吃什么？"陆祯问。

"茶餐厅。"

"你们呢？"陆祯转向另外两人。

"四楼新开了一家火锅店，我们要不要去试试？"

季浩洋叫道："我想吃泰国菜！"

"哦，吃茶餐厅吧。"

"……"那你问我们干吗？

四人刚坐进茶餐厅，正翻着菜单，陆祯的手突然停住了，紧拧眉头，表情有些纠结："等等，我总觉得好像忘了什么重要的事。"

"什么事啊？"

"想不起来，但觉得心里不安啊。"

"队长，伯父伯母生日？"

"不是不是。"

"你大哥生日？"

"他下个月才生……日！完了完了，他今天约我吃晚饭的！"

"队长你这都能忘！几点啊？现在过去来不来得及啊？"

"六点。"陆祯一看手机，此时已经五点四十了，过去至少半小时，"啊啊啊，完了，我死定了，我会被他剥了皮的。"

"不至于吧。"简宁惊讶。

陆祯苦着脸道："我大哥是法医。"

"你现在先给他打个电话吧。"

"他不接，完了……"陆祯起身正苦恼着对策。

一旁的季浩然突然眼睛一亮，想到了什么："队长，让简顾问陪你一起去吧。"

简宁一愣，指着自己："我？"

陆祯一拍手，觉得有道理："对啊，简宁，你陪我去。"他想着有人陪着，他大哥当着别人的面自然不会对他怎么样。

"为什么是……"简宁难得一脸茫然。

对于陆祯而言，早到一分钟都好，于是没等简宁说完，他抓起她的手把她从椅子上拉起来："来不及了，我们赶紧走。"

等两个人匆匆离开店里，季浩洋看着他们离开的方向，疑惑道："哥，你为什么叫简顾问陪队长去啊？"

季浩然喝了口茶，放下杯子缓缓道："有人陪着也好帮队长解释迟到的原因啊。"

"那我们俩不也可以吗？"

"这事简顾问陪比我们都要好，我们队长到现在连自己的心思都还没弄明白呢，我也只好推他一把了。"季浩然一副为陆祯操碎了心的模样。

季浩洋明显没 GET 到点："什么心思啊？"

"唉……"季浩然忍不住翻了个白眼，无奈地看着自己弟弟，"算了，你点你的菜吧。"

卷　三
娃　娃

1. 争吵

"小桑，看到微博了吗？顾漪晴失踪了！"

"看到了，据说已经失联两天了。"

走进办公室的陆祯听到自己队员的对话，想了一下发现自己没听到过，便插了一句："顾漪晴是谁？哪个明星？"

"队长，你连顾漪晴都不知道？"季浩洋一脸你是不是在逗我的表情，"人家可是网红啊，人简直美得像娃娃一样，微博粉丝都过百万了。"

"得了吧，队长都不玩微博怎么会知道。"季浩然说完看向陆祯，"队长，你知道'然并卵'是什么意思吗？"

陆祯俊眉一皱："什么鬼东西？"

季浩然挑眉看着他们："你们看吧。"

季浩洋彻底震惊了："妈呀，队长你也太 out 了吧！"

陆祯瞪了他一眼，不以为然地道："不玩微博又怎么了！"在自己队员们不可置信的表情中马上转移了话题，"家属报警了吗？"

桑雨欣点点头："嗯，她就住在 S 市，现在好像一队在查顾潆晴的失踪案。"

季浩然点点头，突然想到了昨天的事，观察了一下陆祯的表情道："对了，队长，昨天你大哥没把你怎么样吧？"

陆祯长呼了一口气，有种逃过一劫的感觉："确实没怎么样，他昨晚刚到餐厅就被队里叫回去尸检了。"

"又发生命案了啊？"在场的人对此都深有体会，他们做这行的就是这样。

众人正感慨着，简宁的手机响了，她走到一旁接了起来。

陆祯往她那里看了一眼便移开了视线，耳朵却灵敏地捕捉到了简宁的声音，特别是听到"韩磊"这两个字后，他心里马上嘀咕起来：又来？这人怎么老是阴魂不散的！

季浩然自然也听到了，立马观察着自己队长的表情，果然变得阴郁不满起来，他摸着下巴寻思着，觉得差不多是时候了。

"队长。"

陆祯没抬头回了一句："干吗？"

"队长，我观察了许久，你是不是喜欢简顾问啊？"

"什么？"正在用手机搜索顾潆晴是谁的陆祯听到这个问题先是一愣，下一秒反应超级剧烈，直接平地一声吼把在场的人都吓得一跳，他瞪着季浩然，"胡说什么呢，我喜欢她？永远不可能好嘛！"

季浩然被他吼得缩了缩脖子，然后晃了晃手指："队长，不要随便立 flag 啊。"

陆祯表情瞬间一变，一脸听不懂你在说什么的表情："立什么？

flag？什么玩意？"

"……"季浩然等人摇头，真是没法交流了。

这时简宁打完电话走了进来，几人便结束了这个短暂又不顺畅的交谈。陆祯看着走近的简宁，本来不会刻意去想的他歪着头忍不住琢磨：喜欢她？

陆祯边想边摇头，不可能不可能……他在心里默念了好几遍这三个字，就像是在自我催眠一般。

中午，出去办了点事回警局的陆祯，在门口看到了没想到会出现在这里也不想见到的男人——韩磊。

"哎！"陆祯一脸不爽，心想这人怎么都找来局里了，他双手滑入口袋走了过去。

韩磊也发现了他，脸上保持着温和儒雅的笑容，没有一丝破绽。

"陆队长。"

陆祯站定，开口道："韩先生这是来报警还是自首啊？"心情不舒服的他自然没什么好语气。

如此不好听的话，韩磊却并没有恼："我是来找简宁的。"

"呵！"陆祯冷笑一声，"警局这地方可不是你想进就能进的啊。"

"所以我在这儿等她出来，陆队长，我可没进去。"

陆祯咬咬牙，被堵得无话可说，只能心里堵着火往警局大门里走，可刚走了几步又停了下来，倒退着又回到了韩磊的旁边。他咬咬牙，问了出来："你这……是在追求简宁吗？"

韩磊表情微变，眼神中透露出坚定，他没有丝毫的犹豫，直接给出了肯定的答案："没错。"

居然就这么承认了？

陆祯有点恍惚地走回了刑侦队办公室，他站在门口抬起手捂着自己的胸口，这种奇怪的心被堵住的不爽感是怎么回事呢？

一进办公室，陆祯就不由自主地开始找简宁的身影，却没看到。

"简宁呢？"

季浩洋抬起头："简顾问的那位高富帅朋友，叫、叫……"

"韩磊，他来找简顾问，就在警局门口，队长你进来的时候没看到吗？"季浩然直接说道。

陆祯语气有些敷衍地回了一句："嗯，看到了。"

桑雨欣突然道："我看他是在追求我们简顾问吧。"

季浩洋一如既往的反应迟钝："是吗？不是简顾问的朋友吗？"

季浩然拍了拍自己弟弟的肩膀："一个男人做到这个程度能只是朋友？简顾问的心思我是不知道，但韩磊肯定是喜欢她的。"

陆祯在一旁低着头沉默地听着，心里有些不是滋味。

"队长、队长……简顾问！"

独自陷入思考中的陆祯压根没听到季浩然在叫自己，反而是听到那声简顾问后，一下子回过神来，下意识就往自己身后看，可身后空空，哪有人？

季浩然叹了口气："队长，你都这样了，还不明白吗？"

"明白什么？"陆祯一脸迷茫地扭回头。

"你就是喜欢简顾问啊。"

"怎么会？你又不是不知道，我刚从心理学那坑跳出来。"陆祯指的是他那学心理学的前女友。

季浩然双手环胸看着他："队长，说实话，自从简顾问来了之后，你现在还排斥心理学吗？"

"这倒是没有。"别说不排斥了，他现在都有种重新认识心理学的感觉了，"可这又不代表我喜欢她！"

"队长，那我问你，韩磊这人，你觉得他怎么样？"

陆祯脸上马上露出了厌恶的表情："当然不怎么样了。"

季浩然继续道："你是不是很讨厌他？特别是他出现在简顾问身边的时候，觉得他就像是一只苍蝇？"

陆祯承认了："是啊，那是因为我觉得他不安好心，简宁不安全。"

"错！大错特错！"一旁听着的桑雨欣都忍不住来插话了，"队长，你这根本不是在担心简顾问不安全，是在嫉妒，是怕他把简顾问抢走了。"

"嫉妒？"他的情绪一直是嫉妒？

"男人都讨厌围在自己喜欢的女人旁边的那些苍蝇啊。"

"喜欢的女人？"陆祯简直像打开了新世界的大门一般，他唯一的一次恋爱经历就是上一段，还是自己在警校的老师介绍的，谈了一个月不到就分了，因此在感情方面说是一窍不通也不为过。

季浩洋抬头琢磨了一番："我怎么脑子里突然有了一个强烈的画面感，苍蝇、玫瑰花和牛粪。"

一直没说话的方易在电脑后面默默地点头。

这绝对是一句有味道的话。

三人齐齐看着季浩洋，陆祯马上听出不对劲来，怒视着还在回味的某人："你说我是牛粪？找死啊！"

季浩然也道："别添乱，你一边去！"

季浩洋委屈地坐在一旁，他真的是这么感觉的啊。

"队长，你好好想想，你最近一段时间的喜怒哀乐是不是基本都和简顾问有关？"

陆祯还真的认真思索了一番，的确是这样，不过他嘴上却道："有那么一点吧。"简宁高兴或是赞赏他他就跟着开心，上次出事他紧张得不行，既愤怒、心疼又自责。

"你是不是特别想在简顾问面前表现自己，希望她注意到你？"

陆祯抓了抓头发，有些扭捏地道："好像是……这样没错。"

桑雨欣一脚踩在椅子上，激动地喊着："那你就是喜欢简顾问啊，非常喜欢！"她心想队长这要是还没想明白，她估计会每天对着他重复这句话了。

陆祯往后缩了下脖子，冷不丁地问："就像你非常喜欢苏唯？"

"嗯，是的呀。"桑雨欣一秒豪放变娇羞。

陆祯看着嘴角抽了抽，季浩然连忙在一旁补充："队长，看到没，爱情的力量。"

经过自己队员这么一分析，他有些豁然开朗，那些心动、紧张、嫉妒不就是因为他喜欢简宁嘛！所以才会不自主地在意她，还有她身边的人。

哎！他怎么之前没发现呢！陆祯懊恼地抓了抓头发。

不过，既然已经弄清楚了自己的感情，陆祯自然不会再逃避了，于是恋爱白痴的他又有了新的问题——

"那……然后呢？应该怎么做？"

陆祯的这句话让刑侦队恋爱顾问团的两人眼睛一亮，看来他们的队长终于开窍了。季浩然一跺脚："当然是表白啊！"

而桑雨欣却不支持："表白？好像太快了吧。"

季浩然细细一想："嗯，也对，我看如果队长现在表白的话，成功的概率并不高。"

陆祯有些炸毛了："为什么啊？"他心想自己有这么差吗？

"感觉简顾问对你没这意思。"

"而且简顾问身边还有这么一位高大上的精英在呢，人家可是和简顾问认识好多年了，虽然我只见过他一面，但可以感觉得到他也喜欢简顾问。"

陆祯越听越觉得不对味，再听到韩磊，他直接炸了："认识好多年他也没成功啊！说明简宁对他完全没意思！"

季浩然赶紧安抚："所以说其实你们基本是在同一起跑线的，机会是对等的。"

"嗯哼。"这话听着还差不多。

"而且队长你现在有利啊，毕竟你现在和简顾问相处的时间可要比对方多。"

陆祯双手环胸点了点头，没错没错。

"所以从现在开始，你要让简顾问对你的关注度和好感值慢慢增加，你要展开适当的攻势，还要提防韩磊。"

提防韩磊这不用说，之前就一直防着了。

"那应该怎么做呢？"

"在简顾问面前装可怜怎么样？"

"装可怜？"陆祯活了二十多年还真没干过这事。

陆祯刚想问具体怎么办，在门口望风的季浩洋冲了回来："简顾问回来了！"

三人赶紧散开，结束了短暂的情感课堂时间。

陆祯看着走进来的简宁，摸了摸下巴，装可怜吗？

"哥哥，你怎么愁眉苦脸的，工作不顺利吗？"女孩糯糯的声音在陈彬耳边响起。

陈彬低着头看着跟在他旁边的妹妹，叹了口气道："早上堵车，上班迟到了，被领导批了一顿，这个月迟到两次了，再迟到一次我这个月奖金就泡汤了。"

小女孩歪了歪头，头上的辫子一晃一晃的。

"那早点起来不就好了？"

陈彬揉了揉她的头发："还不是你缠着要和我玩游戏，害得我睡觉晚了，早上没爬起来。"不过语气里却没有丝毫的责怪。

小女孩拉着陈彬的衣角，撒娇道："我无聊嘛。"

陈彬拿她没办法，不过还是叮嘱她："还有下次不要一个人出来找我，不然爸妈又要担心了，你知道后果的，他们两个肯定要吵架，家里已经够乱的了。"

"他们整天吵架又不怨我。"小女孩嘟起嘴，小声嘀咕着。

陈彬叹了口气，对于父母的事也是无奈。他又揉了揉她的头发："好了，我知道的，所以我们尽量不要惹他们不开心。"

女孩乖乖地点头："嗯，我知道了哥哥，我会听话的。"

"这才乖。"陈彬的脸上露出了一丝笑容，伸手摸摸妹妹的头，然后瞥到了她怀里的娃娃，"你的娃娃要洗洗了，都这么脏了。"

妹妹死死抱着已经有些灰蒙蒙的娃娃，扭过头去，大喊着："不要，我要抱着它睡觉的，洗了它就要被晾在外面了。"

陈彬抬起头，发现有些路人在看着他们，他赶紧拉着妹妹："你看，人家都在看我们了，肯定是因为觉得一个小姑娘怎么抱着这么脏的娃娃。"

"才不是呢。"她对那些看着她的人做了个鬼脸。

怕她再做出什么奇怪的动作，他拍拍她的脑袋："行了，我们赶紧回家吧。"

路人的视线让他觉得不舒服，他拉着妹妹加快了步伐。

到了家门口，陈彬从包里掏出钥匙，插进锁孔里打开了门，见到里面的人，叫道"妈"。

家里的狗看到陈彬来了，跑到他脚边亲热地蹭了蹭他。

陈妈妈回头看他："回来啦，等你爸回来就吃饭了。"

陈彬正在换鞋子，就看到妹妹已经抱着娃娃窜到房间里去了。他无奈地看了眼房门，摇了摇头后收回视线，问自己的妈妈："妈，今天吃什么？"

陈妈妈回了他一句："和昨天一样，吃馄饨。"

陈彬点点头，对于饭菜没什么要求："哦，那我先回房间了。"

陈彬走进房间，家里的狗也跟着他进去。他关上门，边脱外套边对已经跳上床的妹妹道："哪有你这样一进门就往床上去的。"

"床上舒服嘛。"她抱着娃娃在床上滚来滚去，然后拿着零食往嘴巴里放，发出咔嚓咔嚓的声音。

陈彬拧着眉头，不满道："怎么又吃零食了，等会儿就吃晚饭了。"

女孩把零食咽下去，问他："晚饭吃什么呀？"

陈彬重复了一遍妈妈刚说的话："和昨天一样，吃馄饨。"

她嘟着嘴，一脸不高兴："又吃馄饨啊，不想吃，我就吃零食好了。"

陈彬听了皱了眉头："你不能总是用零食当晚饭啊，等会儿出去吃饭，不想下床的话，我端过来给你吃。"

"不要，爸妈都不管我呢。"她扭过头不理他，继续吃着零食。

陈彬伸出手刮了刮她的鼻子："真是拿你没办法，以后长大了有你吃苦的时候。"

女孩嘟着嘴一脸不高兴："我才不要长大呢，看哥哥的样子就知道，一点都不好。"

陈彬在心里叹了口气，苦笑着道："是啊，你现在是最开心的时候了。"

外面传来开门关门的声音，小狗冲着门口叫，陈彬下意识地回头，而后又转回头同时从椅子上站了起来。

"看来是爸回来了。"他又问了她一遍，"真不出去吃饭？"

"不出去。"

"随你。"陈彬看着正吃着零食的妹妹无奈地摇头，打开门走了出去。

陈彬看着走进来的中年男人叫了一声："爸，你回来啦。"

"嗯。"陈爸爸从口袋里把一个信封袋扔到桌子上，对陈妈妈道，"工资给你，刚从银行取出来的。"

陈妈妈把钱拿出来，熟练地点着钱："多少啊？两千，怎么只有两千，你不是涨工资了吗？怎么钱还比上个月少了五百？"

陈爸爸虎着脸："你从哪里听到我涨工资的？"

陈妈妈冷笑一声："呵，你以为我不知道？那个谁，和你一个单位的小孙，前几天和他老婆打电话的时候，他老婆说的，他涨工资了，怎么，他涨了，你没涨？据说可是全单位都涨了啊。"

陈爸爸嗓音一下子大了起来："他工资涨不涨我不知道，反正我工资是没涨，你爱信不信，反正就这么点钱！"

陈妈妈甩着那些钱，怒气冲冲地质问他："那好，就算你工资没涨，怎么给我的钱比以前少了五百呢？"

陈爸爸甩给老婆一句话："前两个星期不是我侄子结婚嘛，给了一千。"

"怎么？你侄子的红包钱还要算在我头上？是我让你给钱了吗？"

"我亲侄子结婚，我不给钱？这像话吗？"

"我管你像不像话，但你不能扣我的钱啊！你知道现在物价多高嘛，每天要买菜，还要水电费，到哪儿都要钱，这些钱哪里够花！"

一说到饭菜，陈爸爸就指着桌子上的馄饨道："你自己看看，这些个馄饨要多少钱啊！"

"你现在给我这么点钱，那我以后是要天天给你们吃馄饨了。再这样下去，一起吃白馒头好了。"

陈彬在一旁忍了半天，见他们越吵越激烈，挡在了他们中间："爸妈，别吵了。妈，我工资交给你，你拿去用好了。"

说到自己儿子的工资，陈妈妈火气更上来了："就你那么点工资够用什么？你看看我那些朋友的孩子，月薪高的都上万了，你看看你，就拿这么点。"

陈彬只好忍着自己心里的气："妈，我会努力的，之后工资就会高的，先吃饭吧我们。"

陈爸爸手一挥，转身就重新穿好鞋子往外走："还吃什么饭，就这破馄饨啊，我还不吃。你们自己吃吧，我出去吃了。"

陈妈妈看着往外走的陈爸爸大喊道："有本事你以后就别回来吃晚饭了。"

门"砰"的一声被重重关上了。

"妈。"陈彬走过去想去劝劝妈妈。

陈妈妈指着门口，一肚子的怨气："你看看你爸这个样子！每次问他拿钱都像是要饭的似的，我自己用钱了嘛，不都是给你们用的！"

"妈，你别生气了，给小妍听到……"

话还没说完，就被气愤的陈妈妈打断了，她把在丈夫身上受到的气全撒在儿子的身上："你也是，就赚那么点钱，如果你每个月多赚点钱，我能过成这样嘛！真想死了算了，活着都累。"

她推开儿子，往自己的房间里走。

"妈。"

回答他的又是"砰"的一声关门声。

端着一碗馄饨，陈彬回到了自己的房间，一关上门，床上的妹妹就道："他们又吵架了吧。"

他叹了口气："你听到了？"

"吵得这么响，听不到才怪呢。"女孩似乎早已经习惯了，没什么大的反应。

　　"天天都能吵。"

　　女孩撇撇嘴："所以我才不想待在家里。"

　　"不在这里还能到哪儿去？"陈彬拿着碗，默默吃着馄饨，脸色一直不好，小狗自然不知道他的心情怎么样，闻到吃的香味，一个劲地扑他，想要吃东西。

　　陈彬被弄烦了，把几个馄饨放到它的盆子里，然后放在桌子上先冷会儿，小狗就蹲在桌子下面，眼巴巴地看着。

　　等到陈彬吃完了馄饨，他才把盆子放到地上，小狗狼吞虎咽起来，一会儿就吃完了。

　　陈彬收拾好碗筷，又回了房间，坐在电脑前做着明天要交的PPT。

　　身后一直传出抛接东西的声响，陈彬忍了一会儿实在受不了："小妍，能不能安静会儿，哥哥在工作呢。"

　　"哥哥陪我玩嘛。"女孩转身看着陈彬，撒娇道。

　　陈彬忍着自己的脾气："这个东西明天哥哥要交的，你就安静一会儿，我做好了就陪你玩。"

　　"好吧。"房间里重新安静下来，陈彬继续敲打着键盘，算着数据。

　　晚上九点多的时候，外面又传来开门的声音，小狗汪汪地叫了几声，陈彬被突然的叫声吓了一跳，险些把没有保存的PPT给关了。他抓了抓头发，冲着狗喊："别叫了。"

　　外面陈妈妈的声音传了进来："哟，你怎么回来了？不在外面过夜啊。"

　　"你干吗，我没心情跟你吵。"

　　"你以为我想跟你吵啊，我跟你说你以后啊晚饭也不要回来吃了，这样你给我的那些钱才够我日常花销。"

　　"钱钱钱！张口闭口都是钱，除了钱，你还能说点别的吗？"

"怎么，没钱怎么生活啊？你要是每个月都按时把工资交给我，我会跟你吵吗？你每个月都扣下了那么多钱干吗？"

"你看到我乱用钱了吗？我就买几包烟，出去吃几顿，怎么了？"

"你是没怎么花钱，可要维持这个家我钱不够用啊，你那些钱存着干吗，等死了以后带到棺材里去啊！"

"你说什么呢你，啊！咒我死是吧！"

他们吵架的声音越来越响，陈彬看着电脑一个字也打不出来。他抓了抓头，一拳头打在键盘上，突然站了起来，椅子向后滑动发出尖锐的声音。他冲到房门口一下子打开了门，对着正在吵架的父母吼道："你们能不能别吵了！天天吵，天天吵，你们知道我待在这个家里有多压抑吗，我现在工作还没做完，等我做完了随便你们吵。"

他吼完就关上了门。

外面顿时没有声音，但他的火气还是没降下来。从记事开始，父母之间就争吵声不断，为了一点点小事、为了钱，不知道要吵多少次，妹妹还很小的时候每次他们一吵架，她也哭，那时候他就想离开这个家算了，因为他都感觉不到家的温情，没有关心，只有指责，只有争吵，只有哭闹。

他低头看着在自己不远处舔着爪子的小狗，内心的烦躁让他控制不住自己的情绪。他狠狠往它身上踢了一脚，小狗一吓，尾巴耷拉下来，要往床下面躲，他走过去又对着它踢了好几脚。

小狗痛苦地叫着，却没有让他停止自己的行为，在这个时候，他只觉得心中的火气只能通过这种方式发泄出来。

"哥哥，你干吗？你的样子好可怕！"

他抬起头，看到床上的妹妹抱着娃娃，满脸惊恐地看着他。

他转过头，看着镜子中的自己，表情狰狞，头发凌乱，双眼泛红。

"哥哥，你好可怕，呜呜呜呜……"

"别哭了！"

"呜呜呜呜……"

"我说别哭了！"

那些呼之欲出的罪恶，我们用理智去克制，因为阀门一旦开启，就再也合不上了。

2. 发泄

"哥哥，这是什么地方？"小女孩抱着有些脏的娃娃，转动着脑袋，好奇地看着四周。

陈彬回答她："是心理咨询室。"

她抬头看陈彬，问："是干吗的呢？"

陈彬在心里琢磨了一下该怎么回答她："呃，是帮助别人解决各种心理问题的。"

"那哥哥有心理问题吗？"

陈彬看着一脸疑惑的妹妹，咬了咬嘴唇不知道该如何开口，他并不想让她知道。

就在这时，穿着工作服的女人走到他旁边，弯了弯腰，露出职业化的笑容："先生，到您了，请进吧。"

陈彬马上站了起来："谢谢。"

女人又往他边上看去，而后道："先生，您的妹妹不能进去，我带她去休息室吧。"

妹妹硬要和他一起来，他也不想让妹妹知道他的情况，自己正在为难，听到工作员这么说，陈彬感激地道："哦，好的，那麻烦你了。"

"您放心，我会照顾好她的。"

陈彬低头看着妹妹,不忘叮嘱她:"小妍,跟着姐姐去,要听话,哥哥马上就出来。"

看着妹妹跟着女人离开,陈彬走到门前,按下把手,推门而入。

房间里的摆设相当简单,但整体的暖色调却让人觉得格外温馨舒服。房间的一边放着一个书架,上面摆放着满满的书,旁边是一个办公桌,一台电脑,几本书,还有坐在后面的一个留着短发的女人。她皮肤白皙,五官精致得无可挑剔。她戴着眼镜,穿着职业装,看到陈彬进来起身迎接他:"陈先生,你好。"

陈彬点了点头,声音略轻:"医生,您好。"

女人笑笑,语气温和:"不用叫我医生,我这里不是医院,只是一个聊天的场所,叫我简小姐就好。"

女人从办公桌后走出来,走到旁边的沙发前,对陈彬道:"陈先生,我们坐这里吧。"

陈彬第一次来这种地方,身体有些僵硬地走到沙发那里坐了下去,看上去很拘谨。

"陈先生喝点什么?咖啡还是茶?"

陈彬回头道:"水就好了。"

女人微微点了下头:"嗯,也是,咖啡还有茶喝了晚上可能会睡不好。"

男人脸上有着很明显的黑眼圈,眼里还有血丝。

女人让助手倒了两杯热水放在茶几上,自己拿着一杯放在手里。

"陈先生不用紧张,这里很安全,我们只是来聊聊天。"

"我知道。"他扯了扯嘴角,露出一丝笑容,但双手相互握着,仍旧是很紧张的状态。

女人停了几秒才开口:"你的声音听上去很焦虑,能告诉我是什么原因吗?"

陈彬看着面前的杯子上扬起的热气，艰难地开口道："我觉得有时候会控制不了自己。"

"这让你觉得很害怕，是吗？"女人的声音低缓柔和。

男人的手颤抖起来，紧紧握着拳："因为我怕我会做出过激的事情，我怕我会伤害家人。"

女人身体前倾："那告诉我，在你控制不了自己情绪的时候，你伤害过谁吗？"

男人说出了口："我……我养的狗。"

女人问："你踢了它？"

陈彬痛苦地摇头："不，不，我、我杀了它。"

没有很惊讶，女人语气平缓地继续道："能告诉我过程吗？"

没想到女人会这么问，陈彬抬头看了她一眼，又马上低下头，咬着嘴唇，开不了口："我、我……"

"不用害怕，我知道你做了这件事之后肯定很后悔，别憋在心里，把它说出来，会对你好的。我是你的倾听者，把它告诉我，我们可以一起来解决。"

女人的声音像是安抚了他的情绪，他在心里挣扎了一会儿，终于开口了："那天真的很糟糕，我在公司被老板训了一顿，我的父母又大吵了一架，所以我情绪非常不好，心里有一团火，我……"他回想起那个场面，手死死地抓着裤子，脸上通红。

女人还在引导他："很好，就是这样，慢慢来，说出来，说出来就没事了。"

"我不知道怎么了，过程我也不知道，一直浑浑噩噩的，清醒过来的时候，我就看到我的狗躺在地上，全身是血，白色的毛上全是血，而……而我的手上拿着一把刀，是菜刀，上面也全是血，还往下滴血。我……我吓坏了，我没有想要杀它。我不知道，后来我把它的尸体埋了，埋在了小区里。"陈彬边说着边看着自己的双手，仿佛现在还能看到手上沾满的血。

"很好，你能说出来就很好。"女人认真地听完后问他，"那有人看到了吗？"

他抬起头急急地道："我、我不确定、不确定我妹妹有没有看到。"

"没事的，你只不过是在寻找一个发泄的途径而已，你没有伤害你的家人，你避免了，对吗？"

陈彬手握成拳，手却在发抖："我不能伤害他们，所以我怕万一有一天我的情绪又控制不了。"

女人伸出手放在他的手臂上，安抚性地拍了拍："杀了狗之后，你感觉怎么样？"

"那团火消失了，可我害死了我的狗。"他咬着嘴唇，眼中含着泪。

"这只是一个途径而已，你要记住你没有伤害你的家人，这是你的底线，对不对？"女人的声音温柔得让人感觉到了宽慰。

"你觉得我没有做错吗？"他的眼中满是迷茫。

女人微笑着回答他："只要不超过这个底线，其他的都只是你发泄的一种途径而已。"

又是一天的一早，老王手里拿着水杯，刷着牙走出了工地上的简易工棚。天还没有完全亮透，他眯着眼睛往前走，脚下突然被一个东西绊了一下，嘴里还含着牙刷，差点就这样直接摔下去。他稳住身体，拿出牙刷，睁大眼睛看着绊到自己的东西，是一个毛绒玩具，很大的那种，只露出玩具熊的头，下面好像全部被埋在土地。

"谁把这玩意放在这里啊？"他嘴里骂骂咧咧的，把嘴里的牙膏沫吐到玩偶上，脚发泄似的踢了一脚。

往前走了几步，他又有些不确定地回头看去，被他踢了一脚的娃娃头歪向一边，里面露出人的皮肤来。

"啊呀！啊呀！"他全身哆嗦着把牙刷和水杯一扔，边跑边大喊着，"来人啊！"

早上，陆祯照例去接简宁，看到她出现后，他按了喇叭。

等简宁坐上副驾驶座，陆祯想到了昨天季浩然支的招，在心里酝酿了一下，开口道："早，昨天睡得好吗？"

"还不错。"

陆祯眼睛瞥着简宁，长长叹了一口气："唉，我失眠了。"

"失眠？"

"没错，几乎一晚上没睡。"

"那你能开车吗？"

等等，这和说好的不一样啊！"……"

陆祯没说话，简宁又问道："不会出事故吧？"

很受伤的陆祯阴郁地看着方向盘："不会……我现在精神得很。"

"那就好。"

"……"

陆祯第一次装可怜……失败。

刚开出去没多久，陆祯就接到了桑雨欣的电话，又发生了命案。

陆祯便直接开车去了现场。

下车后，陆祯和简宁走进警戒线内，现场现在还维持着目击者发现时的状态，不过玩具头套已经被工人摘了下来，露出死者的头部，一个年轻的男子。

苏唯站在一边，黑着一张脸。

陆祯走过去问他："苏唯，你怎么了？"

桑雨欣吐了吐舌头："目击者，就是这个工地的工人，把牙膏沫吐在这上面了。"

陆祯听了嘴角抽了抽，对苏唯这种奇怪的洁癖有些无语。

"行了，又没吐在尸体上。"

苏唯的脸色并没有因为陆祯的安慰而好转："现在没法做检查，尸体被放在这个玩具熊的里面，所以我要一道带回法医室。"

陆祯点点头，问桑雨欣："死者的身份确认了吗？"

桑雨欣摇头道："还没有，最近的人口失踪案没有符合这名死者的。"

"嗯，继续查死者身份。"

等桑雨欣走后，季浩洋围着尸体转了一圈，道："按照现场来看，死者是死亡之后才被人塞进玩具熊里的，被塞进这里面有什么特定意义吗？"

陆祯道："可能是凶手想要掩藏尸体不想被人发现，而且方便运尸体。"

"不排除这种可能性，但还有一种，对凶手来说，杀死死者并不是结束，反而将尸体塞进玩具熊里更为重要。如果是这样，那么这个玩具熊对于凶手肯定有非常大的意义。"简宁补充道。

"这个玩具熊在地上拖了很长的一段距离，凶手是把它拖到这里埋了的。"侦查完周边的季浩然遗憾地开口，"可惜周围没有摄像头，所以无法判断凶手是怎么把尸体运到这里来的。"

陆祯道："先等苏唯的验尸报告出来吧。"

现场并没有留下什么明显的痕迹，目击者也提供不了什么有用的线索，刑侦队的人侦查完现场就回到了局里。

等验尸报告的过程中，陆祯几人看着现场的照片。

方易看着照片，沉思了一会儿："队长，这个玩具熊我在哪里见到过。"

季浩洋挑眉忍不住吐槽了一句："玩具熊不都长得差不多嘛。"

方易却道："比较特殊的东西我都记得住，这个熊脖子上的领结很特别，我肯定在哪里看到过。"

陆祯拍拍他："真的吗？那你快想想。"

季浩洋提示他："在商场？"

方易摇头："不是。"

陆祯："游艺城里？"

方易狂点头："对对，是在游艺城里，我上次去玩的时候还想赢这个玩具熊呢。这个玩具熊是这个游艺城特别定制的，其他地方都没有。"

陆祯拍了方易好几下肩膀，对他们来说这可是一个非常重大的线索。

"据我所知，那游艺城全市只有两家店，调出监控应该就能知道是哪些人赢了这个玩具熊。"

"行，队长，那我和浩洋去店里调监控。"

桑雨欣从外面进来，对陆祯道："队长，苏唯准备把尸体从玩具熊里面拿出来了，你们先去看一眼。"

陆祯和简宁跟着桑雨欣去了法医室，解剖台上放着没有头套的玩具熊，苏唯站在一边正在戴手套。

陆祯也戴上手套，把玩具熊的头套拿起前后看了看。奇怪的是，头套的正面没有血迹，而后面却沾着血。

陆祯问："死者的头部有伤口吗？"

苏唯面无表情地摇头："没有，据我现在看来，伤口都是在身体上。"

接下来，陆祯帮着苏唯把尸体从玩具熊里面取了出来，死者的身体上有多处伤痕。

"都是锐器刺入伤。"苏唯大概看了一下，"有二十多处伤口，集中在胸前和腹部，都是从背后刺入的，基本都是致命伤，一两刀之后，死者就已经死亡了。"

明显的过度伤害。简宁道："发泄，他在发泄。"

陆祯点点头，也是这个看法。

"嗯，非常大的怨恨和愤怒，不排除凶手可能和死者认识。小桑，尽快确认死者身份，说不定我们就能锁定凶手了。"

这时，简宁又问了一句："陆祯，你说头套后面有血是吗？"

"是啊。"

简宁分析道："死者是在被戴上头套之后背对着凶手被刺杀的，凶手好像不想看到死者的脸。"

陆祯拧了拧眉："因为愧疚？"

"哥哥。"属于小女孩的稚嫩嗓音从身边传来。

听到这个熟悉的声音，陈彬惊慌地回头："你、你怎么出来了？我不是让你待在家里的吗？"

女孩哭丧着脸，扯着他的衣角："哥哥，我看到玩具熊了，你为什么把它扔了？"

陈彬回避着她的目光："因、因为它已经脏了，已经坏了。"

女孩皱起眉头，问他："那我的娃娃也脏了坏了，你也会扔了它吗？"

"不会的。"他不断向她保证，"不会的，永远不会的。"

3. 保护

【我们想要保护的往往是最纯洁最珍视的东西。】

去游艺城看监控的季浩洋带回来一个好消息和一个坏消息，好消息就是他们确认了死者的身份，而坏消息就是这只玩具熊正是死者的，而且就是前几天刚从游艺城赢回来的。

死者名叫陆一闻，二十六岁，是一名银行职员。

已经联系到死者家人的桑雨欣向他们说了死者的情况。

"死者有一个女朋友，昨天正是她的生日，两人本来是约好晚上一同吃饭，但是到了约定的时间死者却没有出现，而且死者的女友收到了一条来自死者的短信，短信上说他突然有事不能去了。她给他打电话也没有接，所以她也就回家了，因为生气第二天也没有联系死者，后来才知道了他已经死亡的消息。"

陆祯问："短信是什么时候发的？"

桑雨欣翻了下自己做的记录道："晚上七点十分的时候。"

陆祯摇了摇头："那时候陆一闻已经死了，所以短信应该是凶手发的。"

桑雨欣叹息道："只可惜他女友根本没有怀疑短信不是他发的。"原本被爽约加上第二天没有接到电话，使得死者的女友非常生气，可这在得知他是在见她的路上遇害的后，生气就转变为悲痛、崩溃，她甚至会对自己之前的生气感到内疚。

简宁问："小桑，陆一闻的女朋友知道陆一闻那天是怎么去约会地方的吗？"

桑雨欣回道："死者是从家里出去的，这点我和死者的家人证实过了，出门时是六点半左右。至于怎么去的他们也不是太清楚，但是绝不是开车去的，因为他还没买车。"

陆祯让方易把那一块的地图显示出来，然后指着屏幕道："死者的家在这里，约会的地方在这里，假设死者是在七点左右的时候被凶手杀害，那么那个时候就存在两种情况：一种情况凶手是出租车司机或者是冒充出租车司机把死者带到凶案的第一现场进行杀害；第二种是那个时候死者是走在路上被凶手绑架的。"

　　去过死者家里的桑雨欣道："如果死者是坐公共交通的话，那他出小区之后要步行二十分钟。"

　　简宁又问："那附近有工地或者比较隐蔽的地方吗？"

　　季浩洋回答她："简顾问，我哥已经沿途去找了，一有消息就会打电话来。"

　　陆祯看着屏幕上案发现场还有死者的照片，沉默了一会儿后开口道："桑雨欣，你去查一下死者的社会关系，包括他女朋友身边的人，看看存不存在情杀和仇杀的可能性。"

　　"好的，队长。"桑雨欣边答应边往外面走。

　　简宁根据现在所掌握的信息，做出了自己的判断和分析："死者身中数刀，存在着严重的过度伤害，但在凶手杀害的过程中，凶手表现出的却是一种愧疚的心理。凶手没有伤害死者的头部，甚至用玩具熊的头套套在死者的头上，他不敢看死者的脸，残忍的杀害和愧疚，这是一种矛盾的心理，就像是他知道这个人是一个无辜的人，他不应该杀害对方，但是他还是没法控制住自己的情绪。所以，虽然不能排除是情杀和仇杀的可能性，但我更倾向于是冲动杀人。但凶手并不是随机选择被害者，可能是那个玩具熊导致了他选择死者作为目标，所以这个玩具熊或许象征着凶手的某种幻想。"

　　简宁停顿了一下，继续道："凶手在杀人的过程中情绪是非常愤怒而冲动的，但是杀完人之后，发泄了内心的愤怒之后，他马上就恢复了平静。他把玩具熊里的填充物拿掉，然后把死者放进玩具熊里，没有扔在第一现场，而是移动了尸体，这是非常大胆的行为。但杀人之后获得的心情的平复不可能维持太长的时间，所以一旦他再度受到精神压力或许其他方面的刺激，他还会继续杀人的。"

　　一旦开始，他就难以停止了。

"喂，老婆，我刚下班呢，给你准备了礼物，等着我回来哦。对，我走的小路，不是快嘛，你放心好了，谁会来抢劫我啊，嗯，我知道，我会当心的，就这样吧，等会儿见。"男人的脸上露出幸福的笑容，挂了电话把手机塞进裤子口袋里，他左手抱着一个大娃娃，右手提着一个蛋糕，加快脚步往前走，想要尽快回到家里。

"哒哒哒！"

男人听到自己的身后传来脚步声，想起自己妻子的叮嘱，他转过头去看。一个年轻的男人手里拿着包，看上去就是个上班族。男人放下心来，心想人家肯定也是住在这附近的，和他一样走小路想要快点回家而已。

定下心来，男人继续往前走。这里的路灯一闪一闪，忽亮忽暗，没过多久后面的脚步声越来越近，也越来越快。男人下意识地往路旁边让了让，方便后面的人通过。

就在那一瞬间，他看到了年轻男人手里的刀，而还未等他反应过来，那把刀就重重从他的背后刺入。

"啊啊啊！"他吃痛地大叫着，把手里的东西扔向那个男人，想要挣脱。

刀被拔出，第二下又再次刺入。

男人痛苦地躺在地上，此时已经发不出什么声音。他的头朝下，东西散落了一地，他挣扎着想要爬起来，手颤抖着撑着地面，却使不上什么劲，他感觉自己的血慢慢流出，像是要流尽了。

他头向外侧歪着，看着那个年轻的男人蹲下身子拿起那只娃娃，然后将它的头整个用刀割了下来，而后年轻男子就这样蹲着把里面的填充物取了出来。年轻男子的眼里像是只能看到这只娃娃，专注而认真，直到……

"哥哥。"小女孩糯糯的带着些恐惧的声音在陈彬耳边响起。

陈彬停下手中的东西，不可置信地抬头看着站在他眼前抱着娃娃的妹妹。

"小……小妍，你怎么出来了？"

女孩怯怯地道："我跟着哥哥出来，我想要看看哥哥在干什么。"

"你快回去！这里不是你应该来的地方。"他不想让妹妹看到这些恐怖血腥的东西，还有做出这种事情的自己，他不希望妹妹看到。

女孩却指着旁边躺着的男人："哥哥，他是谁，怎么身上都是血？"

不，不！他痛苦地抱着头："小妍，我没有办法，你在前面等哥哥好吗，哥哥马上就来。"

视线已经模糊的男人听到年轻人的声音，从他的话中听出还有人来了，他张了张嘴，用尽全力往前伸出手："救、救我、救我。"

陈彬看着男人的手往妹妹那里伸去，而自己的妹妹也往这里靠近，似乎马上就要碰到那只手。

他瞪大了眼睛，不，不能让妹妹受到伤害，绝对不能。

他挥起握着刀的手。

"啊！"

那只手无力地落在地上，血从断口处喷射而出，染红了这一块的地。

"哥哥！"

"小妍，不要看，不要看……"

4. 孩子

【我只想相信自己看到的。】

　　就在季浩然找到第一个案子的第一现场的同时，第二具尸体被发现了。

　　苏唯蹲在地上检查了一下死者的伤口和周围的血迹后对陆祯道："这里就是凶案的第一现场，尸体并没有像第一个死者一样被移动过。背后锐器刺入伤两处，左手被砍断，死亡时间在晚上七点到八点之间。"

　　苏唯站起身脱下手套，桑雨欣凑过去接过来放进袋子里。苏唯没说什么，仿佛已经习惯了。

　　看着苏唯离开，桑雨欣撇撇嘴，回头接着补充道："确切地说应该是在七点半到八点之间，因为死者在七点二十几分的时候和自己的妻子通过电话，也是最后一通电话。他妻子说那时候并没有异常。死者的妻子说这条路是到家最近的一条小路，但是平时基本上没什么人走，因为太偏僻不太安全，死者从前也不怎么走这条路，但是今天因为是他们的结婚纪念日，所以死者想要早点回家才走了这条路，只是没想到就出了事。他妻子等了很久没有看到他回来，所以出门来找他，就发现了他的尸体，之后就报了警。"

　　季浩洋手里拿着透明的物证袋，对陆祯道："另外我在死者的包里找到了这只娃娃的发票，这只娃娃也是死者自己的。"

　　陆祯点点头，低下头看着地上的尸体和被割下头的娃娃。

　　"凶手选择的人群没有变，依旧是拿着娃娃的人，但是为什么这次的手法却变了？他把娃娃的头割下来，把里面的填充物拿走，为什么这次却没有把死者的尸体装进去呢？"

　　简宁站在他旁边，脑子里把他们话中所有的信息集合起来，分析道："和第一个死者不同的是，这次他还砍下了死者的一只手，他的手法在短时间内改变了，没有提升，反而下降了，这是很奇怪的一点。

因为上一个死者他处理得很好，把尸体装进玩具熊里，又运到了其他地方，但是这次却显得非常匆忙。"

陆祯肯定道："的确，就像是他在作案的过程中发现了什么事情，对他造成了影响。"

这时去周围勘察情况的季浩然跑过来，有些兴奋地道："队长，好消息，我在附近找到了一个摄像头，按照它的角度的话应该能拍到小路的路口。"

陆祯听完顿时眼睛一亮："好，赶紧让方易把监控调出来。"

刑侦队回到警局，让人振奋的是，案发的时候这个摄像头是工作的，其实原本这条小路并没有摄像头，但是因为在这里经常发生抢劫案，所以最近新装了一个。众人不由得感慨，装得可真是时候。

刑侦队的几人紧紧盯着案发时间段的监控影像，在七点二十分的时候，被害者出现在监控画面内，他一手抱着娃娃，一手提着袋子，更加证实了这只娃娃就是死者本人的。

大约两分钟后一个男人紧接着出现在监控画面中，他穿着藏青色的大衣，手里提着一个公文包，看上去就像是一个普通的上班族，若是平常，他这样的人一点都不起眼，但在这时，出现在死者身后，就有了重大的嫌疑。

而后过了十五分钟，这个男人又再次出现在监控画面之中，此时的他走路步伐加快，看上去有些慌张，而且动作有些奇怪。

简宁看不到，但其他人都觉得画面中的男人的动作总有那么一点诡异，似乎不太正常。

季浩洋看了一会儿，歪了歪脑袋，对陆祯道："队长，他，是不是有点怪啊？"

陆祯让方易把画面放大，又看了一遍，蹙眉："他好像在说话啊。"

简宁隐约觉得不对劲，便问："陆祯，他在干什么？动作表情是怎么样的？"

　　陆祯一边看着监控一边回答她："简宁，这个男的他的头时不时地转向右边，嘴一张一合的，应该是在说话，表情看起来有些激动，而且他还向旁边伸出了手。"

　　方易也是满脸纳闷，回头对简宁道："可简顾问，他旁边没有任何东西啊，难道他在自言自语？"

　　简宁继续问："他看的方向呢？是向上看还是平视还是向下看？"

　　陆祯回她："向下看的。"

　　简宁有些了然："他旁边的确有个人。"

　　"啊？"众人听完一脸震惊。

　　简宁接着把话说完："只不过我们看不见而已。"

　　季浩洋和方易心中一寒，同时搓了搓自己的手臂，异口同声："啊？难道是鬼吗？"

　　简宁摇头："不是，确切地说是他幻想出来的人，在情绪不稳定的时候他就能看到那个人。"

　　桑雨欣觉得不能理解："所以他在和一个根本不存在的人说话？天哪，完全不能想象。"

　　这时，季浩洋突然偏头看着旁边，开口道："你也觉得很奇怪，是吗？"

　　停顿了几秒，他点了点头，用手指了指自己的脑袋叹了口气："哎，估计是脑子有问题。"

　　又停顿了几秒，他又道："是啊，那也犯不着杀人啊。"

　　季浩然看着弟弟诡异的行为，拍了拍他："季浩洋，你在干吗？"

　　季浩洋回头看他："我在和我朋友说话呢。"

　　季浩然皱了眉头："哪儿来的朋友？"

　　季浩洋往旁边指了指，仿佛真的有个人在那里一样："你看不到他吗？就在我旁边呀，来，朋友，和我哥哥打个招呼。"

"……"季浩然这下知道自己弟弟就是在玩，直接往他后脑勺拍去，"你找死啊！"

季浩洋笑笑，摸了摸脑袋："简顾问，是不是就像我刚才的那种情况啊？"

简宁无语："嗯，没错，就是这样。"

玩笑结束，大家还是回到案子上。

陆祯问简宁："所以他杀人或许和他出现这种幻觉有关系？"

简宁颔首道："嗯，我觉得有一定的关系，而且我觉得他幻想出来的人可能是个孩子，可能这个人根本不存在，但如果存在的话应该是他熟悉的人或者身边的人，可是已经去世了。"

陆祯托腮："如果孩子存在的话，娃娃可能是这个孩子一直抱着的东西，所以，在他情绪不稳定的时候看到娃娃之后就产生了杀人的冲动。方易，现在可以确定这个男人的身份吗？"

"我来匹配一下。"方易把这人的头像截出来，在数据库里寻找，竟然匹配到了，"队长，找到了，这个男人叫陈彬。"

陆祯快速指挥着："马上出发，我们去他家里，方易和小桑，你们留在这里看一下案发现场周围的监控，看他往什么地方去了。"

刑侦队的人到了陈彬家门口，敲门后，开门的是一个有些胖的中年妇女，看到警察后，她紧张地道："你们，有什么事吗？"

陆祯问："是陈彬家吗？"

陈妈妈一脸的迷茫和警惕："是啊，警察同志，这、这是怎么了？"

简宁温和地开口："阿姨，陈彬在家吗？"

陈妈妈摇头："不在啊，他还没回来呢。"

陆祯继续问："您知道他什么会回来吗？"

"他一般下班就直接回来了，我也正奇怪他怎么还没回来呢。他是不是出什么事情了？"陈妈妈有些着急，这么晚了自己的儿子没回来反而是警察找上门来。

陆祯觉得现在不方便和陈妈妈说明，只是含糊地道："他和一个案子有关系，所以我们正在找他，现在能联系到他吗？"

听到是案子，陈妈妈更加急了："他是不是犯法了？打人了？"

简宁安抚她："阿姨，现在找到他是最重要的。"

陈妈妈权衡再三，还是同意了："那我打给他。"

简宁不忘叮嘱道："阿姨，别告诉他有警察来找他，就像平常一样，问他什么时候回来，现在在哪里。"

陈妈妈迟疑了一下点点头："好，好。"

电话按了免提，"嘟嘟嘟"地响着，但一直没有接通。

陈妈妈急道："他不接电话可怎么办？"

陆祯给季浩洋使了个眼色，季浩洋一边安抚陈妈妈的情绪，一边让她继续打电话，而陆祯则和简宁进了陈彬的房间。

房间里没什么特别，整理得还算干净，陆祯一眼就看到了放在床上的一只大娃娃，很脏很旧，在一个男人的房间里显得格外突兀。

他拿起娃娃对简宁道："他床上有一只娃娃，很旧，应该是蛮多年前的了。"

"我们得去问问陈彬的妈妈，看她知不知道这个娃娃。"

陆祯拿着娃娃走到客厅，陈彬的电话还是打不通。

陈妈妈越来越急了，脸色都有些发白，陆祯问她："阿姨，这个娃娃是陈彬的吗？"

陈妈妈觉得很奇怪："一直在他房间里的，怎么了？"

简宁问："陈彬还有妹妹吗？"

陈妈妈摇摇头："没有啊，他是独生子。"

简宁追问："那有没有和他比较亲近的小女孩？"

陈妈妈用手扶着头："等等，让我想想，这只娃娃，啊，我想起来了，好像是叫小妍。"

陆祯赶紧道："小妍是谁？"

陈妈妈回忆道："陈彬高中的时候和他比较好的一个妹妹，只是后来去世了。"

陆祯心想那就和简宁之前的猜测一样了。

"她是什么原因去世的？"

陈妈妈叹了口气："哎，也是个可怜的孩子，生生被自己父亲打死的。"

简宁听后已经有了一个想法："阿姨，小妍被葬在哪里？"

5. 娃娃

【我们失去了珍视的东西，但这并不会让我们有权力去剥夺别人一样珍视的东西。】

半小时后，刑侦队赶到小妍墓地的时候，在一片黑暗中看到了唯一的光亮，几人放低脚步向那个光亮的地方靠近，不出意外地看到了在一块墓碑前单膝跪地的陈彬，他旁边的地上放着一个公文包。更靠近的时候，陆祯发现了他的包上放着的正是一把沾着血的刀，很有可能就是凶器。

在离陈彬还有一段距离的时候，陈彬听到了一些声响，猛地回头，发现了陆祯他们。他当即站了起来，快速地拿起刀，退后一步，双眼布满警惕和紧张。

陆祯站在最前面，冲他喊道："陈彬，你现在已经被包围了，现在马上放下刀！"

"哥哥，是警察啊，他们来干什么？是来抓你的吗？"

陈彬的耳边传来小妍的声音，他低下头，就看到小妍站在自己身前。他吓坏了，赶紧把她带到自己身后："小妍，你别怕，待在哥哥后面，哥哥会保护你的。"

陆祯又看到了他古怪的动作，拧了拧眉头，压低声音问旁边的简宁："简宁，他现在还处于幻觉之中？"

"是的。"简宁想了想，心里已经有了应对的方法，"换我来跟他说吧。"

随后，简宁往前走了一步，开口道："陈彬，小妍是在你旁边吗？"

听到小妍的名字，陈彬猛地抬起头，紧张地将小妍护在身后，有些焦虑地喊："你们别伤害她，她是无辜的，她什么都没做。"

简宁保证道："我知道，我们不会伤害她。"

似乎是听到了有些熟悉的声音，陈彬眯起眼睛看着简宁，有些疑惑地问："简……简小姐，是你吗？你在那里吗？"

简宁愣了一下，不光是简宁，在场的刑侦队的所有人都愣住了，为什么陈彬会知道简宁？他们之前应该都没有见过面啊。

之前的种种，再结合陈彬的话，简宁已经想到了一种非常可怕的情况，现在的状况她只能顺着他的话说下去，因为陈彬可能是现在唯一见到过那个女人的人，抓到他，她也许就能找到那个女人，搞清楚所有的真相。

简宁："陈彬，我是，别做出冲动的事情好吗？"

因为是熟悉的人，陈彬显得稍微平静了些："简小姐，你跟我说过的，只要不伤害我的家人，我做的其他任何事情都只是一种方法和渠道而已，是这样的对吗？"他有些着急地问她，心中的不安让他急需得到肯定的答案。

简宁也知道他的想法："是，我是这样说过，但你做的那些事难道没有伤害到你的家人吗？你的父母还不知道你的事情，你的母亲现在还在拼命地打电话，因为找不到你而担心你出了什么意外。还有，小妍，你现在回头看看她的表情，告诉我她的表情是怎么样的？"

陈彬迟疑着，始终没有回头，不知道是因为不敢还是不愿意面对。

简宁继续道："恐惧，是不是？她在害怕你，为什么？因为你手里拿着刀，她现在看着你的表情就像是以前她一直看着她父亲的表情，你应该知道的，而且你不止一次看到过。你跟她保证过，你要保护好她的，而……"

"保护"这两个字深深地刺激到了陈彬，陈彬大吼着打断了简宁的话："可是我没有保护好她。我知道的，我知道的！现在根本没有什么小妍，她已经死了，这是她的墓地，她早就死了！我一直都知道她的父亲经常打她，如果我早点制止，她不会死的，不会死的，都是我……"他握着刀的手紧了紧，满脸的自责。

简宁知道陈彬现在已经清醒过来，于是安抚他："不是你的错，陈彬，是她父亲的错，是她的父亲导致了她的死亡，而你，你已经为她做了很多，那只娃娃也是你送给她的对不对，她一直都抱在手上。"

提到娃娃，陈彬的情绪更加崩溃了，他呜咽着道："她死的时候、她死的时候还抱着那个娃娃，身上都是伤，都是乌青，很瘦很瘦，她看上去都没有娃娃大，那个画面一直在我脑子里，我永远也忘不掉。"

陈彬脑子里又浮现出当时的画面，小妍倒在冰冷的地上，她的身体也是冰冷的，再也没有了呼吸，没有了笑容，再也不会甜甜地叫他哥哥了。

陆祯继续劝说："所以，陈彬，她很珍惜你送的东西，她很喜欢你，因为你是她唯一的依靠，生前是，现在也是。在她眼里、心里，你永远是那个保护着她，爱护着她，给她好吃的好玩的，是这样的一位好哥哥，而不是一个拿着刀的凶恶的人，她就在你身后，那只娃娃一直陪伴着你，就像是她在陪伴着你一样。"

知道已经到了这个时机，陆祯举起娃娃给陈彬看："陈彬，你看，看到这只娃娃了吗？现在放下刀，走到这里来，这是小妍希望你这样做的。"

"哥哥，好可爱的娃娃啊，小妍好喜欢。"阳光下，女孩举着娃娃笑着对他道。

陈彬看着那只娃娃，呜咽着用手抱着头，终于扔下了手中的刀，跪在地上痛哭起来。陆祯和季浩然赶紧上前给他戴上了手铐。

陆祯看着他悲伤痛苦的脸，冷声道："陈彬，你或许是失去了你很珍视的人，但是你也没有资格去夺走别人同样珍视的人，不论你是以什么样的理由，你都是在犯罪。"

坐车回警局的路上，简宁闭着眼睛像是在休息，陆祯开着车时不时瞥向她，抿了抿嘴，不知道该不该开口。

"陆祯。"车里一片安静，简宁突然轻声地叫了他一声。

"哎！"陆祯赶紧应了一声。

简宁睁开眼，语气平缓："你说这世上存在不存在一个人，和我的声音相似，和我的长相相似，而且还和我同姓？"

陆祯咬了咬嘴唇，斟酌了一会儿，才开口道："或许只是因为有些像，天黑嘛，他也看不清楚，所以误认为是那个人。同姓的话，我觉得应该是那个女人的目的吧，让别人以为他们见到的就是你。"

简宁听了转头对着他："你为什么不怀疑其实根本就没有那个女

人，他们见到的就是我呢？"

陆祯想也没想，脱口而出："怎么可能？"怀疑简宁？那他宁愿怀疑自己呢。

"怎么不可能？上一个案子也是如此。"

"这段时间你几乎一直和我、我们在一起，根本就没有见过他们，难不成我们还是共犯不成。"

简宁顺口道："你们只是被我催眠了而已，当然不知道了。"

陆祯："……"

在后面睡觉的季浩洋这时醒了过来，迷迷糊糊地听到催眠这两个字，眨着眼睛好奇地问："催眠？什么催眠？"

简宁轻轻一笑，叫他："季浩洋。"

季浩洋马上道："哎，简顾问。"

简宁用低缓的声音道："季浩洋，你知道吗？你坐的位子上有一根针，那跟针就插在座位上，而你正坐在它上面。"

"什么？"季浩洋下意识地想去摸自己的屁股。

简宁预估到了他的动作，马上出声阻止："不要动，你现在感觉到痛吗？"

季浩洋还是很茫然："没有啊，什么感觉都没有。"

简宁："那是因为你的意念，所以你现在感觉不到它，你的身体是紧绷的是吗？"

"是、是的。"因为怕针刺进去，他现在都是紧绷的。

"好，现在慢慢放松，不用担心，慢慢放松，身体不要紧绷着，现在感觉到痛了吗？"

季浩洋有些紧张了："有，好像有一点了，再放松针肯定要刺进去了吧。"

"没有关系的，继续放松，继续放松。"

路上出现了一条高出的减速带，车子开了过去，上下颠了一下。

"啊！啊！好痛！"

陆祯被吓了一跳："季浩洋，你大呼小叫的干什么？"

季浩洋皱着脸哭诉："简顾问，怎么办，那根针肯定刺进我屁股了吧！"

陆祯："……"哎，队里有个傻子怎么破。

下了车，季浩洋捂着屁股一脸苦逼样地和自己的哥哥季浩然哭诉："哥，简顾问欺负我。"

"你说什么？简顾问欺负你？"季浩然觉得简直是天方夜谭。

季浩洋瞪大了眼睛，希望自己的哥哥能相信自己："真的，队长也可以作证的，我坐在车里，简顾问骗我说我屁股上坐着一根针！"

季浩然："然后呢？"

季浩洋："我信了啊。"

季浩然面无表情地看了一眼自己的弟弟，然后转头对简宁道："嗯，简顾问，你是不对，你怎么能欺负一个傻子呢？"

6. 戒指

陈彬坐在审讯室里，情绪虽然已经恢复，但只是呆呆地坐在那里，表情显得有些麻木。

陆祯和简宁站在审讯室的外面。

简宁转过头对着陆祯，开口道："我一个人进去吧。"

陆祯对上她那双平静的眼睛，有些紧张和担忧："你一个人行吗？"

简宁颔首道："可以，他和她见过面，所以让我来问他是最好的方式。"

陆祯抿了抿嘴，仍是有些不放心，不过他也从心里相信简宁可以。

"行，记住，有什么事叫我。"

陆祯走到门口打开门带着简宁走了进去，看到她在椅子上坐好后，就走出了房间把门关上。

简宁没有停顿直接开口："陈彬，你好，我叫简宁。"

陈彬抬头看着她，几乎听不出任何区别的声音还有长相，就连姓都是一样的，他一下子不知道在自己眼前的到底是那位几天前见过的心理医生还是警察，又或者两个人就是同一个人，于是他开口问："你，到底是谁？"

面对陈彬的疑惑，简宁并不感到意外："几天前，你见过一个和我长得很像的女人，是吗？"

陈彬有些迟疑："所以你们真的不是一个人？"

简宁摇摇头："不是。"而后问他，"她是盲人吗？"

陈彬回忆了一下："我没注意，难道你是？"

简宁指着自己的眼睛缓缓道："我是盲人。"

陈彬看着她的眼睛，她的双眼一眨不眨缺少着灵动，他终于发现了她是盲人这个事实，就这么看着他突然有些恍惚。

"我记得，她的眼睛和你的很像，她是你的姐妹吗？"

听完他的话，简宁的心里还是起了不小的波澜，但她还是压下心里的思绪，没有回答他的问题，而是向他提问："你到那里去做心理咨询？"

"对，没错。"

"能告诉我全过程吗？"简宁总觉得事情不简单。

陈彬叹了口气，脑子里回忆那时候的情况："那天我心情很糟糕，因为前一晚我杀了、杀了我的狗，我有些不知道，有些迷茫，所以我去了那里。"

简宁打断他："告诉我地址。"

陈彬回忆了一下，想起了地址："天业路 444 号。"

门口的陆祯听到后马上打了电话："浩然，你和浩洋带人去天业路 444 号，那里有个心理治疗中心，找到那里的心理医生。"

他停顿了一下，还是补充道："她和简宁长得很像。"

简宁点点头继续问："你是怎么知道那家心理治疗中心的？"

陈彬回答："我收到了一封信，因为我不知道其他的心理治疗中心在哪里，所以我就想去那里试一试。"

果然，陈彬会去那里不是偶然，是那个女人故意安排的。

"信现在在哪里？"

陈彬道："我去的时候把信给了他们，因为他们说要带着信。"

简宁继续问："那天你是一个人去的吗？"

陈彬苦笑了一下，表情有些痛苦："那时候我觉得小妍就在我旁边，她就这样抱着娃娃跟着我到了那里，可……"

陈彬说着一下子停住了，瞪大了眼睛，直到现在他才发现了非常怪异的情况，声音一下子变得有些尖锐："可那个时候、那个时候那个心理医生的助理还跟我说帮我看着小妍，还带她去休息室，根本就没有小妍，她怎么会？"

他不可置信地看着简宁，一时不知到底是什么情况。

简宁心里了然，马上清楚了原因，她解释给陈彬："那是因为她发现了你的异常，并通过这种方式让你的幻想加深了。"

陈彬这时才明白过来："原来是这样……"

"之后呢，你走进房间，看到了什么？"

"非常简单的房间，有书架、办公桌，她坐在电脑后面，然后她让我坐到旁边的沙发上。"

简宁："聊天的时候她坐在你对面？"

陈彬点头："对。"

"能告诉我她给你的感觉是什么样的吗？"

"非常优雅，感觉能让人安定下来。"陈彬看了一眼简宁，"和你给我的感觉很像。"

"那聊天的时候她的动作是什么样的？"简宁希望通过他的细节描述更全面地了解那个女人。

简宁的问题让他一愣，他随后道："呃，她左手拿着杯子。"

陈彬想到了什么："对了，我记得她的手指上戴着一枚戒指。"

简宁追问道："是什么样的戒指？"

陈彬回忆了一下，缓缓道："很特别的戒指，像是翅膀，金色的。"

简宁走出审讯室，陆祯看着她的脸，但从她的表情上却什么都看不出。

接着，他便对她说了在那里的发现："简宁，浩然和浩洋刚到了那个心理治疗中心，人去楼空，什么都没有，他们在那里唯一找到的东西就是一枚戒指，金色的翅膀。"

简宁垂下眼，手微微握紧，她语气平缓地道："这戒指有一对，一枚在我这里，还有一枚，应该在我妈妈那里。"

季浩然和季浩洋带回了那枚戒指，简宁把自己的那枚戒指拿了出来，陆祯他们一对比，完全一样。简宁又把那枚戒指放在鼻子前闻了闻，上面有一股淡淡的香水味。四岁之后，她再也没见过自己的母亲，而她的母亲唯一留下的只有这枚戒指，而另一枚戒指却出现在一个和她长相一模一样的女人手里，这意味着什么呢？

那个女人往往在案件的最后出现，却又能消失得无影无踪，每一次会留给他们一些线索，但不足以让他们找到她。简宁突然觉得那个女人不仅仅是为了陷害自己，似乎是在暗示着简宁某种真相。

"还在想那个女人的事？"

简宁回过神来，应了一声："嗯。"

沉默了好久，陆祯实在憋不住了："简宁，别愁眉苦脸的了，我跟你说，她这样做的目的就是希望你变成现在这个样子。"

简宁听到陆祯的声音，偏头把脸对着他。

发现简宁有了反应，陆祯想了想道："跟你说个我亲身经历的事情。两年前，你应该听说过，一个变态的杀人狂每周二都会杀人，而且每次杀人都会拿走死者身上的一个器官，那时候他已经杀了四个人了，我查这个案子的时候有一次差点就要抓到他了，可惜还是被他逃走了。"

简宁自然记得这个案子："他杀人的时候戴着一个面具，是吗？"

陆祯直视着前方，缓缓道："对，就是他，我们叫他鬼脸。后来，我回家的时候就发现家里的门开着，然后我进去的时候就发现我的床上就放着那个面具。之后的几天，都是这样，我的身边总会发生奇怪诡异的事情，我知道都是他做的，因为他想要让我恐惧，给我压力，让我没有心思去抓他。我一开始也确实如他所希望的那样，直到有一天，他杀了我的一位同事，那时候我就知道我不能再这样下去了，后来我抓住了他，亲手击毙了他。"

"陆祯，我知道了。"简宁停顿了一下，偏头对着他，"不过中间那段是你自己编的吧。"

陆祯以为自己编得挺好的，没想到还是被简宁发现了，当即尴尬起来，有些结巴地道："咳咳，那什么，啊呀，过程不重要啦，关键是你想通了不是嘛。"

简宁轻笑一声。

看到简宁笑了，陆祯也跟着笑了，心里松了口气："哎哟，你可终于笑了。"

"怎么了？"

"就是很久没看到你笑了，你笑的时候……"陆祯好不容易鼓起勇气说很好看却被忽然响起的电话铃声打断了，他抿了抿嘴，只能把话咽了下去。

简宁接了起来："喂，韩磊，我在回家的路上。"

韩磊？一听到这个名字，陆祯立刻又不淡定了。

"周六？好，我有时间。"

等简宁挂了电话，陆祯马上问："他约你吃饭？"

"不是，他认识的一个朋友的同事的女朋友失踪了，已经十多天了，还没有找到，那名同事的精神状态不太稳定，所以希望我去看看。"

一听是正事，陆祯也收起了自己的心思，严肃起来："哦哦，如果有什么需要我们队帮忙的尽管说。"

陆祯开车到了简宁家楼下，简宁刚下车就遇到了一个快递员。

快递员一看到简宁便问："你是住这幢楼 502 室的吗？"

"对，我是。"

"正好有你的快递。"

"谢谢。"简宁签收了快递，是一个箱子，她用手触碰着箱子的表面，果然有用盲文写的简宁两个字，是同一个人寄来的。

发现简宁的异常之后，陆祯下了车。

"怎么了？"他看向了她手中的箱子。

"帮我看看这箱子里有什么。"

陆祯把箱子放在地上，然后打开了箱子，里面是一本书。

"简宁，里面有一本书，不是你买的？"他看着简宁的表情，有了这样的猜测。

"不是，是什么书？"

"《迷失的孩子》，一本小说啊。"

陆祯看了一眼寄件人的信息，只有一个地址：天业路 444 号。

"是从那个心理咨询中心寄的，是那个女人寄的。"

简宁并不意外。

简宁的反应让陆祯马上察觉出这绝对不是第一次："她是不是之前还给你寄过东西？"

"一箱枯萎的玫瑰花，还有一个玩具车模型寄到了我住的医院。"

陆祯听了脸色有些难看："所以说自从你来刑侦队之后，每个案子结案后她都会给你寄一样东西？"

"似乎是这样。"简宁淡淡地说。

"这太危险了！谁知道下次她寄的会不会是危险品？"陆祯看着简宁平静的样子不由得有些焦虑。

"她不会这么快杀了我，不然上一个案子我早就没了命。"

"不行，你搬到我家……"陆祯停顿了一秒，"隔壁住吧。"

"不用了。"简宁并不想如此麻烦。

"我家隔壁的房子反正现在空着也没有租出去的打算，你这样一个人住在这里我实在不放心，我可不想再经历一遍上次的事情了，你不知道我……""多害怕"这三个字他没说出口，"好了，就这么说定了，我在这里等你收拾好行李。"陆祯第一次在简宁面前表现得如此的坚决和不容拒绝。

于是简宁没再拒绝："谢谢。"

四十分钟后，陆祯开车带着收拾好行李的简宁到了他家的隔壁，房子虽然空着，但是一周前刚打扫过，所以其实很干净。

陆祯不放心地带着简宁在房子里转了一圈，把能介绍的都给介绍了一遍后才离开了。他关上门，偏头看着旁边自己家的大门，他在两扇门之间来回看了几次，两扇门几乎紧靠着，而从今天开始，他们仅仅隔了一堵墙的距离。

陆祯深深呼出一口气，心脏跳得很快，嘴角也渐渐上扬，他好像干了一件不得了的事情啊。

7. 第一次

回到自己家里，陆祯看着厨房又看了一眼时间，已经到了吃晚饭的时间。本来想着带简宁出去吃的，可陆祯突然想到自己表妹昨天给自己支的招，做饭给喜欢的人吃！

这招肯定是比装可怜要有效得多，可理想很丰满，现实是很骨感的，陆祯几乎没有烧过几道菜，水平最高也就是能炒个鸡蛋，要想他突然变成大厨是不可能的，可烧一道菜他觉得还是可以尝试下的。

于是，他在饭店打包了两菜一汤之后，他去超市买了肋排，他观察过简宁的口味，和她冷静的性格不同的是她喜欢吃甜食，于是他准备烧一道糖醋小排。然而，等他穿好一年没穿过几次的围裙，撸起袖管后，他看着那袋肋排抿着嘴一动不动，宛如一个静止画面。

好像，应该先洗洗吧。

还算有点常识的陆祯把肋排洗好之后放在碗里，整个人又卡住了，接下来应该干吗？手足无措的陆祯决定去寻求自己父亲的帮助，他打电话回了家里，接电话的是自己母亲。

"妈，爸在吗？"

"去你张叔那儿了，怎么？"

"我想烧糖醋小排，想问他怎么烧，哦，那……"陆祯本想打自己父亲的手机，可一想父亲肯定是去张叔那儿下棋不好打扰，于是忙改口，"那妈，你会烧吗？"

陆妈妈听到后呵了一声："从小到现在你有吃到过我烧的菜吗？"

"没有……"他们家都是他父亲做饭的。

"那不就得了，还不如问你哥去。"即使没看到自己母亲，陆祯也能猜到她肯定翻了个白眼。

"我哥？他会烧菜？"烧菜这种事，他实在觉得很难和他哥联系在一起。

陆妈妈淡淡道："他手术刀用得这么好，菜刀应该小意思吧。"

"……"陆祯被自己母亲的逻辑给震惊到了。

当然。最后陆祯没有打电话问自己哥，而是打给了自己队里唯一会烧饭的季浩然。

接到陆祯电话的季浩然第一反应就是："队长，有案子了？"

"不是，你会烧糖醋小排吗？"

"糖醋……队长你要烧菜？"季浩然说完之后脑子转得飞快，马上就明白了，语气变得八卦起来，"哦，我知道了，是不是烧给简顾问吃？"

"对……对啊。"除了自己父母之外，陆祯还是第一次想到给其他人烧菜，"我现在把肋排洗好了，然后怎么办？"

"肋排要腌制一下，放盐、料酒和生粉，腌个十五分钟左右吧。"

"哦。"陆祯心里默默想着：居然还要腌制？他还以为直接下锅呢。

"然后在锅里放油，热了之后把肋排放进去炸，炸好了拿出来，就可以放酱料了。"

"哪些酱料啊？"

"冰糖、老抽和醋。"

陆祯赶紧把那几样都拿出来，所幸还都有。

"各放多少呢？"

季浩然摸了摸脑袋："适量放点就行。"

对烧菜新人而言等于白说，陆祯追问："适量又是多少呢？"

"你就先倒点然后再尝尝味道呗，不够再加。"

陆祯沉默了两秒，突然变了语气："季浩然，你说会烧菜不会是糊弄我的吧？"

居然被怀疑了！季浩然欲哭无泪："队长，这个量我也没计算过啊，而且我又不知道你肋排买了多少。"

"好吧，那接着呢？"

"再把肋排放进去，加水，烧开之后焖一会儿，再开大火收汁，一盘色香味俱全的糖醋小排就烧好了！"

陆祯这么一听觉得好像还挺简单的。

"季浩然谢了啊，下次请你吃饭。"

"但是，队长，你烧完给简顾问送过去？"

"她从今天起就住我家隔壁，就这样了，挂了。"陆祯语气轻松地说完了这个惊人的消息。

"隔壁？队长！发生了什么？"然而急于想知道详情的季浩然还没问完，那边的陆祯已经挂了电话。

季浩然低头看着手机，他们家队长要么不开窍，一旦开窍了手段还是挺厉害的嘛！

而此时手段挺厉害的陆祯正准备炸肋排，刚把两块扔进油锅，溅起来的热油就把他吓了一大跳，伴随着一声"哎哟"，陆祯直接弹开到了离油锅超过一手臂的位置。

好不容易在远距离的位置把肋排一一扔进油锅，完美避开溅出的油，陆祯竟然有种和犯罪分子枪战获胜的感觉。

之后，他按照季浩然所说的，一番手忙脚乱之后，一盘还算像样的糖醋小排就这么出锅了。陆祯看着这个色泽，闻着这个香味，他拿起筷子，对于第一次就能做成这样，他突然有一瞬间觉得自己或许遗传了自己父亲的烹饪天赋。

当然，也只有一瞬间。

刚整理好东西的简宁就听到了门铃响的声音，房子的结构已经在她的脑子里形成，于是她没什么障碍地走到了门口。

"陆祯？"

"是我。"

听到了熟悉的声音，简宁开了门。

"东西理好了吗？"

"嗯，理好了。"

"哦，正好到吃晚饭的时间，我打包了几个菜，去我那儿简单吃点。"陆祯语气表现得轻松，然而内心却并不淡定，这还是他第一次邀请简宁去他家。

"好啊。"简宁跟着陆祯到了他家里，经过厨房的时候，简宁闻了闻，闻到了喜欢的香味，"你烧了醋熘肉？"

陆祯的视线落在孤零零躺在厨房的那盘肉上，看着简宁显露出的愉悦，表情阴郁地道："不，确切地说是盐醋、盐醋小排。"

简宁："……"

"告诉我，你最喜欢你身体上的哪一个部分？"

"你知道的，我不喜欢撒谎的人。"

"眼眼……眼睛。"那张像洋娃娃一般精致的脸近乎扭曲。

"眼睛？"男人轻笑着垂眸，拿起桌上的杯子喝了口水，再抬眼时却带上了锐利的寒意，"可我并不需要你的眼睛。"

女人瞪大了眼睛，她不知道这句话对她来说是好是坏。

男人的视线从她惊恐的眼睛缓缓向下落在了她的嘴上……

"牙齿如何？"

8. 心事

从韩磊朋友的同事家出来，简宁有些愁眉不展。

韩磊看出她有些疲惫，担忧地问："怎么了？是不是太累了，看你脸色不太好。"

简宁摇摇头，扯了一个笑容："没有，只是觉得这段时间失踪案有些频繁。"

"是吗？看来最近不太安全。"

简宁轻轻点头，心里还在想着那个失踪女人的事。

"本来想和你一起吃晚饭的，可晚上临时有约了，我送你回家吧。"

简宁一听他有约便拒绝了："不用，你既然有约，我打车回去就好。"

韩磊却很坚持："你刚才都说了这段时间失踪案有些频繁，我怎么放心让你一个人回家，上车吧，现在才四点，我的时间很充裕。"

"韩磊，谢谢了。"

"你我之间还用得着这样吗？再说你今天来就是帮了我很大的忙。"

两人闲聊着走到车前，简宁上车后报了新的地址。

韩磊听到地址后自然是惊讶："你搬家了？"

"嗯，只是暂时的。"

简宁没有说明原因的意思，韩磊也就没有多问，他们的相处模式从大学时就是如此，关心对方但不会轻易过界，因为他们都是重视隐私的人。

其实韩磊想问很多，不过他不想打破这种模式，就像他暂时不想打破他和简宁之间异性朋友的关系，即使他前不久在那个叫陆祯的男人面前表明了自己对简宁的意图，因为他有自己的打算，而一个连自己心思都弄不明白的人干扰不了什么。

况且得到信息的方式有很多，直接询问有时并不能得到最真实的回答。

而此时，在不久前弄明白自己心思的陆祯在家里等着隔壁门开的声音，简宁和韩磊虽说不是去约会，但是他还是有点坐立不安，在家干等了半天后，他拿着钥匙和钱包出了门。

半个多小时后，韩磊的车停了下来，侧身对简宁道："简宁，张昊的情况还不稳定，有可能还需要你去帮忙。"

"没问题，有情况你就和我联系，他女友案子的情况我也会想办法追踪的。"

"好。"

"那我走了，再见。"

简宁下了车，进了楼道后沿着楼梯往上走，一层一层。她走得很慢，并不是因为眼睛看不见，而是在想那个神秘女人。

她的母亲十年前在她不知道的地方因病过世了，几年后她知道的只是母亲的墓地。而两年前，她那个有着严重暴力且嗜赌的父亲在醉酒之后出了事故。所以，关于那个女人是否与她有血缘关系的问题，她没有人能问。

现在对方在暗处，她在明处，这种被动让她感到无力和疲惫。

这种感觉当然不是第一次有，简宁并不是天生的盲人，当她小时候得知自己再也看不见后，那一天灰暗的世界彻底就变成黑暗，开始的几年她也是这样无力痛苦，但她靠着自己撑了下去，直到完全适应，甚至现在她的听力和感官都比很多常人要敏锐。

她能感觉到那个女人的危险性，之前的案子中她被抓只是试探和一些提示，她只能一步一步去接近那个女人，去看穿那个女人的目的。

神秘女人的事简宁并没有告诉韩磊，也并不打算，其实如果不是和刑侦队的案子有牵连，她或许连陆祯也会隐瞒，依靠对她来说是一个有些陌生的行为。

想到陆祯，简宁不由得回忆起昨天他烧的盐醋小排，原本冷淡的脸上浮现了一丝笑意。快走到八楼时，她的心情变得轻松起来，而楼梯的下方响起了她熟悉的脚步声。

简宁在八楼停了下来，半靠着墙等在楼梯口。

不久后，晃着袋子走上来的陆祯一抬头就看到了面向着他的人，惊讶道："简宁？你回来了？"他原本以为她和韩磊会在外面吃晚饭。

简宁颔首道："嗯，好巧。"

陆祯赶紧几步到了简宁面前，他看着浅笑的她，抬手摸了下自己的鼻子："我去超市买点东西。对了，心理辅导顺利吗？"

简宁摇了摇头，表情严肃起来："消极的情绪有所稳定，但他存在着强烈的愧疚感，认为女友失踪有自己的原因，这种情绪很难消除。"

"那你呢？"

拿出钥匙准备开门的简宁一愣。

"嗯？"

陆祯的眼神里有一丝心疼："就是感觉你很疲惫的样子。"

简宁低着头愣了几秒才开口道："我没事。"

意料之中的回答。

"嗯，那就好，不过。"陆祯的声音变得低沉起来，"如果你想找人聊聊的话，我就在你隔壁。"

低沉温柔的嗓音传入简宁的耳朵，她轻咬着嘴唇应了一声："嗯。"

陆祯看着那扇门关上，前一秒还冷静的人立马变得焦躁起来。

"找人聊聊？我这说的什么啊？"他用钥匙开了门，冷不丁想到自己表妹提到的女人都爱的霸道总裁范，不禁懊恼起来，"唉！刚才应该直接抱上去的！"

　　可没把握住就是没把握住，陆祯拿着买来练习烧菜的食材进了厨房，刚穿好围裙，门铃就响了。

　　陆祯直接开了门，门口站着的不是别人，正是简宁。

　　嘴比脑子反应快的陆祯吃惊道："哎？什么事？"问完他就想抽自己了！他赶紧组织语言挽回前面的失误，"啊，我……"

　　简宁黑亮的眼睛里带着一丝羞赧，她抿了抿嘴，开口道："我想来蹭个饭，行吗？"

　　陆祯激动道："行！当然行！"他看着简宁进来，抓了抓头发，"那个简宁，如果我再烧一次糖醋小排，你愿意吃吗？"

　　简宁笑了，笑意直达眼底："当然吃了。"

卷　　四
选　　择

1. 情人节

转眼，简宁在陆祯家隔壁住了快一周，周五一早，陆祯出门后转身按了简宁家的门铃。

等了片刻并没有人来开门，陆祯正觉得奇怪，几秒后却抬手拍了自己的脑门，他摇了摇头往楼梯间走："哎哟，我的记性。"

简宁今天受邀去自己的母校开一个讲座，一早就已经出门了，今天也不会去局里了。

陆祯坐上了自己的红色跑车，他偏头看着空荡荡的副驾驶座，还真是有点不习惯。

"早。"

"队长早，简顾问呢？"

"她去学校了，有个讲座。"

"对了，队长，明天你有什么打算啊？"

"什么打算？"

"明天就是情人节了呀！"

季浩然这么一提醒，陆祯才反应过来——2月14号情人节。

原本他对这个节日毫无关心，可今年发生了变化。

"队长，索性趁着情人节表白吧！"

表白啊？陆祯对于这个提议有些犹豫，现在的时机合适吗？虽然简宁没有说，但他能感觉到她因为那个神秘女人的事而烦恼和心神不安，他有些没有把握简宁会接受，或许等解决了再表达自己心意更为恰当？

陆祯纠结了半天，他抓了抓头发，猛地抬头大叫一声："啊呀！不知道！"

周围的队员被吓了一跳，季浩洋睁大眼睛捂着胸口："妈呀！吓死宝宝了。"

陆祯一愣，一脸震惊加嫌弃地看着季浩洋："你居然叫自己宝宝？"

众人："……"

晚上，下班回家的陆祯正准备开门，隔壁的门突然打开了。

陆祯转头看去，休闲打扮的简宁浅笑着道："回来了？"

"嗯。"陆祯应了一声，往她那边走了一步，"讲座怎么样？"

简宁额首道："学生的反响还不错。"

"那就好，你晚饭吃了吗？"

"和几位教授吃过了。"

"嗯。"陆祯想想也是，都已经这个时间了。

"对了，简宁，你明天有空吗？"陆祯鼓起勇气，却装作不经意地开口，是不是表白他没想好，不过心里盘算着怎么着也不能让韩磊约了简宁啊！

"明天早上我要去做一个心理辅导。"

"之前那位女性失踪者的男朋友？"

提到这事，简宁的表情有些严肃："对，他的女朋友现在还没有消息，这两天他的情况不太好。"

陆祯点点头，暗自想明天就是情人节，原本是可以和女友过的甜蜜节日，可如今对方却消息全无，恐怕心里会更加难受。

简宁工作上的事自然比自己的更为重要，陆祯到了嘴边想约她出去的话咽了下去。

"不过应该上午就可以结束。"简宁补充道。

陆祯顿时觉得有了希望，立马道："那我中午来接你，我朋友最近开了一家茶餐厅，想带你去尝尝。"

"好啊。"简宁一口答应了。

这次心理辅导的地点安排在了韩磊的家里，因为张昊已经连续八天没有出家门了，韩磊希望借这个机会让他出来。

心理辅导进行了快三个小时，张昊的情绪终于在发泄后恢复了暂时的稳定。离开了韩磊家之后，张昊直接坐车回了家，刚关上门，他的手机响了一下，似乎来了一条短信，他换了拖鞋往里走，边拿出了手机，是一个陌生的号码。

"你该为她的失踪而负责。"

张昊离开后，简宁才接过韩磊递来的水喝了半杯。

等到简宁放下杯子，韩磊开了口："他女朋友的失踪案还是没有进展吗？"

简宁摇了摇头："线索太少，有用的就更少了，但我理了一下现有的线索，比起陌生人作案，我更偏向于她和嫌疑人是认识的关系。"

"认识的关系？这么说是熟人作案？"

"负责案子的警察查过她身边几乎所有人，并没有找到可疑之处和作案的可能性。"简宁总觉得他们错过了什么，可一时却抓不住那个点。

韩磊看着她复杂的神情，略过了这个话题："今天辛苦你了，简宁，留下来吃午饭吧。"

简宁抬起头："不了，我等下有约。"

韩磊几乎没有思考："陆队长？"

"对，他一会儿会来接我。"

韩磊看着她的眼睛，摩挲着自己的手指，他带着试探缓缓开口："简宁，你们，是在一起了？"

简宁听了有些惊讶，随后微微一笑，摇头道："没有，只是朋友的关系。"

刚说完手机便响了，简宁拿出手机接了电话。

"简宁，我已经在楼下了。"

简宁只注意着陆祯说的话，根本没有听到她身后韩磊在同时开了口："那就好。"

她也自然没有听到那低沉的嗓音中带着的一丝阴冷。

陆祯开车带着简宁到了 S 市有名的一条商业街，停好车后他们并肩走在街上，情人节加上又是周末，路上尽是出来约会的情侣。

陆祯瞥了一眼走在旁边的简宁，估计在其他人眼里也以为他们是情侣吧，这么一想，他心中一阵窃喜，喜着喜着发现不对劲了，自己一刑侦队的队长怎么跟个情窦初开的少女似的了。

陆祯赶紧收敛心思，可还没走进商场，迎面就走来一男一女，穿着一身名牌长得有些贼眉鼠眼的男人一眼就认出了陆祯，夸张地大叫起来："哟，这不是陆祯嘛？"

一听到这刺耳的声音，陆祯马上知道了对方是谁，他不情不愿地将视线投了过去，扯了下嘴角很是敷衍地打了个招呼："张东哲，巧啊。"虽然他更想直接转身就走。

张东哲和陆祯一样，都是富二代，而且同是高调的类型。不同的是，陆祯有着一份不错的事业，而张东哲平日里就是吃喝玩乐。虽然他们双方的家里有生意往来，但两人的圈子完全不同，本来谁也不会碍着谁，可之前某一次张东哲酒驾撞了别人车的时候正好碰上在那儿办案的陆祯，张东哲发现是认识的人，便想让陆祯当没看见，准备和对方的车主私了，陆祯听完对他笑笑，二话没说就把他抓进去了。

于是这仇就这么结上了。

陆祯发现张东哲的眼睛看向了身旁的简宁，眉头拧了起来，不想和他多废话，便想带着简宁赶紧离开。

张东哲伸手拦他："哎，难得见面，别急着走啊。"他带着审视的目光落在简宁身上，"从没看到陆祯带过女人，能让陆少这么挑剔的人看得上，看来这本事不得了啊。"

陆祯表情一下子冷了下来，出声警告："张东哲。"

"东哲，她好像是个瞎子啊。"

"瞎子？还真是瞎子，呵，陆祯，你也太不小心了，被个残疾人赖上了啊！"张东哲像是看稀奇般啧啧有声。

"张东哲，你给我嘴放干净点，她是我喜欢的人，是我在追她你明白了吗？今天之后我要是听到你乱说什么话，你那些不干不净的事情我都会给你查出来！"陆祯一把将他拉开，低声怒道。

张东哲挣扎着推搡着陆祯，叫了起来："干吗，警察要打人啊！

你以为我怕你啊！"

陆祯松开他的衣襟，将他推回到女伴身边："你可以试试看。"

张东哲自知打不过，用手指着他，狠狠地瞪了他一眼后带着女伴走了。

等他们走后，陆祯抓了抓头发，满脸歉意："简宁，对不起啊，他这人就是个浑蛋！"

"我没事，其实你刚才不用这么说的。"

陆祯马上反应过来简宁说的是他对张东哲说的话，他不想否认。

"如果我说的是真话呢？"

"啊？"

反正已经说出口了，陆祯直白地道："我说我喜欢你，想追求你是真话。"

简宁还是没有反应，只是保持着刚才的表情。

于是陆祯试探着问："你不说话是因为很吃惊吗？"

简宁像是回过神来一般微微点了点头："嗯。"

"可季浩然他们分明说我表现得很明显啊！"

简宁的表情有些复杂："我以为你是崇拜我。"

"……"陆祯此时内心是崩溃的，喜欢一个人居然被当作是崇拜，他有些无力，"那你现在知道了吗？"

"嗯，知道了，那你是什么时候喜欢我的？"

"啊？"这下轮到陆祯不知道怎么说了，因为他也是最近才弄清楚自己的感情的，但他知道这份情感在他的心里其实早已萌芽，"就是，不知道什么时候就……反正我就是喜欢你。"

既然已经表白了，陆祯也不会再去逃避纠结什么了，他就是想向简宁表达自己最真实的想法："我是认真的。"

"嗯。"

"那你是怎么想的呢？"

简宁微微歪了下头："觉得突然。"

"除了突然呢？不要告诉我还是突然啊。"

简宁如实说了自己的感受："挺开心的。"

"这句话我可以理解成你不讨厌我吧？"

简宁被他逗笑了："我为什么要讨厌你？"

不讨厌的话，陆祯有了期待，便追问："那你喜欢我吗？"

"有些突然，我没有考虑过这个问题，而且喜欢一个异性的感觉我没有体会过。"

陆祯难免有些失望，但随即一想，等等，没有体会过？那就是说可以确定简宁并不喜欢韩磊啊！"没关系，我可以等你，所以说简宁你这不算拒绝我，是吧？"

简宁点了点头。

陆祯松了口气，这才发现自己心脏因为紧张跳得很快。

"那就好，走吧，吃饭去。"也不知道哪里鼓起的勇气，陆祯一把抓住她的手。

手突然被抓着，简宁一愣，微微挣脱却被握得更紧了。

"为什么要牵手？"

"因为商场里人多啊，万一你走散了怎么办。"陆祯说得有理有据，连他自己都要信了。

简宁没揭穿他，任由陆祯拉着她的手一路走到了餐厅。

今天是特殊的日子，这个时间点去餐厅吃饭自然要排队，但陆祯找了朋友，已经预留好了位置。

吃完午饭从餐厅出来，陆祯又自然地牵起了简宁的手，自然是用的相同的理由。

等走到了街上，简宁开了口："现在人不多了吧。"

陆祯："人还是……"

话没说完就被打断，简宁直接拆穿了他："我们周边一米之内没有人。"

陆祯只好不情不愿地松开了手，心里暗自计划着：下次我就把你往人多的地方带。

两人到了停车库上了车。

"回家？"

"嗯。"简宁的脸上露出一丝疲惫。

陆祯知道简宁肯定是累了，便放了轻音乐，对她道："你睡会儿吧，到了我叫你。"

简宁点点头，闭上了眼睛。

原本只有二十分钟的车程，陆祯已经开了半个多小时。他不想这么快叫醒简宁，便绕了路回去。

就这么开了四十五分钟，陆祯才把车开进了小区，在家门口缓缓停了车，并没有吵醒还在休息的简宁。

陆祯轻轻地解开安全带，侧着身，单手撑着下巴就这么静静地看着她。

简宁很漂亮，五官精致，最独特的就是那双眼睛，这是他第一次见到她时就看到的，不过因为当时知道了她的身份，他对她更多的感觉是排斥，知道她是盲人后变成怀疑，接触之后又渐渐转变成好奇，而崇拜，好像真的有。

陆祯说不清楚是简宁的哪一点吸引了他，但是现在对他来说，她的全部都是一种吸引。

简宁似乎睡得很沉，陆祯看了一会儿后视线不由得落在了她的嘴唇上。他有些紧张地抿了抿嘴，然后撑起身体探过去缓缓向她靠近，他不自觉地屏住了呼吸，心更是怦怦直跳。

离她越来越近，他的心跳也越来越快。

陆祯确定了简宁没睁眼后，视线又一次落到了她的嘴上，他慢慢向下……

就在这时——

"你在干吗？"

陆祯看着那一张一合的嘴，惊了一下抬眼便发现那双特别的眼睛睁开了，他就这么对上了她漆黑的眼睛。

陆祯只能干笑了一下："你醒了？"

简宁没说话，像是在等着他回答刚才的问题。

"简宁，既然被你发现了，我能亲你一下吗？"

2. 嫉妒

陆祯的车在一个废弃工厂外停下，季浩洋一眼就看到那辆惹眼的红色跑车，然后从封锁线内往车的方向走。

"队长，你这么快就来了。"发现简宁下了车后，季浩洋惊讶道，"啊，简顾问也在呀。"

陆祯满脸不爽地瞪了他一眼："你不是给我打电话了吗？！"

就算季浩洋再大条也察觉出了陆祯语气带着火药味："队长，你怎么了？心情不好啊？"

"心情不好？没有啊。"他是心情很不好！之前在车里刚准备亲简宁，结果就被季浩洋的一个电话打断了，晚一分钟也好啊，可偏偏正好是那个时候。

不过对于刑侦队的队长，这个时候有什么事比得上案子呢，陆祯摆摆手："算了算了，人都到了吗？"

"嗯，都到了。"

陆祯和简宁跟着季浩洋进了封锁区内，陆祯一眼就看到了死者的尸体。

死者是一男一女，两个年轻人，看上去最多三十岁的模样，两人全身都被捆绑着，相对着坐在椅子上，两人的头低垂着，浑身都是伤口还有血，连捆绑的绳子都染成了暗红色，周围都是已经干涸的血迹，一大摊在地上，看上去触目惊心。

苏唯简单地检查完尸体，站起身对陆祯道："伤口都是锐器刺伤，两人的死亡时间基本相同，都是在昨晚十一点到十二点之间，除此之外，特别的地方就是两人的左手无名指都被砍掉了。"

简宁听后道："那是戴戒指的手指。"

陆祯点点头："这两人可能是情侣或者是夫妻。"

季浩然拿着物证袋给陆祯看，两个钱包，可以看出一个是男性的，一个是女性用的。

"在地上找到了死者的钱包，但是里面的东西都被拿走了。"

打完电话的桑雨欣匆匆跑过来："队长，我已经确认他们的身份了。他们是一对夫妻，和男方父母同住，今天早上他们的父母报了警，说是一晚上没有回去，也联系不上他们。男性叫董泽涛，二十八岁，银行职员，女性叫韩青，二十七岁，也是银行职员，而且他们是同事。据他们父母说，他们昨天晚上是出去吃饭的，而且吃完饭还要去看电影，电影票是在网上预订的，电影是晚上七点开始，九点结束的，方易已经去查××电影院的监控了。"

陆祯问："死者昨晚是开车出去的吗？"

桑雨欣回答："不是，他们是打的去的。"

陆祯接着分析道："××电影院离这里有一个小时的车程，死者应该不会自己到这种偏僻的地方来，所以应该是凶手劫持他们到了这里，据此推断凶手应该有一辆车。"

　　一旁的苏唯指着椅子周围的血迹，开口道："根据地上的血迹来看，他们坐的椅子一开始就是被摆成这样的。"

　　桑雨欣看了一眼，有些难受地别过脸："所以他们两个人是看着对方被凶手伤害的，太残忍了。"

　　陆祯接着道："雨欣，查一下死者的社会背景，看看他们有没有和别人结仇或者牵扯到什么利益关系中。"

　　"好的，我这就去。"桑雨欣松了口气，她实在是不想待在这样的案发现场。

　　等桑雨欣走后，在旁边良久没有说话的简宁突然开口道："苏唯，伤口基本在哪些位置？"

　　苏唯的声音毫无起伏："集中在手臂和腿部还有脚趾，致命伤在胸口，两个人都是这样。"

　　简宁垂眸沉思了一会儿才开口道："凶手并不希望他们这么快死去，他想要慢慢折磨他们，他就像是在用刑，最后才杀死他们，砍掉死者戴戒指的手指是有一定含义的，他想要毁掉死者之间的亲密关系，或许是因为愤怒，或许是因为嫉妒。"

　　搜查完现场之后，刑侦队从工厂出来，准备回局里，陆祯和简宁坐上了车，两个人又恢复了独处模式。陆祯瞥了一眼简宁，总觉得气氛变得有些尴尬，就在这时，简宁的手机响了。

　　"喂，韩磊。"

　　一听到这个名字，陆祯近乎条件反射一般竖起了耳朵。

　　"我不在家，对，有案子，明天的话我应该去不了，好，就这样，再见。"

　　看着简宁放下手机，陆祯幽幽地说了一句："你要是真有事就去吧，看他特地打电话给你。"

　　"只是一个展览，有机会再去看就好了。"

简宁拒绝了韩磊，虽然是因为有案子，但还是让陆祯不免有些得意。他自动代入成他的事比韩磊的事重要，简化一下就是他比韩磊重要。

扬扬得意的陆队长准备开车，突然发现简宁接了电话后忘了系安全带了，他叹了口气探出身体准备去拿简宁身旁的安全带。

"陆祯，你想干吗？"

"啊？我想帮你系安全带啊。"

陆祯说完后看着简宁有些局促的表情，再看着自己现在的动作，突然明白过来，有些戏谑地道："你是不是以为我想亲你啊？"

简宁咬着嘴唇，努力保持着表面的平和："没有。"

陆祯帮她把安全带系好后还是不依不饶："你会这么想是不是有所期待啊？"

简宁偏头面向车窗，依旧否认："没有。"

"简宁……"

简宁终于恼羞成怒了："闭嘴，车上不准跟我说话了。"

陆祯只是笑，这样的简宁让他觉得意外地有点可爱。

听到笑声，简宁又加了一句："笑也不行。"

开车后陆祯憋了五分钟不说话，然后就憋不住了，一个红灯停了车，他偏头看向简宁："那讨论案子行吗？"

说到案子，简宁还是松了口："行。"

"你之前说凶手砍掉死者戴戒指的手指是因为嫉妒，这种心理会这么可怕啊？"

"会啊，只不过每个人表达嫉妒的方式不一样，对于本身就极端偏执的人来说，这就是一种发泄的手段。"

"那你呢？嫉妒过吗？"

"没有。"

"如果你看到我和别的女人在一起你会嫉妒吗？"

"我又看不到。"

"可我看得到，我看到你和别的男人走在一起就会嫉妒，比如一起去看个展览什么的。"

"……"简宁后悔了，"你还是闭嘴吧。"

3. 调查

刑侦队回到局里后，对于被害者的调查很快就有了发现。

桑雨欣把调查后的结果告诉他们："队长，我调查下来发现，韩青在和董泽涛结婚之前有过一段婚姻，而且韩青在和前夫离婚后不到一周就和董泽涛结婚了。"

季浩洋听完惊讶地道："刚离婚就结婚了？这速度也太快了啊！"

桑雨欣点点头，继续道："所以我觉得这事肯定有蹊跷，就问了韩青的父母，结果他们告诉我，因为韩青的前夫有家庭暴力，而且是在结婚后没几个月就打了韩青，在几次家暴后，韩青实在忍受不了，就想要和前夫离婚，可她的前夫不但没答应，反而还威胁她如果离婚就打死她，还有她的家人，所以那个时候她就选择了暂时忍耐。

"而董泽涛和韩青之前就是大学同学，而且董泽涛一直爱慕着韩青，韩青不想让父母担心，所以渐渐地就把很多心事告诉给董泽涛听，后来两个人就好上了呗，这事韩青的父母也知道，韩青把董泽涛带回家，她的父母也帮着瞒着她的前夫。

"在又一次家暴后，韩青通过法律途径和前夫离了婚，所以很快就和董泽涛结婚了，这事当然很快被她前夫知道了，知道了之后还带人闹到了婚礼现场，当时就扬言要把韩青和董泽涛给杀了。"

季浩然摸了摸下巴道："这么看来韩青的这个前夫有重大嫌疑啊，

发现自己被背叛，愤怒之下虐杀了他们。"

方易："是啊，让他们互相看着对方遭到伤害，他的目的就是折磨他们，发泄自己的不满和怨气。"

队里每个人都说完后，他们发现今天的队长竟然格外安静，便齐齐看向他。

然而接收到队员们视线的陆祯却先看向了简宁："我能说话了吗？"

"哎？"队员们来回看着陆祯和简宁，心想这是什么情况。

简宁也被他弄得无语，扶额回了一个字："说。"

陆祯转回头，恢复了严肃的表情："这也符合简宁的判断，凶手砍下了他们的左手无名指，他对于死者之间的亲密关系非常愤怒，而韩青的前夫显然就是这样。"

说完，他拍拍方易的肩膀，道："方易，查一下韩青前夫的信息。"

很快，方易就找到韩青前夫的资料。

"他的前夫叫赵权，住址和工作单位我已经发到你们手机上了。"

陆祯："好，我们分头出发，季浩然和季浩洋去他的工作单位，简宁和我去他的家里。"

陆祯和简宁开车赶往赵权的家里，刚进小区就接到了季浩然的电话。

陆祯接起电话："浩然，情况怎么样？"

那头的季浩然道："队长，赵权不在单位，因为昨天赵权被公司辞退了。"

"好的，我们快到他家里了，先挂了。"陆祯挂了电话，对旁边的简宁道，"赵权昨天被公司辞退了。"

简宁颔首道："这很有可能是他的刺激源。"妻子的背叛再加上被辞退，双重的打击可能就会导致他丧失理智。

　　陆祯停好车，和简宁上了楼梯，走到赵权家门口，他敲了敲门，过了一会儿也没有人来开门。

　　"赵权！赵权！"陆祯又喊了几声，又把耳朵靠在门上听里面的动静，里面没有一点声音。

　　他往后退了几步，然后冲过去往门上撞。

　　门被撞开后，陆祯和简宁走了进去，可房间里空无一人，赵权不在家里。

　　陆祯在房间里转了一圈，走回到简宁的旁边。

　　"他不在家，肯定是逃跑了。"

　　房间里还有一股酒味，简宁对陆祯道："陆祯，看看他有没有整理过行李的痕迹。"

　　陆祯翻找了一会儿，有了些发现："钱没有带走，而且衣服也没有，不过可能是他走得匆忙，来不及收拾就直接逃跑了，先回警局吧，我们一定得找到赵权。"

　　回到警局，季浩然和季浩洋也已经到了办公室，而方易又有了新的发现。

　　方易把监控画面调出来给他们看："队长，在死者昨晚看电影的电影院附近的监控拍到了赵权，他独自一人，可能是跟踪死者到了那里。"

　　简宁："有一个问题，赵权有车吗？从电影院距离发生凶案的工厂很远，要把两个成年人运到那里他必须有一辆车。"

　　方易回答："赵权名下没有车，不过他有驾照，可能车是借来的或者是偷来的。"

　　"关键是现在怎么找到赵权呢"

　　方易笃定地道："只要他用身份证买了票，那我就能找到他去了哪里。"

季浩然补充道："而且如果他在哪里刷了卡，我们也能找到他在哪里。"

陆祯："在赵权的家里附近安排警力，一旦他回去我们就能抓住他。"

一天后，让刑侦队觉得意外的是，他们见到赵权是在警局，而赵权进警局的原因则是酒后打人。

作为案件的嫌疑人，赵权被移交给了刑侦队。

陆祯和简宁在审讯室里审讯赵权。

坐直了身体的陆祯看着对面摇摇晃晃的赵权："姓名。"

赵权的嘴里还有些酒气，整个人看上去像是还没酒醒的状态，他半眯着眼睛冲着陆祯喊："你谁啊？"

陆祯让警员拿来些解酒的药，他的状态才好了很多。

陆祯冷声问："现在清醒了吗？"

赵权打了哈欠，一副无所谓的样子："嗯，我知道了，我现在在警察局，你是警察是吧。"

陆祯看不惯他的态度和样子。

"知道就好，赵权是吧？"

赵权点点头，马上狡辩起来："我是，警察同志，可我得先声明啊，我不是故意打他的，是他先挑衅的我，他骂我，我才打了他的。"赵权显然认为他们问的是打人的事。

陆祯直截了当地问："赵权，韩青和你是什么关系？"

赵权觉得有些莫名其妙，反问道："这和我打人有什么关系吗？"

陆祯敲了敲桌面："你回答就行。"

赵权语气非常不好，虎着脸道："这贱人是我前妻，怎么了？"

陆祯听着他的语气，开口道："看来你对你前妻很怨恨啊，你们当时为什么会离婚？"

"怎么，警察还关心老百姓的婚姻问题啊？"赵权有些不满，隐隐有些怒意。

陆祯冷冷地道："我说了我问什么你回答什么。"

赵权人靠在椅子上，脚跷着："行啊，既然你们这么想知道就告诉你们。这贱人背着我偷男人，和我离婚一个星期都不到就和别的男人结婚了，你说这种女人是不是贱人！"

赵权一口一个贱人，让陆祯听着实在不舒服。

这时简宁开始提问："你见过董泽涛吗？"

赵权一听这个名字，脸上又露出了愤怒的表情："见过啊，在他们结婚的婚礼上。"

简宁又问："赵权，你在他们的婚礼上是不是扬言说要杀了韩青和董泽涛？"

赵权一挑眉，抬高了声音："怎么，我随口说说也犯法吗？也要把我抓起来吗？"

陆祯看着赵权冷冷地道："因为我们觉得你不是随口说说的，你付诸行动了对不对？"

赵权像是被这个信息给吓到了："你在说什么？韩青和董泽涛那对狗男女死了？怎么会死了，等、等等，你的意思是我杀了他们？这怎么可能！"

陆祯拧了眉头，而后问他："那前天晚上你在哪里？"

"我在外面喝酒啊。"

陆祯把那段监控给他看："看到了吗？这是你，而韩青和董泽涛呢，就在你对面的电影院里看电影，你跟踪了他们，而后趁机把他们弄晕，再把他们带到了一个郊区残忍地杀害了他们。"

赵权张了张嘴，有些结巴地辩解："这……这只是巧合，我那天真的就是在那里喝酒，因为我被公司开除了，我郁闷死了，所以才去喝酒的，我、我再怎么恨他们，我也不会杀人啊！我冤枉啊！"

简宁听他的语气并不像是在撒谎："那天晚上十一点到十二点你在哪里？"

赵权还有些恍惚，似乎还不能完全消化韩青死亡的消息："那时候我在喝酒呢，因为老板和我认识，喝醉了酒我就睡在他那儿了，你们可以去找老板问的，这可真是冤枉死我了。"

季浩然和季浩洋找到了赵权喝酒的那家店，而店主的话也证实了赵权的说法，店外面的监控也显示赵权是前天晚上七点进入这家店，而在今天下午两点的时候和店里的客人发生了冲突，之后被送到了警局。

调查的结果让众人有些失望，因为他们很有可能抓错了凶手，季浩洋道："所以说赵权有不在场证明？可万一这个店主说谎呢，或者赵权在九点之后离开过这家店，只是没有被监控拍到而已。"

陆祯叹了口气道："所以我们还要进一步查实。"

这时，桑雨欣急匆匆赶了过来，脸色不好："队长，不好了！"

陆祯闻声转头看向她："怎么了？"

桑雨欣跑到他面前，带来了一个坏消息——

"又一起案子发生了，和之前的犯罪现场几乎一致。"

4. 中指

所谓和之前的犯罪现场几乎一致，就是说在作案手法和选择的受害者都是相同的，但是在细节上又有了些改变。

犯罪地点是在郊区一个正在拆迁的建筑里，周围没有监控并且在案发时四周没有任何人听到这里的动静，和之前的现场一样，一男一女被绑在椅子上，相对着坐着，两人都已经死亡。

两人非常年轻，看上去只有二十刚出头，从面部上看，女死者应该非常漂亮，但此时她看上去却有些触目惊心。

苏唯检查过两个死者的尸体后站了起来："女性死者身中数刀，她的右手中指被砍下，死亡时间在晚上十一点到十二点，而男性的死亡时间就要晚一些，大概在十二点到凌晨一点。"

陆祯听后感觉有些意外，这可以说有些不合常理。

"就是说男性死者在女性死者死亡后近一个小时才被杀害的？"

苏唯摘下有些沾着血的手套："没错。"

陆祯蹲下来分别看了下两名死者的手指："女死者的右手中指被砍断，但是男死者的右手中指却没被砍下来。"

季浩然也凑过去看，疑惑地道："这就和之前的案子有了区别，为什么凶手上次砍下了两人的手指，这次却只砍了女死者的？"

"而且凶手只拿走了女死者的戒指，没有拿男死者的。"季浩洋晃了晃手里的物证袋，一枚戒指正放在里面。

陆祯看了一眼戒指突然问："戴右手中指是什么含义？"他对这个实在没有研究。

"表示他们正在热恋中。"桑雨欣马上回答他。

陆祯点点头。

季浩洋听了转了转眼珠子，似乎明白了些什么："队长，你是不是除了知道戒指戴左手无名指是代表结婚的之外其他都不知道啊？"

"对啊，一定要知道吗？"陆祯觉得不知道很正常，他又没谈过恋爱。

"所以我一直觉得我们队长有时候很没常识。"季家两兄弟耸了耸肩同时感慨了一下，"而且还很 out。"

陆祯不满道："关于我有没有常识的事情我们可以等把这个案子

破获之后再详细深入探讨一下，现在认真分析案子。"

季家兄弟吐了吐舌头，不说话了。

苏唯指了下男死者的后脑勺，道："和女死者身中数刀不同的是，男死者的致命伤却是在头部，而且根据伤口的形状，凶器不是刀，而是榔头。"

旁边的警员道："对，陆队长，我们在外面的草丛里找到了一把带着血的榔头。"

季浩然觉得有些纳闷了："所以凶手是在杀死女死者并且刺伤了男死者之后，过了整整一个小时接着用一把榔头把男死者敲死的？那这一个小时凶手在干吗？"

苏唯继续给他们提供一些尸体上的线索："死者有挣扎的痕迹，他的手上和脚上有绳子摩擦产生的伤痕，绳子也有一些松动，所以说明他在死亡前试图逃脱过，但是明显他失败了。"

季浩洋推测道："有没有可能凶手离开了一个小时，然后再返回到这里，用榔头杀死了男死者？"

季浩然觉得不可能："可要是这个时候男死者逃脱了呢，那凶手的身份不就暴露了？"

"也许他戴着一个面具，所以觉得被害者不会认出他。"季浩洋马上又想到了他离开的原因，"他不会是找榔头去了吧？"

季浩然翻了个白眼："这里就是工地，榔头不用找一个小时啊，再说了，这明显不是冲动杀人，怎么会连凶器都没准备好呢。"

一旁的简宁开了口："或者他根本就没有离开过这里。"

简宁一说话，大家都看向她，桑雨欣觉得疑惑："啊？那他难道是和男死者说了一个小时的话吗？然后再用榔头敲死了他。"

简宁摇了摇头："我更偏向于认为凶手一直站在暗处观察着他。"

大家都没说话，等着简宁继续说下去。

简宁缓缓开口："试想一下，如果你是这个男的，在看到自己的女朋友被杀死，而自己也受伤之后，当他以为自己也要被杀死时，凶手却突然走了。

"他紧张地等待着，但是凶手一直没有回来，他开始觉得自己有救了，认为是凶手放过了自己，于是他开始试图挣脱绳子，但是绳子绑得太紧了，他根本挣脱不了，此时女朋友的尸体就在他面前，他的神经高度紧张，就怕凶手又返回。"

即使他们没有经历过，但在简宁的叙述下，他们也能体会那个男人当时的心境，痛苦、紧张、崩溃。

简宁继续道："时间一分一秒地过去了，虽然他还是没有挣脱开，但他已经觉得凶手肯定放过了自己，他现在是安全的了，只要等到早上，就会有人发现他，这样他就能活下来了，但是……"她停顿了一下，语气一转，"一个小时后，他再次听到了脚步声，和凶手的脚步声一样，他知道凶手回来了，恐惧不安又一次席卷了他的全身，他大叫着，却只有凶手能听到他的声音，他用尽全力挣扎着，却依旧摆脱不了这绳子，他就如同一只待宰的羔羊，就在这时凶手出现在他身后，最后用榔头敲死了他。"

以为自己必死无疑，却没有死，就在以为要逃过一劫时，最后却还是死了。

季浩洋喊道："我去，这也太折磨人了！"

陆祯也道："没错，如果真的是如简宁说的那样的话，凶手对于女死者是一种肉体上的折磨，但是对于男死者却是一种精神上的折磨。"

桑雨欣咬了下嘴唇，看向简宁："那是什么原因让他改变了呢？这次的犯案过程明显比第一次时间更久了。"

清冷的声音从身后响起："而且他手法更加熟练了。"

众人回头看苏唯："怎么说？"

苏唯向他们解释道："女死者受伤的位置都是那种不会大量失血的地方，所以虽然身中数刀，但是短时间内是不会死亡的。"

桑雨欣听了忍不住有些发抖："天哪，她是被活活痛死的吗？"

苏唯看了一眼桑雨欣的表情，迟疑着还是伸出手拍了下桑雨欣的肩膀，面色如常："而且死者嘴上的胶带有反复被撕扯的痕迹。"

桑雨欣有些意外地看着自己肩膀上的手，明显觉得好了很多。

陆祯面色冷峻："凶手给死者的嘴上贴上胶带是因为在这个过程中不想让别人听到死者的惨叫声，但是他又反复撕开过胶带，凶手想让她的男朋友听到她痛苦的叫声。"凶手很擅长折磨。

简宁颔首道："折磨加剧了。肯定有什么原因让凶手改变了，原因很有可能是被害者，这两个被害者和之前的被害者肯定有一些不同的地方，而就是这些不同的地方导致了他的区别对待。找到其中的原因，或许我们就能知道凶手杀人的目的了。"

季浩洋看到简宁离开办公室后，拉住了陆祯："队长，有一件事我疑惑了一路了。"

陆祯停了下来，看他："什么事啊？"

"就是刚才在局里的时候，你为什么要问简顾问你能不能说话啊？"

陆祯抿了抿嘴："我和她开了个玩笑，然后她生气了说不让我说话。"

然后你就真的不说话了？！季浩洋一脸见鬼的表情："天哪，这还是我们高大英勇的陆队长吗，队长你简直完完全全被简顾问驯服了啊！"

陆祯听了不高兴了："喂喂！什么叫驯服？我又不是宠物。"

季浩然嘴上不好说，心里却道：和宠物也差不多了，在简顾问面前，他都能看到自己队长晃动的尾巴了。

5. 区别

在桑雨欣和方易的努力下，刑侦队很快就确定了两名受害者的身份。

女性受害者名叫柳心颜，二十一岁，一名在校大学生。男性死者名叫陈雷，二十二岁，同样也是一名在校大学生，两人同校且是同一个专业的学生。

并且在季浩然走访学校时，询问了他们两人的同学和朋友，都证实了两名受害者是情侣的关系。

刑侦队的人都到会议室里讨论案件，陆祯听完进展后问季浩然："调查过两人的前男友和前女友吗？"

季浩然点头道："据柳心颜的朋友说她之前从未谈过恋爱，陈雷是她的初恋，而陈雷只有在大一的时候谈过一个女朋友，后来前女友出了国两人就分手了，大概过了半年才和柳心颜在一起的。他们的同学和朋友说两人平时挺低调的，也没有招惹过什么人。"

方易也补充道："队长，还有我查看了两人的邮箱和交友网，他们都没有收到过什么威胁信件。"

"所以基本可以排除情杀和仇杀的可能性。现在我们开始整理这两个凶杀案之间的关联和区别了。"陆祯走到一块白板前，拿起记号笔，在左上方写下第一个凶杀案两位被害者的信息。

韩青，女，二十七岁；董泽涛，男，二十八岁。

银行职员，夫妻，结婚一年。

死亡时间在晚上十一点到十二点之间。

死亡地点为废弃工厂。

身上多处锐器刺入伤，失血过多死亡。

两人左手无名指被砍下，一对戒指丢失。

死者嘴上没有胶带痕迹。

写完后，他又走到另一边写下：

柳心颜，女，二十一岁；陈雷，男，二十二岁。

大学学生，情侣，恋爱一年。

女死者的死亡时间在晚上十一点到十二点之间，男死者死亡时间在晚上十二点到一点之间。

死亡地点为拆迁建筑内。

女死者身上多处锐器刺入伤，男死者身上仅一处锐器刺入伤，致命伤在头部，凶器为榔头。

女死者的右手中指被砍下，戒指丢失。

女死者的嘴上有胶带痕迹。

"好了。"陆祯放下记号笔回头对他们道，"我们先找他们相同的地方。"

那些线索显然已经牢牢记在了简宁的脑子里，她首先道："两对受害者的年龄差都是一岁，并且确定某种关系的时间都是一年。"

季浩洋："死亡时间基本相同，都在晚上十一点之后，说明这是凶手的特定作案时间。"

季浩然："选择的地点都是郊区，很偏僻的工厂。"

陆祯："凶器是刀，存在过度伤害折磨。"

桑雨欣："都砍下了女性死者的手指并拿走了戒指。"

待他们说完后，陆祯又道："接下来是他们不同的地方。"

简宁又是先开了口："第二对受害者中的女性受害者嘴上有胶带

留下的痕迹，其他受害者都没有被凶手用胶带封住嘴。"

季浩然接着道："第二对受害者中的男性受害者是唯一一个不是被刀杀死的，而是被榔头敲击头部而亡。"

季浩洋："第一对受害者的死亡时间基本相同，而第二对中男性受害者的死亡时间却比女性的晚了一个小时。"

桑雨欣接着补充："而且他也是唯一一个戴着戒指的手指没有被凶手砍下的，而且戒指也没有被拿走。"

方易："两对受害者的交际圈和活动范围都不同，没有任何交集，而且两处凶案地点也相距甚远。"

陆祯颔首道："所以根据我们现在所能掌握的线索，可以表明，凶手不是随机选择被害者，他选择了特定的一类受害者，就是夫妻或是情侣这种有亲密关系的人群；他有一辆车来运送被害者到达凶案现场，他选择夜晚作案，可能是白天有一份工作，或者他利用白天的时间观察受害者。"

在他说完之后，简宁补充道："他两次作案的时间间隔很短，可能在第一次作案之前他就已经锁定了受害者。凶器是刀，刺伤的位置都不是致命伤，凶手想尽最大程度地折磨受害者。"

季浩洋看着白板，托腮想了一会儿，突然举起手："你们有没有觉得凶手选择最近开始作案和情人节有点关系啊？情人节刚过，凶手选择这样的日子开始杀害年轻的夫妻和情侣，很奇怪啊。"

"难道这是凶手因为失恋或者没有谈过恋爱就要杀死所有恋人的节奏吗？"方易听完吃了一惊。

简宁道："从凶手对待受害者的方式来看，凶手想要割断受害者的亲密关系，所以他对于这种亲密关系是非常嫉妒和厌恨的。"

季浩洋简单总结："就是羡慕嫉妒恨呗。"

简宁肯定了季浩洋的猜测："所以季浩洋的猜测存在合理性。"

"嘿嘿！"得到肯定的季浩洋乐呵呵地笑了。

季浩然看着弟弟这模样，摇了摇头，傻子。

桑雨欣摸了摸下巴道："可奇怪的是，按照现在的线索，这两对受害者在本质上没有特别大的区别，为什么他们却被区别对待了？"

陆祯沉思了一会儿道："这中间肯定有什么隐情，或者凶手看他们的视角跟我们不同。"

简宁缓缓道："所以我们现在首先要找出的是凶手是通过什么方式确定受害者的。"

"两对受害者生活上没有任何交集，但是都是恋人，加上情人节。"桑雨欣低着头小声地嘀咕着，突然抬起头，一拍手，似乎想到了什么，"对了！"

简宁问："小桑，你想到什么了？"

桑雨欣道："情人节活动啊，情人节那天有很多活动的，有很多恋人报名的。"

陆祯听完眼睛一亮，肯定地点头道："这个的确是一个线索，凶手可能是从报名情人节活动的名单中选择受害者的。"

6. 名单

刑侦队搜索了一下，果然 S 市在情人节那天有很多活动，各式各样的活动在不同的地方举办，方易把能找到的所有活动的名单都搜集起来，然后检索这四个被害者的名字，果然一下子就找到了韩青和董泽涛的名字，但是让人有些气馁的是却怎么也找不到柳心颜和陈磊的名字。

面对这个结果，方易苦恼万分，小桑给他泡了杯咖啡，拍拍他的肩膀："可能我们没有找全，正好漏掉了他们两人参加的活动。"

季浩然也道："是啊，现在能找到的都是些大型活动的名单，那些小活动我们也没有办法搜集到。"

陆祯得知结果后安排："这样，桑雨欣你帮着方易继续找活动名单，我们先去韩青和董泽涛报名的活动现场看看。"

韩青和董泽涛报名的活动是由一家创意中心举办的，这家创意中心几乎每个节日都会举办一些有新意的活动，而且每次活动都颇受好评，所以活动越办越大，吸引了非常多的人来参加，而这次的情人节活动也是如此。

季浩然一开始听到名字的时候就觉得有些熟悉，来到创意中心门口之后，一下子想起来了："怪不得这家创意中心听着这么耳熟呢，我们之前参加过它举办的活动啊。"

季浩洋也想到了："啊，我也记起来了。"

陆祯扭头问他们："什么活动？"

季浩洋对陆祯道："关于双胞胎的，前几年举办的，那时候好多双胞胎都来了，搞了个比赛，还挺有趣的。"

季浩然双手抱胸，点头道："嗯，是挺有趣啊，就是那次活动让我了解到我的双胞胎弟弟居然左右都分不清。"

季浩洋听了立马反击道："不要说我，你也好不到哪里去，一点常识都没有。"

"啧啧！"这么一说，两人索性停了下来，面对面互相嘲讽。

季浩然眯着眼睛不满地道："人家双胞胎都是心有灵犀的，你居然连我爱吃什么不吃什么都不知道。"

"嘿嘿！"季浩洋奸笑两声，"我只要知道你是什么时候初恋的就行了嘛。队长，简顾问，你们不知道吧，我哥幼儿园的时候就和同班的小女生私定终身了，哈哈，最搞笑的是第二天人家小女生把我当成我哥了，送了我好多糖和零食呢，哈哈哈，然后都被我吃掉了。"

简宁轻笑："然后你就长蛀牙了吧。"

季浩洋一下子没了声音："……"

这下换季浩然捧腹大笑了："哈哈哈，简顾问你说对了，活该啊这家伙。"

陆祯头疼地扶额，真是一对活宝。

"我说你们今天是来互相揭短的吧。"

"没有啊，我们是来查案的。"两人立马搭着肩，一脸正经而又无辜，一点都看不出刚吵过架的样子，一秒变成相亲相爱的好兄弟了。

陆祯看着他们嘴角一抽，摇头道："我真是服了你们了。"

闹过之后，四人走进创意中心，通过前台的联系找到了这次情人节活动的策划者。

他们跟着秘书走到他的办公室，整个中心的装潢风格显得非常年轻和时尚，一路上看到的职员也都是以年轻人居多，而这次活动的策划者同样也是个年轻人，看上去二十七八岁的模样。

策划人田毅然看到陆祯他们马上站了起来："你们好。"

陆祯上前和他握手："你好，我们是刑侦队的。"

"请坐吧。"田毅然带着他们走到旁边的会客室。

陆祯看着简宁坐下后，直接道明了此行的原因："我们这次来是希望田先生能配合我们查一个案子。"

田毅然的脸上表现出有些震惊的样子，缓了一会儿才道："可以，我会尽力配合的，是什么案子呢？"

季浩然回答他："一起凶杀案，死者是一对夫妻，而他们在一周前报名了你们创意中心举办的情节人活动。"

听到是凶杀案，田毅然吓了一跳，缓了缓后道："是，我们情人节那天的确是有一个活动，而我就是策划者。"

陆祯问："报名参加这个活动的都是恋人关系吗？"

　　季浩然和季浩洋都在内心吐槽，这不是废话嘛，不是恋人参加什么情节人活动啊！

　　田毅然还是认真回答了他："是的，都是情侣或者是夫妻。"

　　陆祯继续问："那你们活动的报名方式有哪些？"

　　田毅然扶了扶眼镜，开口道："呃，网上报名、电话报名还可以现场报名，不过网上报名占大多数。"

　　陆祯道："那名单一定很多？"

　　"报名的人的确非常多。"说到这个，他的脸上流露出一些自豪感，"但是不是所有报名的人最终都能来参加，我们会从所有报名的人中选取一部分的人来参加。"

　　简宁问："选择的标准呢？"

　　田毅然看向简宁，回答道："年龄在二十到三十岁之间，恋爱时间或者结婚时间在两年以内的，然后我们会从中再随机抽取五十人，确定最后的名单。"

　　陆祯皱了下眉头，有些疑惑："为什么一定要两年之内的？"

　　田毅然解释道："因为都是热恋或是新婚期，我们希望他们能通过这个活动更加了解对方，加深对彼此的情感。"

　　陆祯了然地点点头："所以你们网站上的名单是最终能参加这个活动的恋人。"

　　田毅然点点头："是的。"

　　陆祯接着道："那田先生有没有所有报名参加你们活动的名单？"

　　田毅然想了想："现在应该有保存着，我让负责报名的人整理好之后给你们。"

　　"好的，谢谢。"

　　田毅然以为结束了，正欲起身，对面的简宁突然开了口："还有，田先生能提供一下你们创意中心所有员工的名单吗？"

　　田毅然听完迟疑了一下，看向简宁，对上了一双平静的眼睛，他点了点头："呃，可以，没有问题。"

　　所有报名活动的名单很快就被整理出来，发给了方易，果然在里面找到了柳心颜和陈雷的名字。

　　方易打来电话，把这个发现告诉他们，陆祯开了免提："看来现在可以确定凶手就是从这个活动名单中寻找目标的。"

　　方易在电话那头道："队长，我查过了，韩青和董泽涛是现场报名的，而柳心颜和陈雷则是网上报名的。"

　　季浩然："对了，我问过田先生，这次的名单在最终确认之前是绝对不会公开，所以能知道完整报名名单的只有内部人员。"

　　季浩洋看着纸上的员工名单："看来凶手就在这些人中间啊，这可有四十多人呢。"

　　方易边敲键盘边道："排除女性的话有二十五个人。"

　　简宁开口道："年龄在二十到三十之间。"

　　方易又排除了一些人："现在是十九个人了。"

　　简宁接着道："未婚。"

　　方易："呃，这样的话，就又去掉四人了。"

　　陆祯："现在是十五人，大家分头去调查这十五个人。"

　　"行，我把名单发你们的手机上。"方易说完就挂了电话。

　　陆祯很快就收到了短信，他把那十五人的资料找了出来，分了一些给季浩然和季浩洋。

　　分给季浩洋的时候，却看到他手上拿了一个宣传单，陆祯问："季浩洋，你手里拿着的是什么呀？"

　　季浩洋递给陆祯看："这次情人节活动的内容啊，还真是挺丰富的呢，有问答游戏，考验情侣默契的，亲密指数，还有抱着女方跑步竞赛……"

听到一半，简宁突然出声打断他："等等，第一个是问答游戏？"

季浩洋不明所以："嗯，对啊，简顾问，这有什么问题吗？"

放在桌子上的手轻轻敲击着桌面，她将脸转向他们，眼神平静，声音低缓："我大概知道凶手折磨他们的过程了。"

尹子华眼皮颤了颤，慢慢睁开眼睛，他感觉头晕乎乎的，他摇了摇头，看向前方，就看到了还没有清醒的女友。

"敏敏！敏敏！"他大声叫唤着她的名字试图确认她是否无事。全身上下都被紧紧捆绑在椅子上，他挣扎了许久，都挣脱不了。他环视四周，发现自己和女友在一个空旷的废弃工厂里，四周黑漆漆的，只有月光从已经没有玻璃的窗户里透进的光亮。

"敏敏！醒醒，敏敏！"他继续叫唤着自己女友的名字。

似乎听到了自己男友的喊声，宋敏皱了下眉头，也慢慢睁开眼睛，轻声叫了一声："子华。"

尹子华马上喊道："敏敏，我在这儿。"

宋敏很快也发现了他们的处境，自己和男朋友都被绑着，四周几乎一片黑暗，听不到任何声音。

"我们、我们怎么了，这是在哪里？天哪，为什么我们被绑着，是被绑架了吗？"她越说越害怕，声音哽咽，眼泪都流了下来。

发现工厂里现在除了他们两个并没有其他人，尹子华心想可能是绑架他们的人出去了，他心里虽然一样害怕但还是安慰着宋敏："敏敏，我们会没事的，我解开绳子就去救你。"他又开始挣扎，他的女友虽然惊魂未定但也开始设法挣脱绳子。

就在这时……

"哒哒哒……"

夜晚空旷的工厂里，脚步声显得格外清晰而又让人恐惧。

7. 选择

尹子华惊恐地抬起头，发现一个男人缓缓走向他们，站在了他们的旁边，他的手上还拿着几张纸。

尹子华看到男人的出现冲他大声喊着："你……你是谁？快放了我们！"

宋敏也在一旁哀求："求求你放了我们，求求你！"

男人没有说话，只是静静地打量了他们一会儿。

尹子华想了下继续道："是要钱吗？要钱的话我们可以给你，多少都可以。"

"是、是啊。"宋敏哽咽着，"只要你放了我们，你放心，我们不会报警的。"

男人低着头看向手里的纸，而后道："我不要钱，我只是想让你们玩一个游戏而已。"

尹子华警惕地看着这个男人："什么、什么游戏？"

"子华，我害怕。"宋敏哭喊着，满脸都是泪水。

尹子华马上安慰自己的女友："敏敏，没事的，别怕。"之后他扭头看着男人，"你说，玩什么游戏，能先给我们松绑吗？"

男人摇摇头："不用，这个游戏你们不需要动手，只要动口就行了，现在，游戏开始。"

季浩洋听完简宁说的话，忙问："什么过程？"

简宁解释道："第一对死者的死亡时间相同，身上有多处刺入伤，但都不是致命伤，所以我推测两个受害者是轮流被刺伤的。"

季浩然有些惊讶："啊？就是说凶手先捅了董泽涛一刀，然后又捅了韩青一刀，接着又捅了董泽涛一刀，直到他们最终死亡？"

简宁点头："是的。"

季浩洋："可这跟问答游戏有什么关系？"

简宁："凶手就像是在和他们玩一场游戏，受害者是游戏的参与者，而凶手则是游戏规则的制定者，他来问问题，让受害者回答。"

"如果答错了就捅一刀？"季浩洋第一次觉得回答问题是件这么恐怖的事情。

简宁颔首道："我想是的。"

季浩洋大叫了一声，下意识地捂着自己肚子："天哪，这也太凶残了！"

"但我想凶手定的规则不会这么简单，从他选择情侣作为目标就可以推断出他希望他们看着对方受伤，看着自己爱的人受到伤害，而为了让受害者承受精神和肉体上的双重折磨，我猜测他可能会定下这样的规则：让一方答题，如果答对则自己接受惩罚，如果答错则对方受惩罚。"

"答对了还要自己接受惩罚？这不合理啊！"季浩洋和季浩然无法理解这种奇怪的规则，感觉不可思议，只听到过答错受罚的，没听到过答对还要受到惩罚的呀。

简宁没有直接回答他们，而是问道："你们觉得是答对容易还是答错容易？"

"当然是答错容易，啊！"他们已经想到了凶手这么做的意图了，"简顾问，你的意思是？"

陆祯叹了口气："如果一方希望对方不受到伤害就会答对题，然后接受凶手的惩罚，而如果希望自己活下来，就会答错题。他选择的受害者不是陌生人，而是两个相爱的人，折磨因此才会加剧。"

季浩然想通了："所以第二对受害者才会和第一对受害者有这么

大的不同。"

简宁缓缓道:"我更倾向于认为第一对受害者想要对方免受伤害,所以尽可能地回答对问题,却在凶手的折磨下,谁也没有活下来。"

"唉……"季浩洋摇了摇头,"他们也许知道了谁都不会活下来,所以宁愿一起死了。"

陆祯颔首道:"所以凶手最后拿走了他们两个人的戒指,他嫉妒他们之间的这种感情。"

简宁转而分析第二对死者:"而第二对,显然男方更希望自己活下去,或许凶手知晓了他的心理变化,所以他没有让女方答题,而是一直让男方答题。"

"而男方就这样间接地害死了自己的女友。"这种感觉可不是一般人能承受的。

季浩然和季浩洋都张大着嘴巴,就像被刺激到了一样,久久没有说一个字。

良久后,季浩洋有些愤然地道:"这凶手也太丧心病狂了吧,所以在柳心颜死后,他没有立刻杀死陈雷,凶手让他看着柳心颜的尸体,目的是折磨他,让他在愧疚和恐惧中度过了整整一个小时。"季浩洋说着突然觉得自己的背后有一股凉意。

季浩然接着他的话:"然后再杀死他,真的是精神上的折磨。"

陆祯:"所以最后凶手只是砍下了柳心颜的手指取走了她的戒指,因为他对陈雷的做法感到厌恶。"

季浩然叹息:"所以无论他们怎么选择,最后的下场都是死,这根本就是一场死亡游戏啊。"

"凶手的内心是非常扭曲的,只要是被他选定的目标,他都不会让他们活着。"简宁提醒他们,"我们必须尽快找出这个凶手,如果按照他之前犯罪的速度,再过几个小时就会有受害者出现了。"

陆祯他们回到警局，派警员联系这十五个人，最后确认下来，联系上了十一个人，而其他四人则没有联系上。

陆祯等人翻看着十五人的资料，查找出符合凶手特征的那个人。

简宁则坐在他们面前，对凶手进行分析："凶手最近可能受到感情上的挫折，遭到女友或者妻子的背叛，最后分手或者离婚，而这就是他的刺激源，他和背叛他的另一半确定关系的时间在一年左右，而两人的年龄差在一岁，这就是他为什么会选择这两队受害者的原因。另一半背叛他的原因可能是因为经济上的问题或是来自家人的干扰，他觉得他们之间的感情被情谊摧毁了，所以，他才会找那些在某些程度上和他们相似的恋人，他考验他们，想让他们也承受这种选择的痛苦。

"一旦恋人之间表现出想要为对方付出牺牲的样子，他就会产生嫉妒甚至是怨恨的情感。他觉得感情是很脆弱的，不然他的另一半不会轻易地背叛他，所以在最后他只能用自己的方式，用砍下他们戴婚戒的手指，夺去他们的戒指，来割断他们的感情。"他很偏执，他得不到的，也不想别人得到。

简宁顿了一下，继续说道："而如果恋人之间或者其中一方表现出想要自己活命，不愿为对方付出牺牲的时候，他就看到了背叛，和他当初经历的一样，这更加刺激了他的神经，所以折磨加倍，他最后只拿走柳心颜的戒指，是因为他厌恶陈雷，厌恶背叛的一方。"

简宁说完后没多久，季浩洋一下子站了起来，有些激动地道："简顾问，我好像找到一个符合这些条件的人了！"

8. 虐杀

男人在他们中间来回走了几步，像是在考虑："那么谁先来回答呢？"他看着他们两人惊吓的表情似乎很享受。

考虑了一下，他面向了宋敏，指着她道："女士优先吧。"

宋敏瞪大了眼睛，吓了一跳："我、我？"

男人看着手中的纸问出了第一个问题："请听题：《死亡序幕》这本书的作者是谁？"

在男人指着她的时候，她就吓得浑身颤抖起来："什么？《死亡序幕》的作者？"

男人好整以暇地看着她："你不知道吗？"

她当然不知道！宋敏紧张得大喊："子华，答案是什么？"她期待着自己的男友能知道，能解救她。

然而尹子华此时只知道摇头，因为紧张脑子里一片空白，他低着头："我、我也不知道，你让我想想，让我想想。"

男人似乎没什么耐心，警告他们："时间可不多了咯，再给你十秒。"他说着就开始倒计时，"十、九、八……"

宋敏一边哭一边想："《死亡序幕》，是谁？啊，到底作者是谁？"

"七、六、五……"

她有些崩溃地叫着："呃，怎么办！子华，我不知道啊！"

"四、三、二……"

情急之下，尹子华胡乱说了一个作者的名字："敏敏，托米，托米！"

"一。"

宋敏叫道："托米！"

男人有些遗憾地摇了摇头："哦？真可惜，回答错误，看来必须要接受惩罚了啊。"

宋敏这下子彻底崩溃了："啊啊啊！不要！救命啊！呜呜呜，子华，救我。"

尹子华也哭喊着："你不要伤害她，我求求你，不要伤害她！"

"我当然不会伤害她了。"男人转过身，咧嘴看着尹子华，随即挥起刀刺向他的大腿，阴冷地道，"因为接受惩罚的是你啊。"他马上又拔出了刀，血随之喷了出来。

"啊！"尹子华痛苦地叫着，整张脸因为疼痛扭曲在一起。

"啊！"他对面的宋敏也受到了刺激，边哭边叫，"子华，你没事吧，呜呜，求求你，不要这样伤害我们。"

他们的惨叫声似乎让男人非常满意，他的脸上有了些笑意，但这个笑容看上去显得格外狰狞和变态，他慢悠悠地道："看来游戏规则没和你们说清楚，你要是答对了题，你受罚，要是你答错了题，那么就他受罚。"他看着泪流满面的宋敏，阴笑着开口，"下面是第二道题，还是你来回答。"

有了发现的季浩洋把一个人的资料给他们看："队长，简顾问，你看这个人，庄和，二十八岁，去年结婚，前一个月刚刚离婚，而他的前妻二十七岁，正好和凶手挑选的受害者条件相同。"

方易看到他的名字，补充道："而且一直没有联系到他。"

陆祯点点头，站了起来，急急地道："走，我们马上到他家里走一趟。"

刑侦队赶到庄和的家里，开门的是庄和的妹妹。

看到门外的警察，庄清吓了一跳，结结巴巴地道："警、警察、警察同志，你、你们……"

简宁出声安抚她的情绪："庄小姐，你别紧张，庄和在家吗？"

庄清稍微缓了缓："不在啊，你们找、找我哥什么事？"

简宁继续道："我们想找你哥了解些情况，你知道他去哪里了吗？"

庄清缩着脖子还是有些拘谨："他和朋友去酒吧了，他去酒吧的时候要么关机要么就不接电话的。"

陆祯问："那你知道他在哪家酒吧吗？

庄清摇了摇头："这、这我还真不知道，他也从来不会告诉我的。"

陆祯马上打电话给方易："方易，查一下庄和家附近的酒吧。"

方易马上查到了："队长，他们家最近的 M 酒吧在 ×× 路上，离这里不远。"

陆祯放下电话，问庄清："M 酒吧，你有印象吗？"

"M 酒吧。"庄清听着觉得有些耳熟，"啊，我听我哥在电话里说过这个酒吧。"

陆祯马上让季浩然和季浩洋带人赶到那里，还真的在那里找到了喝着酒的庄和。

结果审问之下，庄和的嫌疑就被排除了，因为在前两次的案发时间，庄和都在外面和朋友喝酒泡吧，而酒吧里的监控也证实了庄和不可能出现在案发现场。

找错了人，刑侦队的所有人都很失望。

"庄和也不是凶手，可其他的员工的资料我们都看过了，根本没有符合的啊。"

季浩洋烦躁地抓了抓头发："可除了这些员工谁还能得到这个名单呢？"

简宁咬着嘴唇沉思了一会儿，开口道："我们一开始定的范围太小了，能看到名单的可能不只是创意中心的员工，这些员工身边的人，其实都可能有机会接触到这个名单。"

9. 香水

庄和坐在沙发上接受着陆祯的进一步询问，他的妹妹庄清煮了醒酒汤给哥哥喝。

"呃，喝点热水吧。"庄清倒了几杯水拿给他们，同样也在简宁的面前放了一杯水。

"谢谢。"简宁道了一声谢，然后伸手在桌子上触摸，寻找杯子的位置。

庄清注意到之后，先是有些惊讶，然后从桌子上拿起杯子放在简宁的手里。

简宁对着她的方向冲她微微笑了笑："谢谢你。"

庄清摇了摇头，然后想到了什么，又开口道："没关系，你……"话到嘴边她不知道该不该说。

简宁当然知道她要问的是什么："嗯，我眼睛看不见。"

"哦，是这样啊。"庄清搓着手有些踌躇地开了口，"能不能问下，你们在查什么案子啊？"

简宁喝了一口热水，语气平静地回答她："连环杀人案。"

庄清听到这个词先是惊讶接着便是纳闷，蹙眉问简宁："那和我哥有什么关系呢？"

简宁如实告诉她："因为被害者都是一对情侣或是夫妻，而他们唯一的共同点就是在你哥工作的创意中心报名了这次的情人节活动。"

"啊？"庄清惊呼了一声，忙用手掩住嘴巴，"怎么会这样呢？"

简宁放下杯子："怎么了？有什么问题吗？"

庄清摇了摇头，不知是因为紧张还是因为被简宁的话惊到了，有些结巴地道："啊？不是，我只是有些惊讶，没、没想到他们都报名了我哥公司情人节的活动，那凶手为什么要杀他们呢？"

简宁向她说明了情况："我们现在掌握的情况就是凶手手里有这份名单，然后从名单上挑选符合他要求的被害者。"

庄清的语气显得干巴巴的："那，真是太可怕了。"

简宁垂眸微微思索了一会儿："庄清，你知道你哥哥把活动的名单存放在哪里吗？"

庄清先是一愣，然后声音抬高了一些："啊？我哥把活动的名单存放在哪里我怎么会知道？"

简宁没再说什么，只是点点头，低头喝了一口水。

据庄和所说，因为名单是交由他整理的，所以他电脑上存着所有的名单，而存有名单的笔记本电脑他也是下班就带回家里的。

技术人员正在检查庄和的电脑有没有被黑过的痕迹，简宁走到陆祯身边，低声跟他说了两个字："庄清。"

"嗯。"陆祯应了一声，转头看着房间外面明显有些不安的庄清。

之后，刑侦队回了警局，陆祯回到办公室就对方易道："查一查庄清最近的通话记录。"

桑雨欣有些不理解："嗯？为什么查庄清，难道队长你怀疑她是凶手吗？"

简宁摇摇头："她不是凶手，但是对于名单，她绝对是知情者。"

季浩洋插嘴道："可是我听到之前简顾问你问她的时候，她说不知道啊。"

简宁向他们解释道："在庄清知道凶手是根据名单来杀人的时候，她表现得很吃惊，比她知道她哥哥或许和凶杀案有关的时候反应还要强烈，然后在我问她：'你知道你哥哥把活动的名单存放在哪里吗？'而她回答我：'我哥把活动的名单存放在哪里我怎么会知道？'她重复了我的话，没有直接否定，因为她在心虚。那个时候我就知道她知道这个名单而且看到过，但她不是凶手，她可能就是那个提供名单给凶手的人。"

陆祯点点头，看向方易的电脑屏幕："所以查一查她的通话记录，我们走后她肯定会给那个人打电话的。"

等警察一走,庄清就到自己的房间里,关上门,拿出手机拨出了一个号码,电话一直没有接通。庄清在房间里来回走着,手心里全是汗。

就在庄清快急坏了的时候,电话那头终于传出了一个男人的声音:"喂。"

庄清赶紧开口道:"朱聪,你快点告诉我,你之前问我拿我哥他们情人节活动的名单是为了什么?"

电话那头的声音冷冰冰的:"我说了不用你管。"

庄清听了更急了:"你是不是杀人了?警察都到我家里来了,你告诉我,你是不是已经杀了好多人了?"

庄清还没说完,电话就被挂断了。

"喂!喂!"她急得冲着手机喊了两声,最后只能放下了手机。

方易在查了庄清的电话记录后,激动道:"队长,有发现了,庄清刚才打出去一个电话!上面显示这个手机号码属于一个叫朱聪的男人。"

陆祯闻言马上安排:"方易,你赶紧查一下这个朱聪,季浩然,你带人去庄清家里,以防他为了灭口对庄清采取行动。其余的人跟我去朱聪的家里。"

众人开车赶到朱聪的家里,可惜的是他家里一个人都没有,陆祯让季浩洋打电话给季浩然提醒他小心一点。

几人走进朱聪的房子,里面的景象让人大吃一惊。

"天哪,这地方还能住人吗?这得多久没有收拾过房间啊。"房间里传出的味道让所有人都捂住了鼻子。

房间里到处都是东西,没洗的衣服、吃的东西还有一堆杂物,碗筷什么也都堆在水池里没有洗,看得出来,他的生活情况十分糟糕。

陆祯想到了来的路上方易反馈回来的信息，朱聪，二十八岁，和妻子结婚一年就离了婚，因为婚内家庭暴力，离婚时，绝大部分的财产都给了他的前妻。

"队长，手指和戒指。"季浩洋拿过来三个瓶子，瓶子里放着的正是三位被害者的手指和戴在上面的戒指。

很快，陆祯在杂乱的房间里找到了几张纸，正是打印出来的名单，上面画出了六个人的名字："韩青、董泽涛、柳心颜、陈雷、宋敏、尹子华。"

季浩洋听到最后两个陌生的名字，道："宋敏和尹子华难道是他下次的目标吗？"

陆祯摇摇头，眉头紧锁："不，已经是被害者了。"他们的名字上和之前四人一样都被画上了红色的大叉。

他放下名单，又瞥见旁边的一张白纸上，上面写着一个地址，然后用红笔在地址上画了一个圈，画过的地方纸已经有些破损，看得出来用了很大的力气。

陆祯拿着纸，一边走出来一边给方易打电话，接通后，他把地址报给方易："方易，查一下这个地址。"

方易很快回复了："严晓英的家里，天哪，队长，是朱聪前妻现在的家里！"

"赶紧让离那里最近的警员过去！"

刑侦队的人也赶紧赶了过去，在路上，简宁道："前年的今天正是他们领结婚证的日子。"对朱聪来说，前年的情人节是他最幸福的时候，而今年，这个日子却成了他的刺激源，他的幸福毁了，而如今他也毁了三对人的幸福。

陆祯等人到达严晓英家里的时候，先到的警察正在和朱聪僵持着。

陆祯到了那里马上问："现在是什么情况？"

那里的警察看到陆祯向他说明了情况："有人质被挟持，挟持者手里拿着刀，站在窗口前，现在僵持了十分钟。"

简宁也跟着季浩洋走了过去，她对陆祯道："时间不能拖久，不然朱聪肯定会干出失去理智的事情。"

陆祯回头看着简宁："对，简宁你和我一起进去。"随后脸色严肃地对其他队员道，"如果不能说服，所有人要做好准备。"

"明白！"

陆祯带着简宁走进了房间，走到卧室门口时，他们看到了朱聪和严晓英，朱聪拿着刀抵在她的脖子上，上面已经被划出了一道浅浅的口子，而严晓英害怕得满脸都是眼泪，但是没有喊叫，似乎已经被吓坏了。

朱聪往后退了一步，瞪大眼睛警告他们："你们别过来！不然我就杀了她或者和她一起跳下去。"

陆祯马上安抚他："朱聪，你别冲动，我们就站在门口，不会过去。"

等朱聪情绪稍微稳定些，简宁开口："朱聪，那是你前妻是吗？"

他冷笑着："是，就是这个狠毒的女人！"

简宁注意到他的语气，便推测道："你们离婚时其实另有隐情对吧，告诉我们当时发生了什么事情？"

"呵呵！"他用刀牢牢地抵在严晓英的脖子上，冲她吼着，"你来说，说说你当时都干了什么好事！"

严晓英哭着："是，是我不对，是我不对。"

结合着严晓英的话，简宁明白了什么："朱聪，你并没有对她实施家暴，是吗？"

听了简宁的话，朱聪瞪大了双眼，激动地道："我那么爱她，我怎么忍心伤害她！她瞒着我外面有了男人，一心想着要和我离婚，然后她每天都找碴儿和我吵架,她就盼着我动手!后来我失手打了她,她就制造了伤告我家暴!都是这个女人想出来的办法,我对她那么好,她为什么要放弃我?"

陆祯冷声道:"所以你找到那些恋人,逼迫他们选择自己还是自己的爱人。"

朱聪满脸愤怒,大叫着:"那些所谓的爱情都是脆弱的,他们到底还是更爱他们自己!都是……"

陆祯打断他的话:"那你呢?如果给你选择呢,你是选择你自己还是严晓英?"

朱聪看着陆祯,紧咬着嘴唇手在发抖,他死死握住刀,迟迟没有说一句话。

陆祯看到他的表现,开口道:"看来你还是会选择保护她。"

"她不该这么对我!"他吼叫着。

简宁此时却问了严晓英:"严晓英,你后悔过吗,这么对他?"

严晓英哭喊着:"后悔,非常后悔,是我的错,我不该这么对他。朱聪,对不起。"

朱聪听着严晓英的话,听着她的道歉,泪流满面,以往的情景浮现在他的脑海里,他内心挣扎了许久。

朱聪的沉默让简宁知道他犹豫了,她直接点明了他的内心:"朱聪,你不忍心伤害她的。"

朱聪摇着头,瞪圆了双眼:"不……我恨她!她辜负了我!"

"我知道,但你还是不忍心伤害她的,你和那些人不一样,不是吗?你不就是为了证明这一点吗,再这样下去,你真的会伤到她的。"

朱聪低头看着在发抖的严晓英,看着她的脖颈被刀口划到的伤口,他想着简宁的话,终于……

"啊啊啊!"他大吼着还是松开了手,向后跌坐在地上。

陆祯一个箭步冲上去制伏朱聪，严晓英成功获救。

最后根据朱聪的交代，刑侦队找到了最后一对被害者尸体的位置。

和之前两对被害者一样，宋敏和尹子华相对着坐在椅子上，全身捆绑着，两人的身上全是伤和血，两人都被砍下一根手指，头低垂着无力地坐在那里。

苏唯正在给死者做初步的检查，简宁突然走到女死者的旁边低下头细细地闻了闻。

陆祯看到她奇怪的动作，走过去问她："简宁，怎么了？"

简宁："味道，香水的味道。"

季浩洋抓了抓头发，疑惑道："女的喷香水不奇怪啊。"

桑雨欣也凑过来闻了闻，然后也道："不对，这香水不对。"

季浩然："怎么了？小桑你也觉得不对？"

桑雨欣皱眉道："这香水不是死者在死前喷的，是在死后喷的。"

季浩洋吃惊地道："什么？就是说朱聪在杀了她之后还给她喷香水？可之前其他的女死者身上并没有这种香水味啊。"

"不，不是朱聪喷的。"简宁摇摇头，她站直身体把脸面向他们，"我闻过这个味道，是那个女人，她寄给我的东西上喷过这个香水。"

在场的一下子就明白过来，简宁口中的那个女人指的是谁。

简宁原本以为这个案子和那个女人没有关系，没想到最后竟然还是找到了那个女人的痕迹。

回到局里，简宁在审讯室里单独审讯了朱聪。朱聪之前崩溃的情绪已经完全平复，不在严晓英面前，他又显露出那种阴冷变态的气息。

简宁伸出手碰到椅子，拉开后在朱聪的对面坐下。

朱聪注意到她的动作，再看向她的眼睛，拧了眉头。

"你是个盲人？"

简宁点点头："是。"

朱聪非常意外："你什么都看不见，也能抓到我，也能知道我心里想的是什么？"

简宁淡淡笑了下，开口道："有些事并非一定要看到才能清楚。"

听到她的解释，朱聪无所谓地摇了摇头："对了，我不是已经告诉你们他们尸体的位置了吗，还想问我什么？"

简宁直接开口问他："你有没有见过一个和我长得很像的女人？"

朱聪冷笑了一下："怎么？你觉得我杀了你的双胞胎姐妹吗？"

简宁冷声道："你只需要回答我的问题就好。"

他却还是没有直接回答她的问题，而是盯着简宁的脸，咧嘴笑了一下："不过真的很有意思啊。"

简宁眼神平静，缓缓开口："什么有意思？"

朱聪倾身向前，舔了一下嘴唇："你们的脸，几乎一样啊，就像是一个人，连声音都很相似呢。"

简宁的手微微握紧，但表情没有丝毫的变化："你见过她了。"

"见过一次，有趣的女人，差点忘了，她让我给你带一句话。"朱聪压低了声音，带上了如同地狱而来的阴冷，"她很期待和你见面的那一天，简宁。"

简宁走出了审讯室，手就被轻轻握住了，简宁先是微微一惊，随即发现是陆祯，便没有挣开。

"你没事吧？"看着简宁有些发白的脸，陆祯本能地抓住了她的手，想要安抚她的情绪。

"还好。"简宁微微蹙眉，"只是我觉得我和她应该很快能见面了。"

"别担心，有我在。"

"嗯。"第一次有人对她说这句话，简宁心里是暖的，然而她在意的点却不在这句话上，而是——"陆祯。"

"哎。"

"能松开手了吗？"虽然她是盲人，但还是不习惯过多的身体接触，而且对象是陆祯，这让她更加在意了。

"不能。"

"为什么？我没事了。"

陆祯面不改色地道："那我有事，我紧张啊，毕竟我们找她找了这么久。"

明知道陆祯在胡扯，简宁还是被他绕进去了："这里可是警局。"

"那这意思是出了警局我就可以牵你手了？"陆祯低头看着简宁，笑得有些贼。

简宁偏头对上他的视线，扯了下嘴角："不能。"说完便抽出了手。

陆祯追上她，脑子里突然闪过一个主意："简宁，我昨天看了一本心理学的书，上面写着异性之间适当的身体接触可以增加人的愉悦感，而且根据你的身体和心理上的感受可以判断你是否对对方有意。"

"编得不错。"

"不是编的！"

简宁快速问道："那本书叫什么名字？"

陆祯没想到简宁会突然问这个，当然一时编不出来，迟疑了好几秒："叫、叫……爱情心理学。"一听就是临时编的。

简宁背对着他摇了摇头，却是满脸的笑意。

男人的手轻按一下键盘上的空格键，电脑屏幕便定格在了这个画面，他的身体缓缓向后，直到靠在了椅背上，但他的手却探向了屏幕，手指停留在那双漆黑独特的眼睛上。

卷　五
旧　案

1. 炸弹

第二天一早，桑雨欣到了办公室，放下包就跑到休息室那里泡咖啡，一边还哼着歌，神情专注连简宁进来也没发现。

简宁走到她旁边，和她打招呼："小桑，早。"

桑雨欣这时才发现了简宁，扭头道："简顾问早！"

简宁听完她说话后打趣道："今天心情不错啊。"

桑雨欣摸了摸头发，笑了几声："嘿嘿，是有点不错啦。"

简宁也轻笑："是因为苏唯收了你送的巧克力了吧。"

桑雨欣眨了眨眼睛，很是吃惊："简顾问怎么知道的？"她心想真是没有简宁不知道的事呀。

简宁解释道："刚才来办公室的路上碰到苏唯了，闻到巧克力的香味了，加上你刚才又在哼歌，我就知道了。"

"嘿嘿，前几天情人节忙着案子没有送，这不结案了，昨天赶紧做好了。"

桑雨欣笑得更开心了，她想到了什么往门口看了一眼，对简宁道："对了，简队，队长情人节收到巧克力了没？"

简宁点点头："嗯，收到了。"

桑雨欣眼睛一下子发亮了，赶紧八卦起来："啊？真的啊？谁送的啊？"

简宁想了想，回答她："听声音应该是个年轻的小姑娘吧，挺热情的。"

桑雨欣伸出手挠了挠脸，疑惑地歪着脑袋："队长平时基本没什么娱乐活动的，照例说不会在外面拈花惹草的，难道是局里的小姑娘？"

"什么拈花惹草？"陆祯的声音从门口传来。

桑雨欣吓得跳了一下，回头看到陆祯，尴尬地笑着和他打招呼："呀，队长，你来啦。"

陆祯眯着眼睛走了进去，看着桑雨欣的表情，故意用恶狠狠的语气道："说！你们刚在说什么坏话呢？"

桑雨欣赶紧辩解道："没说你坏话啊，简顾问说队长收到小姑娘送的巧克力啦。"

陆祯觉得莫名其妙的："哪儿来的巧克力啊？"

简宁一本正经地道："不是那天路上有个小姑娘送你巧克力了嘛。"

陆祯听完抽了抽嘴角，"那是人家做产品推广好不好……"再说那小姑娘明明是想让陆祯买了巧克力送给简宁的，陆祯本想买下来，结果一吃，这新品种的味道实在太古怪了。

桑雨欣张大了嘴巴，一脸不可置信的表情："啊？简顾问，你居然骗人！"

简宁一摊手满脸无辜地道："我没骗人啊。"

虽然是这样没错，但是……"简顾问，你就是在刻意引导我误解，你这不是欺负我嘛。"

对于桑雨欣撒娇似的埋怨，简宁一脸的无辜，耸了耸肩，倒好咖啡就拿着杯子走了，留下桑雨欣和陆祯两人。

简宁出去后，陆祯拍拍桑雨欣的肩膀，语重心长地开口道："我说小桑啊，你要努力了啊，什么时候能把苏唯拿到手啊？"

桑雨欣也学着陆祯的语气，抬手也拍了拍他的肩膀："我说队长啊，你也要努力了啊，什么时候把简队拿到手啊？"

陆祯笑笑，这时警局突然警铃大响，陆祯和桑雨欣马上收起了笑容，从休息室里冲了出去，陆祯拧了眉头大喊："方易，怎么回事？"

方易从警局的监控里看到了发生的紧急情况："队长，警局大厅里进来一个男人，身上绑着炸弹！"

"什么？"陆祯快步走到方易旁边，盯着监控，显得有些焦急，"通知拆弹组了吗？"

方易颔首道："已经赶过去了。"拆弹组的人很快就到达了现场，控制着场面。

这时季浩然和季浩洋冲进了办公室，他们看到陆祯就叫道："队长，那个绑着炸弹的男人指名说要见你！一定要见你！"

"指名要见我？"

陆祯拧着眉头，居然是冲着自己来的？

很快，整个警局的人被迫疏散，拆弹组的人围在男人的四周做好拆弹的准备，而那个身绑炸弹的男人情绪激动，看着围着自己的人只是在那里大喊："我要见陆祯，快让他出来！快点！"

陆祯想要出面去见那个男人，简宁却阻止他。

"陆祯，你现在不能去。"

"可那个男人点名要见我，现在他的情绪相当不稳定，要是他没看到我，直接引爆了炸弹怎么办？"正打算让桑雨欣带着简宁撤离的陆祯，听到她这么说，疑惑地停下步子。

简宁和他解释："就是因为他指名要见你，为什么不是别人？你想过没有，要是他的目标就是你呢？他就是想和你同归于尽呢，如果是这样，你一出现，他反而会引爆炸弹的。"

陆祯脑子有些乱，这个突然出现的身绑炸弹的男人为什么一定要见他？目的是什么？

"那现在怎么办？拆弹组的人根本没法靠近这个男人，一时半会儿根本不可能拆除炸弹。"

简宁做出决定："我先下去，现在最关键的就是要弄清楚他一定要见你的目的。"

"你下去？"陆祯声音抬高了几分，他马上否决了，"不行，这太危险了。"

简宁却说出了自己的理由："我会尽量稳住他的情绪，等知道他的目的之后你再出现，危险性就会降到最低，这是现在最好的方法。"

陆祯还想再阻止她，可简宁却坚决地道："就像你说的现在情况紧急，就按我说的办。"

陆祯和简宁往楼下走，一路上陆祯都握着她的手，手心因为紧张全都是汗。到了一楼，简宁抽出手，脸色平静地开口："我去了。"

陆祯紧握着拳头，看着她的背影不忘叮嘱："简宁，小心点。"

简宁点了点头，走了出去。

男人站在大厅的正中央，身上捆绑着大量的炸弹，他满头都是汗，身体微微地发抖，连声音都带着颤音："陆祯呢？快，快让陆祯出来见我。"

简宁听着男人的声音，走了过去，拆弹组的人看到她给她穿上防护服才让她靠近那个男人。

简宁用平静的声音问他："你要见陆祯？"

男人猛烈地点着头："对，我、我要见陆祯！马上！"

简宁继续问："为什么要见他？"

"就是要见他，快点，时间来不及了！"男人突然压低了声音，像是在自言自语，"不要，再等等。"

男人有些奇怪的话让简宁拧着眉头，她问向旁边的警察："这个男人耳朵那里有没有耳机？"

"有，左耳有。"

这个男人是被人控制的，简宁得出了结论："那个给你绑上炸弹的人说一定要让陆祯出来吗？"

男人瞪大着眼睛直点头，有些激动地喊道："是，快点让他出来！"

简宁继续问："让他出来干什么？"

男人额头上的汗滴落下来，他浑身发抖："他让我传一句话给陆祯，一定要和他当面说。"

简宁抬起手挥了一下，陆祯看到后马上走了出来，他走到简宁的身前，对着男人道："我就是陆祯，我现在来了。"

男人看到陆祯急喘着气，赶紧和电话里的男人道："他来了，他来了，要我说什么？"

陆祯等人紧张地看着男人的动作，他取下耳机，打开了免提，一个低沉有些苍老的男人声音从手机里传出："陆祯，十年前的案子你父亲抓错了人。"

话音刚落，啪嗒，电话就被挂断了。

2. 旧案

随着电话被挂断，炸弹也被解除，拆弹组的警察把绑在男人身上的炸弹取下，在鬼门关走过一回的男人这下子直接瘫软在地上，紧绷的神经终于放松下来，他用手捂着脸顿时泣不成声，情绪非常崩溃。

陆祯站在原地低着头看着从男人手里拿来的手机，半天没有一点动静，电话里的人说的话一直在他的耳边循环着。

"陆祯，十年前的案子你父亲抓错了人。"陆祯当然记得十年前的案子，那时候虽然他只有十七岁，但是当年的案子轰动了全市，而他的父亲正是当时案子的负责人。

简宁脑海里也想到了那个案子，她有些担心陆祯，虽然看不见他的表情，但也能知晓他现在的心情。

"十年前的案子是不是连环炸弹案？"

陆祯表情有些僵硬地点头道："对，就是那个案子。"

十年前，就在春节前夕的一天早上，S市市中心景天公园的一个垃圾桶突然爆炸，造成了正在晨练的五位老人死亡，多名老人受伤。

之后仅仅过了一天，在一处商场前的垃圾桶爆炸，造成了路过的三名行人死亡，多名行人受伤，再之后短短的一周又发生了三起爆炸案，所有的炸弹都被放在公共场所的垃圾桶里了，都是早晨九点十分时被引爆，所有炸弹都是由手机控制，一共造成二十一人死亡，五十多人受伤。

这可以说是S市几十年来最严重最恶劣的一次连环爆炸案，那时造成全市恐慌全城戒备，以至于行人在路上走路都刻意避开垃圾桶，生怕里面就藏着炸弹，胆小的人或者孩子看到垃圾桶都会哭叫起来，造成了非常恶劣的影响。

而那时陆祯的父亲陆长天正是重案组的组长，负责这个重大案子，而在第三起爆炸案之后，凶手甚至给重案组寄去了信，一整封信都是用报纸剪下的字拼成的，信的内容无非是嘲讽了一番警察以及陆长天，表示以他们的智商永远也不可能抓到他。

之后第四起爆炸案，凶手更是把炸弹放在了陆祯家小区外面的一个垃圾桶里，在陆祯和陆长天经过时，炸弹引爆，万幸陆长天反应迅速，加上不知是不是凶手刻意为之，这个炸弹的威力很小，所以当时仅仅造成了陆长天腿部受伤，而陆祯只是受了一些轻微皮肉伤，所以这次的炸弹凶手并不是要陆长天的命，而更像是一种威胁或者说挑衅。

"陆队长，我可以随时都要了你的命。"就像凶手寄给陆长天的信里所说的一样。

只是这样嚣张自傲的凶手最终还是被陆长天亲手抓获了，陆长天在抓捕他的过程中受了伤，可凶手也被陆长天弄断了手臂。

凶手当年被判处死刑，同年执行。

陆祯还记得这个凶手的名字——余明，就是这个听上去很普通的名字，却制造了五起爆炸案。

陆祯在余明判刑时第一次亲眼见到他，让人意外的是，这个残忍的杀手竟然是那么年轻，他只有二十二岁，一名名校大学生，生物专业，戴着眼镜，看上去就是一个斯文的大学生，而在他的同学和老师的描述中，余明是一个性格内敛，有些害羞学习认真的好学生，年年获得奖学金，不惹事对同学友好尊敬老师，他不怎么参加学校的活动，比起交友娱乐，他更喜欢待在实验室里做着研究，也许他就是从那时候开始制作炸弹的。

后来，陆长天在他家里的地下室里发现了他制造炸弹的工具。余明就是在那个狭小的空间里制造了一个又一个的炸弹，而在余明被抓获之前没有任何人发现。

陆祯回头对简宁说起了当时的情况："当时我父亲还是重案组的组长，这个案子就是由他负责的，安置炸弹的人也是被他抓住的。"

简宁颔首道："嗯，我记得这个案子，凶手还是一名大学生。"

陆祯回忆当时，叹了口气："这也是我父亲破获的最后一个案子，之后他就退下来了，主要还是我母亲的原因，因为那时候余明在我们家附近也安放了炸弹，目标就是我父亲，虽然我和我父亲最后只是受了些伤，但是我母亲可承受不了，和我父亲闹了一阵子，我父亲也就同意了，父亲天不怕地不怕就是怕母亲。"

说到这段往事，陆祯语气中有了些笑意。

陆祯敛了笑容继续道："余明是在放置第六个炸弹时被我父亲当场抓获的，在他家里的地下室里他们也找到了制作炸弹的道具，上面全是余明的指纹，而余明也承认了自己所犯的罪，所以这个案子根本不可能有任何的疑点，凶手就是余明。"

简宁从心理学的角度分析道："一般来说，会执着地认为余明不是凶手的人应该是他的亲人或者朋友。"

陆祯想了下余明家里的情况："余明的父亲在他刚上大学的时候就去世了，之后他一直和他的母亲生活，他是独生子，与其他的亲戚走得也不近，而他也没有什么朋友。"

简宁猜测："有没有可能十年前余明还有同伙？余明被抓后他保护了那个同伙并没有把他供出。"

陆祯拧着眉头，他脑子有些乱："可为什么要等十年呢？对了，还有十多天就是余明被执行死刑整整十周年。"

简宁提出了目前唯一想到的一种可能："是为了在这个特殊的日子纪念余明吗？"

陆祯叹了口气，没有什么头绪，如果今天这个制造炸弹的人所做的事是为了余明，那么他之后的举动绝不会就此停止，这一次就像是一个告示，他通过这个方式告诉自己或者还有他的父亲，这仅仅是一个开始，之后肯定还会有更多的炸弹出现，那时候这些炸弹就不会像今天这样不被引爆了。

等被绑着炸弹的男人渐渐平静下来，陆祯走过去询问他。

"你叫什么名字？"男人的头上身上都是汗，陆祯让警员拿来毛巾和热水给他压压惊。

男人接过毛巾擦着汗，又喝了好几口热水，这才回答他："蒋可为。"

陆祯继续问："你身上的炸弹是什么时候绑上去的？被谁绑上去的？"

蒋可为又喝了一口热水，开始回忆发生在他身上的可怕过程。

"早上的时候，我……我和平时一样出门上班，然后走到一条小路的时候就被敲晕了吧，我也不知道发生了什么事情，当我醒过来的时候，我就发现我坐在地上，身上绑着炸弹，而且耳朵里也插着耳机，我吓坏了，刚想把炸弹拿下来，结果怎么弄也弄不下来，我也不敢再弄了。"

直接在路上就把人敲晕再装上炸弹，这可以说是非常冒险的举动，那个男人显然是做了充足的准备。

"然后呢？有谁联系你吗？"

蒋可为马上点头："对，就是那个男人，他说一定要按照他说的去做，不然他就会引爆炸弹，我就会被炸死！"说到这里，蒋可为有些激动，显然这种惊吓是不可能在短时间内恢复的。

陆祯："他让你直接来警局？"

蒋可为："是的，他说让我来这里，然后一定要找陆祯，就、就是你，一定要你出来站在我面前，就是这样，接下来的事你都知道了。"

陆祯最后向他确认："所以你没看见袭击你的人？"

蒋可为摇头，很肯定地道："没有，我根本都不知道我身后有人，醒过来的时候他已经走了。"

陆祯拍拍他的肩膀："我知道了，谢谢你的配合。"

之后警员给蒋可为安排心理疏导。

炸弹的危机解除，所有的警察各就各位，龚局长把这个案子交给了刑侦队，让陆祯彻查这个炸弹的制造者。

虽然不想让自己父亲牵扯进来，但是陆祯拿着炸弹决定还是要找他问，因为如果这个炸弹和十年前的案子有关联，那么没有一个人会比他的父亲更了解。

3. 模仿者

陆祯父母的家在 S 市郊区的别墅里，到了家门口，陆祯按了门铃。没一会儿门打开了，陆祯以为开门的会是自家老爸，结果却看到了打扮得光鲜亮丽的老妈。

陆妈妈一眼看到自己儿子："哟，警察同志上门来有什么事吗？"

"妈。"陆祯知道自己母亲不喜欢他回家的时候还穿着警服，赶紧解释，"今天情况特殊，爸在吗？"

"在啊，谈公事？"

陆祯点头道："对，有个案子……"

陆妈妈一挑眉，回头叫道："老陆警官，小陆警官找你谈案子。"

于是，陆祯连同陆爸爸一块，被关在了门外，只有简宁被陆妈妈带进了屋里。

陆祯不放心，隔着门在外面大喊："妈，简宁眼睛看不见，你好好照顾她，还有她不喜欢喝绿茶，给她泡红茶！"

陆妈妈用手按了按耳朵："吵死了。"

陆妈妈看着已经换好拖鞋的简宁，问道："要我扶着你进去吗？"

"不用，阿姨你走在前面就好了。"

带着简宁到了沙发前，陆妈妈道："坐吧，我给你泡红茶去。"

"阿姨不用麻烦。"

陆妈妈却坚持："要的，又不麻烦。"

陆妈妈泡了红茶放在简宁面前的茶几上，坐在了简宁的旁边，打量着她："你是陆祯的同事？"

"我是他们队的心理学顾问。"

陆妈妈听后若有所思，笑着道："我儿子烧的菜味道怎么样？是不是很难吃？"

简宁面露惊讶的表情："阿姨怎么知道？"

陆妈妈一脸了然的表情："上次突然打电话来问他爸怎么烧菜，我就猜到肯定是给人烧菜，现在见到了你，我就知道了，除了我们，他还从来没有这么关心过一个人呢。"

简宁低头微笑，陆祯对她的好她自然是能感受到的。

为人爽快的陆妈妈很直接地对简宁道："你们的事原本我不该过问，也不想干涉，不过我还是想表明我的态度，虽然是第一次见你，倒难得觉得陆祯的眼光不错。"

而与此同时，门外的父子俩正吹着冷风在聊案子。

"爸，你还记得十年前的连环爆炸案吧，余明的案子。"

陆爸一听到余明这个名字，整个人的状态都不一样了，仿佛又回到了当年在警局里。

"当然记得，这个案子我一辈子也不会忘记，怎么了？这个案子出什么问题了？"

　　陆祯严肃了表情，对自己父亲道："今天早上有一个男人身上绑着炸弹闯进了我们警局，那个在他身上绑上炸弹的人让他来警局，指明要见我。虽然没有出事，但那人通过手机说了一句话'陆祯，十年前的案子你父亲抓错了人'，然后就挂断了。"

　　陆爸一听这话紧拧眉头："怎么可能，十年前的案子我追查了多少时间，而且我是当场将余明抓获的，五次爆炸案，他都承认了自己的犯罪，根本不存在抓错人。"

　　陆祯知道自己爸爸一旦知道这个事情肯定会很暴躁，因为在他做警察的这些年从来没有抓错过犯人。陆祯接着道："我拍了炸弹的照片，想让爸看一看，和十年前的炸弹是否一样。"

　　陆爸赶紧道："快拿给我看看。"

　　陆祯从文件袋里取出照片递给他。

　　陆爸接过照片一张张翻着，眉头越拧越紧。

　　陆祯看着自己爸的表情，有些不好的预感："爸，不会，炸弹和十年前的是一样的吧？"

　　陆爸没说话，凑近更加仔细地看着照片，眉头却渐渐松了下来，开口道："乍一看的确是很像，但肯定不是一样的，如果要比较的话，余明制作的炸弹比这个更加精细，他们的水平不在一个等级上。"

　　陆祯抓了抓头发："您这是在变相夸奖余明吧。"

　　"我这是在实话实说。"陆爸一本正经地道。

　　陆祯一边观察着他的脸色一边道："爸，您说有没有可能当时余明还有个同伙，但是他当时没有交代？"

　　陆爸抬头看着陆祯道："这个我当时自然也考虑过，但是余明性格孤僻，而且非常注重自身的被重视度，非常自我的一个人。"

　　陆祯听了陆爸的话简单分析道："如果是这样的话，那他有同伙的可能性的确很低，自我意识非常强的人会喜欢自己独立完成每一件事，因为他们不喜欢别人干涉自己的决定或者做事的方式，这样的人如果有同伙的话，很难合作。"

"你怎么会突然分析凶手的心理了？"

陆祯挠挠头："跟简宁学的。"

陆爸点点头，看起来挺满意："就是这样。而且在他制作炸弹的地方没有人看到有其他人进入那里，在那个房间也没有找到其他人的指纹，他的电话记录包括在学校或者在外面的活动，都显示他没有同伙。"

既然没有同伙，那么……陆祯微微沉思后道："所以我们也许要找的是一个模仿者，一个非常崇拜余明的人，他连炸弹都照着余明当时的炸弹制作，在余明死后的第十年，他也许想通过这样的方式来纪念余明，或者让世人再度关注余明。"

4. 陆爸

陆祯得到了想知道的答案就准备和简宁回警局继续查案，原本正准备烧饭的陆爸满脑子都是案子了，于是也道："我跟你们一起回警局。"一点儿都不像在开玩笑的样子。

陆妈忙阻止："儿子办案你去凑什么热闹。"

陆爸态度强硬："这次这个制造炸弹的人不是说了吗，说我十年前的案子抓错了人，我倒要看看他是什么人。再说十年前的案子谁有我熟悉，我过去只会帮他忙，又不会给他添乱。"

"爸……"

"怎么了？"陆爸声音抬高了一些，在气势上明显压过陆祯。

陆祯在这世上最怕的也就是他爸了，第二就是他哥，于是声音立马就轻了："没什么，我们走吧。"

回警局的路上，陆祯开车，陆爸坐在副驾驶，简宁坐在后座上。

陆爸一路上都没说话，就看着手里的资料，弄得陆祯和简宁也不好说话了。

陆祯还是憋不住要说话："爸，那个……"

"好好开车别说话。"陆爸训完儿子，转头对简宁道，"简宁啊，你吃东西吧，我做的点心，趁现在还是热的赶紧吃。"声音一下子轻柔了不少。

陆祯边开车边叹气。

"哎，好的。"简宁从旁边座位上把袋子拿到腿上，把盒子打开，拿了一块放进嘴里，软软糯糯的，非常好吃。

简宁把盒子往前递："叔叔，你也吃吧。"

陆爸看了一眼点心："不用，我不太吃甜食的，都是做给他妈妈吃的。"

陆祯笑了："爸你就嘴硬吧，谁不知道你最喜欢吃甜食了。简宁，我和你说，我爸在外面为了自己的形象一直声称自己不吃甜食的。"

陆爸脸上出现一丝尴尬的表情，嘴上却道："你个小子乱说什么呢。"

"我说的是实话啊。"陆祯道，"简宁，我也要吃。"

"哦。"简宁听着他的声音，然后把一块点心往前伸。

很快那块点心就被人接过，接着陆爸开口道："开个车吃什么东西。"然后很自然地把从简宁手里拿走的点心塞到了自己的嘴里。

陆祯："……"

到了警局，陆爸下了车问："刑侦队办公室改地方了没？"

陆祯老实回答："没，还是在老地方。"他跟在自己老爸旁边简直有种当跟班的感觉。

陆爸点点头，往楼梯的方向走去，陆祯原本还想说爸你坐电梯我和简宁走楼梯的，结果一看好像不用说了。

陆祯还是问了一句："爸，你不坐电梯啊。"

"就这么几层楼，坐什么电梯，你们平时都是坐电梯的吧，懒。"陆爸逮到话题就训陆祯。

陆祯马上回道："爸，你这可冤枉我了，我和简宁一直都是走楼梯的，而且我们队里的人也都是走楼梯的。"

陆爸这才点了头，算是认可了："那还差不多，我看你们平时锻炼的强度还不够。"

陆祯听他训了一路了："爸，你是帮我办案的。"又不是教官，专门来训他的，可惜这话当然不能说出口了。

"怎么了？"陆爸回头看他。

陆祯声音马上又低下来了，眼神飘忽："没事，我们会加强训练的。"

简宁在旁边听着觉得他们父子之间的相处模式十分有趣，忍不住笑了。

去办公室的路上，陆爸都走在他们前面，熟门熟路地找到了刑侦队办公室。

刑侦队的其他队员都在忙，一听到开门声，头都没抬："队长，简顾问你们回来啦。"

季浩洋边说边抬头："从陆……"结果第一眼没看到陆祯，却看到了一个中年男人，长相和陆祯颇有几分相似，他马上认出了来人是谁，"陆、陆……陆叔叔！"

这下其他队员都抬头看向门口，一下子全都站起来了，一个个站得笔直，齐声道："陆叔叔好！"

陆祯一脸见了鬼的表情，真是头一次看到自己的队员这么整齐。

陆爸满意地对他们点了点头："你们好。"

季浩然想了想道："不对，应该叫陆队长好。"

下一秒，所有队员再度齐声喊："陆队长好！"

"……"陆祯翻了个白眼，他才是队长好不好。

陆祯无语地看着自己的队员，干咳了两声："咳咳，方易，监控查得怎么样了？"

方易有些遗憾地摇头："那条路上没有摄像头，附近也没有，所以无法知道是谁给蒋可为绑了炸弹。"

陆爸站在办公室中央，看着刑侦队的队员们，表情严肃地道："制造炸弹的人可能是余明的崇拜者，你们现在可以在网上找一下有没有专门为余明建的网站或者群，看最近是否有人想要举办纪念余明的活动。"

"是，陆队长！"

陆爸继续指示："不要局限于网站的创建者，还有可能是那些发言比较踊跃的人，他对余明当时制作的炸弹有一定的研究，所以他可能会在网站论坛上发帖详细介绍制作炸弹的方法。"

"是！"

所有队员马上回到自己的座位上开始工作，个个都格外卖力。

陆爸满意地对他们点点头，觉得又回到了之前在重案队的感觉一样。

陆祯抚额，突然觉得自己爸一来，自己一点威信都没有了，自己队员现在全都听自己爸的指示了。

简宁伸手拍拍他的肩膀算是安慰。

陆爸回头看陆祯还站在原地，又训斥他："陆祯你愣着干吗，赶紧去查最近有什么地方有化学药品大量遗失的情况。"

陆祯马上站直："是！"

5. 第一起

"妈妈，我要买气球！"小女孩看到不远处一大堆悬浮的五颜六色各种卡通图案的气球，伸手拉着自己妈妈的衣角，撒娇着，"买气球嘛。"

小女孩的妈妈停下来低头看她，刮了下她的小鼻子。

"昨天不是刚买过一个，怎么又要买了？"

小女孩嘟着嘴，继续撒娇："昨天买的那个已经不能飘起来了，再买一个嘛妈妈，好不好？"

小女孩妈妈想了想，提出了一个条件："那你答应妈妈今天晚饭自己好好吃。"

"嗯嗯，我一定好好吃。"她马上点头，乖巧地答应。

小女孩的妈妈笑了，摸着她的头发："那你自己去挑一个吧。"

"噢耶！太好了！"小女孩开心地笑着，接过妈妈给她的钱，转身就往那里跑去。

看着自己女儿的背影，女孩妈妈叫着："苒苒，跑慢一点。"

"知道啦妈妈。"小女孩嘴上答应着，速度却没有减慢，很快就跑到了卖气球的那里。

卖气球的是一个叔叔，看到小女孩过来，弯腰亲切地问她："小妹妹，买气球呀。"

小女孩抬起头点头道："嗯，叔叔，我要买一个气球，送给妈妈！"

他有些意外："买气球送给妈妈？"

小女孩一本正经地和他解释："妈妈最近心情不好，我要买一个笑脸送给她。"

"真是好孩子，告诉叔叔要什么颜色的？有黄色、红色、蓝色还有粉红色。"

"嗯……"小女孩歪着脑袋想了想，"要粉红色！"不知道妈妈喜欢什么颜色，所以最后还是选了自己最喜欢的颜色。

卖气球的人找到粉红色的那个气球，从里面抽出来递给小女孩。

"好，气球给你，祝你和你妈妈都开心。"

小女孩小心地接过气球，然后把手心里的钱递给他："叔叔，钱给你，谢谢！"走时还礼貌地道别，"叔叔再见。"

小女孩转身往回跑着，边跑边对离她还有一点距离的妈妈喊着："妈妈！"

"快过来。"小女孩妈妈笑着在原地等她过来。

小女孩满脸都是笑，挥着手里的气球兴奋地向妈妈道："妈妈，看气……"

"砰！"

一声巨响打破了原本安静快乐的公园，也终结了这个美丽的画面。

巨大的冲击把小女孩妈妈掀翻在地，碎片石子擦过她的脸，在短暂的失去意识之后，她强撑着睁开眼，烟雾散去，眼前的景象已经让她震惊得不能言语，混乱，到处都是爆炸的碎片还有周围人的尖叫声。

女儿，她的女儿。

"苒苒！苒苒！"小女孩妈妈勉强站起来，跟跄着往前跑，她呼喊着自己女儿的名字，声音已经嘶哑。

原本女孩站的位置根本没有她的身影，爆炸的冲击波把她弱小的身体冲到了一边。

"苒苒！"她一遍一遍地呼喊着，跟跄地寻找自己的女儿。

最终，她找到了自己的女儿，原本漂亮的粉色衣服已经灰暗，她躺在地上，软软的身体一动不动，原本大大的眼睛此时紧闭着，头上满是血，染红了她身下的地。

她一把把孩子抱在自己怀里，用手抹着孩子脸上的血，哭喊着："苒苒！醒醒，苒苒，睁开眼睛看看妈妈，苒苒，不要吓妈妈。"

可怀里的孩子没有给她任何的回应。

"啊！啊！"她抬头大叫着，痛苦而绝望。

新闻里男主播心情沉痛地播着一则突发新闻："2月××日九点左右，S市天和公园内发生一起爆炸，经警方确定，爆炸物被放置在一个垃圾桶内，现已造成一人死亡，死者为男性，爆炸时正在离爆炸物不到一米的地方贩卖气球，当场死亡。此外，此次爆炸还造成多人受伤，其中一名六岁女孩重伤，正在医院抢救，目前尚未脱离生命危险。"

刑侦队在接报后第一时刻到达了现场，现场的死者和伤员已经被送到了医院，但还是能从地上的血迹和碎片了解到当时的情况。

放置炸弹的垃圾桶已经被完全炸毁，拆弹组的专家正在整理炸弹的残骸。

和目击者了解好情况的桑雨欣走到他们旁边，叹息道："据目击者说那个卖气球的人一直在这个公园，一直在那个位置，离炸弹那么近。"危险就在旁边，他却一点都不知道，因为离得太近，可能就连死亡时他都不知道发生了什么，一条人命瞬间就这样被夺走了。

简宁知道有个小女孩受了重伤，便开口问："那个孩子怎么样了？"

她摇了摇头，眼眶有些红："刚打去医院问过了，还没脱离生命危险。那么小的孩子，现在承受着这么大的痛苦。她妈妈离爆炸点比较远，所以只是轻伤，但愿这孩子能没事。"

桑雨欣越说越难受，不由得愤慨道："他究竟为什么要这么做？"

陆祯眉头紧锁，看着正在忙碌的拆弹组："他在重演当年的爆炸案，十年前的第一起爆炸案就发生在公园。"今天的这个爆炸就像是在证实他们之前的判断，那天没有引爆的炸弹仅仅是个开始，如果他们不查出制造炸弹的凶手，还会有炸弹案发生，而且还是很快。

简宁补充道："这次的爆炸时间还是九点十分，也和十年前的一样。"

说话间，季浩然急匆匆地跑过来："队长，我刚去了公园的监控室，这附近没有装摄像头。"

这就意味着没有办法知道有哪些人接近了垃圾桶。

这时季浩洋又从另外一个方向跑来："队长，我已经问过公园的工作人员，公园里的垃圾桶都是在当天闭园之后会统一清理一次，所以爆炸物放置的时间应该是在闭园之后到今天九点。"

陆祯听完两人的话点头，对季浩然道："浩然，问公园那边要昨天晚上到爆炸之前的所有监控录像。"

季浩然马上应道："好的队长。"

"不，到现在为止的。"简宁开口拦下他，"爆炸的时候他很有可能就在附近，放置炸弹的人绝对不想错过爆炸的瞬间，他会一直留在现场观看。"观看这幕因为他而发生的惨剧，血迹、碎片、混乱、惨叫、死亡，对别人而言是地狱，然而对他而言却是最美的画面。

季浩然颔首道："我知道了，简顾问。"

根据拆弹组的分析，基本可以确定，今天爆炸的炸弹和昨天送来警局的炸弹在化学成分和引爆方式上，都是相同的，也就是说基本可以确定是同一人制造。

得知爆炸案发生后，特别是知道爆炸发生在公园，陆长天的眉头拧得更紧了，如果那个制造炸弹者的目的是重演当年的爆炸案，那么下一起爆炸就在明天。

商场？ S 市那么多家商场，他会把炸弹放在哪里呢？

给刑侦队的时间太过紧迫，距离明天的九点十分还有不到二十三小时。

6. 突遇

发生在天和公园的这场爆炸案已经让一部分经历过十年前连环爆炸案的人把两件案子联系到了一起，因为爆炸物都放置在垃圾桶里，都是在早上九点多被引爆，而且第一个爆炸点都是在公园，这么多的相似处，引发了相当大的议论和质疑。

其中一种就是质疑这次炸弹犯向警方传递的内容：十年前的爆炸案抓错了凶手，或者还有同伙没有被抓。

方易浏览着各大网站论坛，发现在很多论坛里都发现了类似的帖子："队长，你们来看，现在有好多帖子都在讨论说十年前的案子警察抓错了凶手，余明是无辜的，所以现在又发生了爆炸案。"

陆祯想还好自己老爸平时不太上网，要是看到这么多这样的言论，一定又要暴躁了。

"方易查一查，看这些帖子是不是同一个人发的。"

"好的。"方易继续敲击着键盘。

这时，桑雨欣冲了进来，神色紧张地道："队长，不光是网络，现在很多人打电话进来问这次的爆炸案是不是十年前那个凶手投放的。"

陆祯紧锁眉头，气愤地道："这就是炸弹犯的其中一个目的，给民众造成慌乱，让他们怀疑警方。"

很快，方易从电脑前抬起头："队长，我查到了，有一个人在一个小时内在四个论坛里发了相同的帖子，我追查过去，是在一个网吧，在虹莘路上。"

陆祯当机立断道："马上派人过去抓捕！"

季浩然赶到网吧的时候，发帖的人正坐在电脑前，快速地按着键盘在玩游戏，看上去二十多岁，一头黄发，嘴里还叼着根烟，两腿抖着抖着，一副无业青年小混混的模样。

已经在网店记录册那里得到名字的季浩然对他喊道："王严。"

因为戴着耳机正奋战于游戏中，王严根本就不知道警察已经找上他，还在那里操作着人物打怪呢。

季浩然一把把他戴的耳机扯下来，又厉声喊了他的名字。

王严一吓，手上的动作一慢，紧接着人物就死了。他一拍键盘，嘴上骂骂咧咧地就想回头看看是谁坏了他的游戏，结果一回头，更是吓了一跳，嘴上不干净的声音也没了："哟，警察同志，我可成年了啊。"

季浩然对他笑笑："知道你成年了，找你不是为了这事，看看这几个帖子是你发的吧。"他拿出一张纸，上面正是王严发的帖子的内容。

王严一看，脸上紧张了一下，眼珠子一转，刚想开口，就被季浩然制止了："先别急着否认，这些帖子可都是从你这台电脑发出来的，而且你从早上开始一直都坐在这里，现在回答我，这是你发的？"

王严一听知道自己没法否认了，就承认了："是，没错，可我就发了几个帖子，这犯什么法了？"

季浩然把他从椅子上拎了起来："既然承认了，那你就得跟我们去趟局里，说说清楚你为什么会发这个帖子了。"

两个警察把王严带了出去，季浩然回头看着有些慌张冒着冷汗的网吧店主，指了指后面正在玩游戏的一个小男孩，对他笑笑："这孩子恐怕还没成年吧。"

网吧店主更加慌了："警察同志，呃，他……"

结果这次行动，抓捕了一个嫌犯同时又整治了一家网吧。

在审讯室里，王严显得非常紧张，同时也觉得自己很无辜，无非就是在网上发了几个帖子，怎么就给弄进局里来了。

季浩洋敲了敲桌子："王严，这些帖子都是你发的吧，你为什么要发这些帖子？"

王严吸了吸鼻子，老实地回答："我今天听到新闻里说天和公园发生爆炸案了，然后我在网吧里听到人家在讨论，说感觉和十年前的那个爆炸案很像，然后，我就想在网上发个帖子，没想到，回帖的人居然很多，所以我又到其他论……"

"行了。"季浩然打断他，"那我问你，16号那天早上你在哪里？"

王严想了想，也没明白他们这么问的原因，但还是回答道："那个时候，我、我在网吧啊，15号我通宵了一个晚上，第二天中午的时候我才出网吧的。"

审讯室外，简宁问陆祯："你相信他是炸弹犯吗？"

陆祯叹了口气，已经有了答案，他摇摇头："不是他，炸弹犯一般非常严谨，而且对时间的准确性会特别关注，更不用说这次的炸弹犯了，而这个人的手表时间都是不对的。"

桑雨欣在旁边道："不仅如此，队长，简顾问，我已经查了网吧的监控录像，王严从15号晚上就进了酒吧，到第二天中午十一点才离开的，而炸弹犯是在早上八点给那名路人装上炸弹的，不可能是王严干的。"

刚抓住的嫌犯被证实与炸弹案无关，这就意味着凶手还在逍遥法外，甚至可能已经安排好了下一次爆炸的地点。

所有的队员都彻夜未眠，被陆祯和龚局长强行劝回家的陆爸也只睡了几个小时，警方派出大量警力在全市排查可疑人员。所有人都明白，这个时候每一分每一秒都显得格外重要，时间越接近九点代表的是危险越来越接近。

"喂，妈，嗯，我请了半天假。"苏唯顿了一下，声音清冷，"对，我直接去墓地。我没事，挂了。"他收起手机放在口袋里，另一个手里拎着一个袋子，从商场里走出来。

他低头看了一眼手表，九点过八分，在走过一个垃圾桶旁时，他下意识地偏头看了一眼，但愿今天不会发生爆炸，他心想，便又抬头往前走。

就在这个时候，他余光却瞥见商场旁边的一条小路的拐角处站着一个男人。那男人穿着一身黑色衣服，头上戴着棒球帽，帽檐压得很低，他外套的衣领高高立起，基本挡住了他的脸。苏唯看不到他的表情，却觉得他是在往这里看。

难道？

他低头往垃圾箱里看了一眼，隐约可以看到里面是一个黑色的袋子，但看不出里面是什么，他再偏头看去，那个男人还站在那里。

一瞬间，他做出了决定，从口袋里拿出手机，然后向那个男人的方向走去，越来越近，他的脚步也加快了些，而就在距那个男人十几步的时候，那个男人突然转身走向了小路。

是他，肯定是他！苏唯打了桑雨欣的电话，然后跑了起来追在男人的身后。

男人在前面飞快地跑着，此时电话接通，苏唯冲着电话里喊着："荣景商场，炸弹在商场门口，我正在追赶一个可疑男子。"

"苏唯！"桑雨欣喊了一声，然后马上大声道，"队长，荣景商场，炸弹在那里，苏唯正在追一个可疑男子！"

陆祯听到后马上做出了反应，对方易道："快点通知商场让他们快速疏散门口的人员！马上派警力过去，小桑，时刻和苏唯保持联系。"

通知到了自己的队里，苏唯稍稍放心了些，紧锁着前面的目标，继续追赶。此时，那个男人已经跑到了小路的尽头，而后他往左边跑去。

几步之差，苏唯也赶到了尽头，然后马上左转，那个男人的身影却消失了。

人呢？他紧锁着眉头，继续往前走了几步。

"我在这里呢。"男人的声音从背后响起。

苏唯闻声快速地回头，不料一记重拳打在他的脸上，直接把他打倒在地上。眼镜摔在一边，苏唯眯起眼睛，艰难地喘着气。

下一秒，他听到了眼镜被踩碎的声音和靠近的脚步声。

听到奇怪动静的桑雨欣在电话那头焦急地喊着："苏唯！苏唯！"

7. 背影

季浩然和季浩洋带队到了爆炸现场，而陆祯和简宁先赶去了医院。

抢救室外，桑雨欣焦急地等待着手术的结束，两人赶到那里时，陆祯就看到桑雨欣在门口来回地走着，双手合十放在下巴，完全无措紧张的状态。

"小桑。"陆祯快步走到她旁边，看着她通红的眼睛和脸上的眼泪，拍了拍她的肩膀，低声问，"苏唯的情况怎么样？"

桑雨欣看到他们来了，心里也稍微安定了一些，但苏唯躺在血泊中的样子还是不断地浮现在她的脑海里，刺激着她的神经，眼泪不断地流出："队长，还在手术中，医、医生说情况很危急，队长，好多血，他流了好多的血。"

一旁的简宁揽着她的肩膀，安慰道："小桑，没事的，苏唯会没事的。"

桑雨欣靠在简宁的肩膀上，哽咽着："我知道，我知道，他会没事的。"

　　三个人静静地等待着手术的结束，陆桢站在一边靠在墙壁上，而简宁扶着桑雨欣坐在一边的椅子上，就等着手术室那盏红色的灯暗的那一刻。

　　两个多小时后，手术终于结束。

　　手术室的门一开，三人马上上前，一名医生走了出来，摘下口罩对他们点点头："手术很成功，病人已经脱离了生命危险，不过现在还处于昏迷阶段，但是你们放心，不会有问题。"

　　三人顿时松了口气："谢谢医生。"

　　"谢谢医生。"一直克制着自己情绪的桑雨欣在听到苏唯没事之后一下子泣不成声，简宁就抱着她让她完全发泄出来。

　　从手术室出来，苏唯被转入了重症监护室，陆桢让桑雨欣守在这里等苏唯苏醒，就和简宁去了爆炸现场，毕竟现在最重要的还是抓住炸弹犯。

　　这次的爆炸，因为苏唯的提前预警，加上商场的及时疏散，所以即使最后炸弹还是被引爆了，但并没有造成伤亡，这是万幸。

　　爆炸物仍旧是被放置在垃圾桶里，因为并不是在商场的正门口，所以对商场并没有造成什么损伤，而这个垃圾桶的位置同样是监控的死角，从监控录像中根本看不出是谁放置了这个炸弹。

　　不过，这次，算是有了些发现。

　　陆桢和简宁到了苏唯被捅伤的地点，地上的大量血迹和苏唯破碎的眼镜刺痛了在场的所有人，还好现在他已经脱离了生命危险。

　　季浩然一看他们来了，首先就是询问苏唯的情况："队长，苏唯怎么样了？"

　　陆桢道："手术已经结束了，苏唯脱离生命危险了，现在在重症监护室，我让小桑陪着，醒了会通知我们的。"

　　季浩然也松了一口气："呼，太好了，可吓死我们了。"

陆祯的视线从那摊血迹移开，问已经在这里侦查过的季浩然："现在最重要的就是抓住这个凶手，查到什么有用的线索吗？"

季浩然往身后指去。

"根据现场的情况，可以推断出，原本炸弹犯应该是站在路口那里观察商场前的情况准备引爆炸弹，然后被苏唯追到了这里，就发生了……"季浩然停顿了一下，"队长，虽然垃圾桶那里并没有拍到炸弹犯，但是这一路上却有一个，方易已经在查了，可能会捕捉到炸弹犯的样子。"

陆祯颔首道："好，我们先回局里。"

果然，那个摄像头真的拍到了炸弹犯，虽然只是一个背影，只是一晃而过，但仍然给刑侦队提供了不少的信息。

季浩洋看着画面中闪过的男人背影，大概推测了一下："身高大概一米七五，身材中等。"

"等等，通过这个软件，可以得出更加精准的数据。"方易用鼠标操作了一下，"身高一米七七，鞋码42。"

季浩然点点头，总算是有了进展："不错不错，好歹知道了一些信息。"

这段监控画面又来回倒放了几次，还是看不到脸。

"可惜没有拍到正面，就是侧面也好啊，不过苏唯应该看到过炸弹犯的正面吧。"

"希望他快点苏醒，我们现在不能干等着，下一次爆炸也不远了。"陆祯说完看向一言不发的简宁，"简宁，你有什么看法？"

简宁缓缓开口："我在想一个问题。"

季浩洋马上问："简顾问，什么问题啊？"

所有人都看着简宁，简宁视线平视着前方，开口道："我们一开始的追查方向是不是就是错的。"

错的？所有人都有些惊讶："怎么说？"

简宁继续道："我们现在的搜查对象是余明的崇拜者，为什么我们会这么认为？"

季浩然摸了摸头发道："因为他扬言余明是无辜的，而且是在余明死后十年，他在用这种方式纪念余明，对余明制造的炸弹又这么了解，所以我们认为是崇拜者所为。"

简宁颔首道："对，就是因为这样，所以我们就进入了一个思维定式，因为 B 可能是由 A 产生，所以认为反推过去仍旧是正确的，可这本来就是错误的、不严谨的。"

所有人都在思考简宁的这句话。

简宁继续解释："我们单一地考虑了其中一种可能性，我今天一直在想，为什么始终没有找到一个符合我们锁定对象的人，后来我觉得是我们思路太狭窄了，以至于导致了这种结果。"

方易听了，有些疑惑："可如果炸弹犯不是余明的崇拜者，那他为什么一直在提余明，还到警局来挑衅声称当年抓错了人，无论是炸弹还是放置的地点都在模仿余明呢？"

简宁缓缓道："但如果这就是这次炸弹犯的目的呢？"

"啊？"这倒是他们没有想到的。

"他把我们带入了这种思维定式中，所以我们就开始寻找余明的崇拜者，而恰恰让炸弹犯处于一个非常安全的状态，不是吗？"

听完简宁所说的，季浩然和季浩洋不由得惊呼了一声："这么说很有可能余明就是一个幌子？其实炸弹犯和余明一点关系都没有，也不是余明的崇拜者？"

可简宁却又摇头了："不，并不是没有关系，炸弹犯会选择余明并不是巧合，不是随机，从我们现在掌握的信息来看，他显然对余明非常了解，包括放置炸弹的地点、时间、炸弹的组成，可见他对余明做了很多的研究和调查。"

这下季浩洋更不理解了,转来转去还不是回到了原点:"简顾问,等等,那不还是说明他是余明的崇拜者嘛?"

陆祯这时显然想到了些东西,他否定了季浩洋的说法:"不,不止这一种。"

简宁淡淡道:"对,还有一种可能性。"

8. 罪恶的延续

在场的除了陆祯之外其他人没人能理解,都疑惑地问:"简顾问,到底还有哪种可能性啊?"

简宁没有直接说出来,而是问:"当年余明的爆炸案发生,你们觉得会密切关注这个案子的有哪些人?"

方易道:"警察、媒体和民众。"

简宁颔首道:"但这些民众中又有一群特殊的人,他们是爆炸案直接或者间接的受害者。"

季浩然和季浩洋同时开口叫道:"简顾问你是说,受害者的家人?"

简宁再度点头:"没错,当年的五起爆炸案一共造成近二十一人死亡,五十多人受伤,尤其是那些死者的家属,他们时时刻刻都在关注这个案子的进展。"

季浩洋蹙眉摇头,实在不理解:"这不太合理吧,他们都应该非常憎恨余明才对,毕竟余明害死了他们的亲人,怎么可能其中有人现在开始模仿他的仇人制造炸弹呢?"

简宁缓缓道:"这就是一种非常奇怪的心理,当一个人过度关注一个人的时候,他会去研究那个人,包括那个人所有的资料、说过的话、干过的事以及干这件事的原因，余明被抓之后，有很多心理学家研究过他的心理，甚至他们在监狱里和余明交流过，余明当时有一个理论，他认为自己的行为是在给社会清洗，清洗社会上的人渣，因为他觉得我们生活的周围有各种各样行为不检点的人，只不过他们隐藏得很深，很少有人发现，也许某一位受人尊敬的老师背地里录下自己学生的私密视频在家里观看，可能某一位工作非常认真的男人回到家就不断殴打自己的老婆，可能一位光鲜亮丽正能量的明星，却在家里偷偷吸毒，等等之类的。"

陆祯听完后补充："所以那时候他是随机挑选场所，但是爆炸物都是放在垃圾桶里，因为他觉得被自己炸死的都是垃圾。"

简宁道："对，他觉得真正的好人是不会被炸死的。"

所有人都倒吸一口冷气："天哪，他这是什么理论啊，那二十一个人，他们当时可只是恰好出现在那里啊，怎么就能被他当作是不好的人呢！"他们都没特别关注过余明的信息，更别说是这套理论了，如今听简宁一说，简直是荒唐到了极致！

简宁很理解他们的情绪："余明的理论很偏激，但同时却又很容易影响到别人，如果他只是单纯地放置炸弹造成恐怖威胁，其实是不会有这样的影响力的，问题就在于，他把这个行为施加了这种理论。"当一个人把某种自认为伟大的信念融入在恐怖暴力之中时，势必会产生一批信徒，他们就像被洗脑一般，坚信着这种荒唐的信念，甚至成为了他们的信仰。

季浩洋脑子转了转："所以有人认可了余明的这个理论？好吧，这的确有可能，可是，我还是觉得不应该会发生在被害者的家人身上啊？这也太不合常理了。"

简宁面向他，问道："可如果他死去的家人正好符合余明的理论呢？"

季浩洋惊呼了一声,眼睛瞪大:"啊?就是说他死去的家人正是余明说的那些人,外表看上去非常正直,可实际上却隐藏着别人不知道的那一面,而那一面他恰恰经历着,所以说……"

简宁点头:"对,所以他越对余明进行研究,就越来越赞同余明,他对余明的情绪,也从憎恨变为认同,他的家人是个不那么好的人,甚至可以说是衣冠禽兽,衣冠禽兽被炸死了,正是证明了余明的理论,那么他如果也来做相同的事情呢,他就可以把余明未做完的事继续下去了。"

这不是简单的模仿,而是一种延续。

季浩然和季浩洋一脸三观被毁的表情,这都是什么鬼?

既然确定了新的思路,方易问:"那我们要怎么找到他呢?"

陆祯结合着录像中拍到的背影,提出了大致的推断:"从那三十名死者的男性家属开始寻找,年龄在二十五岁到三十五岁之间,按照时间推算,十年前死亡的应该是他的父亲或是母亲,这样应该能排除很多人了,大家开始搜查吧。"

所有队员开始搜查符合条件的人,陆祯又给在医院的桑雨欣打了电话。

电话接通后,陆祯开口问:"小桑,苏唯的情况怎么样?"

"好,我知道了,一有情况再联系我。"

挂了电话,简宁赶紧问:"怎么样?苏唯还没清醒?"

陆祯叹了口气:"没,但医生说应该就这几个小时的时间了。"

简宁轻轻碰了一下他的手臂:"你放心,如果情况顺利的话,今天应该就能锁定放置炸弹的人了。"

陆祯蹙眉低头沉思着:"是啊,明天就有可能再发生爆炸,如果今天不能抓住他,明天的情况就更加危急了,时间不等人。"毕竟不可能再发生像今天这样侥幸的事情了。

简宁脸面向他，微微蹙眉："不过我担心的是，他有可能会对你下手。"

陆祯指着自己，有些惊讶："我？为什么？"

简宁解释道："当年第四起爆炸是针对你父亲的，那么现在对他产生干扰的人就是你了，你就成了他要铲除的对象了。"

陆祯倒不太在意："没事，只要我们今天抓住他就好了。"

"嗯。"简宁心想但愿如此。

一个多小时后。

季浩然突然激动地大叫起来："队长！简顾问！我好像找到那个人了。"

所有人听到后马上冲到季浩然那里："说说他的资料。"

"宋海春，二十九岁，他的父亲在十年前第二次爆炸案中去世，一年前母亲过世，一个月前被公司辞退，失业在家，现在在本市居住，而且身高体重都很符合。"

陆祯当机立断道："的确很符合，马上去他的家里搜查。"

刑侦队和炸弹组队员到达宋海春现在的住所，家里空无一人，却发现了制造炸弹的工具、化学制品。

果然就像简宁推断的那样，宋海春制造炸弹的工作室里有一个箱子，里面存放着大量的资料，全都是关于余明还有十年前炸弹案的每一个信息。

在这些东西里面，季浩洋发现了一张老照片，他马上给陆祯看："队长，你看，这个照片上的男人是宋海春的父亲宋建翔，但是他旁边的女的却不是宋海春的母亲。"

果然，宋建翔完全符合了余明理论里要清除的那种人。

"宋建翔当时已经有了外遇。浩洋，你让方易查一查，当时和宋建翔一起被炸死或者受伤的人里面有没有这个女的？"

"好。"季浩洋马上给方易打了电话，传了照片过去。果然，这个女的当时就和宋建翔在一起，但是当时的爆炸虽然炸死了宋建翔，这个女的却幸存下来，虽然烧伤严重，但还活着。

这时，炸弹组的组长向陆祯走来，眉头紧锁："陆队，情况不妙，我们在这里发现了两个已经完成的炸弹。"

陆祯一听也明白了他所说情况不妙是什么意思："一共五起爆炸，已经发生了两起，应该还剩下三个炸弹，现在却只有两个。看来宋海春已经拿了一个炸弹走了，他又去安放炸弹了。"

季浩然拍了下脑门："就是说他现在人在外面，而且还携带着一枚炸弹！"

情况相当危机，陆祯道："所以我们得尽快找到他的下落，十年前第三起爆炸案是发生在银行门口。"

季浩然急得跺脚："S市的银行这么多，他会去哪个银行呢？"

"既然这五起爆炸案都是他一开始都计划好了，他肯定会对这些地方考察过，大家现在翻看他房间里所有资料，他可能会把计划写出来。"

万幸的是，宋海春真的在地图上标记了出来，陆祯拿着地图很快就找到那个银行。

"×× 银行 ××× 路支行，马上到那里去，所有人小心行事，不要被他发现，他手上有引爆装置，不然他很可能会马上引爆炸弹。"

为了保证这个行动的安全性，所有人都穿着便衣，没有出动警车，几名警察扮作是捡拾垃圾的环卫工人检查这个银行门口的两个垃圾桶是否有炸弹物，可结果都没有找到任何爆炸物，不过为了安全起见，银行暂时暂停营业。

陆祯坐在车上看着不远处的银行，拧着眉头："看来他还没有放置炸弹。"

而在局里等待消息的简宁不知为何，她心里隐隐有些不安，她有种不好的感觉，似乎要发生什么事了。

现场的所有人都守在自己的位置上随时等待着宋海春的出现，但没有一个人会想到他是这样出现在众人面前的。

9. 人质

"队长！"最先发现宋海春的季浩然用对讲机大喊了一声，"宋海春出现了，而且还挟持了一名女性人质！"

陆祯马上通知下去："各部门注意，嫌犯出现，手上有人质。"

这时对讲机里又传来季浩然的惊呼声："队长，哦，我的天哪，简顾问！"

陆祯一听季浩然在那里叫了一声简顾问，心里一紧："浩然，什么情况？"

季浩然看着不远处的人，一再确定以后对陆祯道："队长，简顾问就是那名人质！宋海春挟持了简顾问！"

"怎么可能？"陆祯打开车门飞快地下车。此时，宋海春已经走到了银行的门口，他拿着一把刀抵在人质的脖子上，而那名年轻的女性就是简宁。

但是，在一开始的震惊过后，冷静下来的陆祯马上就发现了问题，那名人质不是简宁，只是和简宁长得一模一样而已，她们之间的区别仅仅在于，简宁是盲人，而那名人质不是，她的眼睛明显看得见。

陆祯马上稳住队员们的情绪："不是简宁。"

季浩洋傻眼了，瞪眼看了一会儿："啊？不是简顾问？可这长得一样啊。"

陆祯虽然也感觉很疑惑，但是现在情况紧急："先别管这个问题，救下人质要紧，赶紧疏散周围群众。"

宋春海此时已经站在银行门口，他的周围围着警察和警车，紧盯着他，正等待时机救下人质。

宋春海看着把自己包围的警察，突然用手拉开人质的外套，一个炸弹就绑在人质的身上。

"都不要过来，她的身上可绑着炸弹！"

谈判专家在一旁拿着喇叭对他喊道："宋海春，你已经被包围了，不要乱来，引爆炸弹对谁都没有好处。"

他又喊道："让蒋英过来，现在就过来！"

蒋英正是宋海春父亲的情人，因为怕宋海春伤害她，所以已经被警察保护起来。

最后，几个队长商量下来，为了稳住宋海春的情绪，先答应了他的要求，却有一个条件："宋海春，我们可以带蒋英来，但是你现在必须把那位姑娘身上的炸弹拆下来。"

宋海春自然没有答应："呵，你以为我傻吗！我要是把炸弹拆下来，你们就会马上把我抓起来，或者直接把我击毙。"

谈判专家继续道："宋海春，我们已经答应了你的要求，你也应该配合我们，你手上还有刀，所以先把炸弹拆下来。"

宋海春还是坚持："等你们把蒋英带来见我再说，你们再多废话，我现在就直接引爆炸弹，让这里的人渣败类都被炸死。"

为了不激怒他的情绪，他们不再劝说他把炸弹拆下来，谈判专家又问他需要水之类的东西吗，他都不要，显然不想有让人接近的机会。

陆祯在一边观察着宋海春的情况，对下面的警员安排道："先把蒋英带来，但是不要让她靠近这里，不要让宋海春看到她，不然以他现在的状况，在看到蒋英后他很有可能会马上引爆炸弹。"

"好，明白了。"

在等待蒋英过来的间隙，陆祯给简宁打了电话。这个和简宁几乎长得一模一样的女人实在是让他觉得有些奇怪，让他不得不怀疑他们之前在找的女人是不是就是她。

"简宁，你得过来一下了，有一个和你长得一模一样的女人被宋海春当作人质了。"

简宁听完一愣，而后道："好，我马上过去。"

挂了电话，简宁的手微微握紧，该来的终于还是来了。

方易立马开车送简宁到了现场，方易带着她到自家队长旁边，然后透过缝隙看到了里面的人质，也是惊讶万分。

"天哪，一模一样，简直是欺负我脸盲。"

简宁看不见，只能问他们："真的和我长得很像？"

陆祯道："嗯，看上去几乎一样。"

简宁此时几乎可以确定："很有可能就是我们一直在找的那个女人了。"那个女人到底和她是什么关系，也许马上就能知道了。

陆祯抓了下头发："如果真是这样，那她可是每一个案子都参与进来了。从一开始的校园自杀案到现在成了炸弹犯的人质，她到底有着什么样目的？"

虽然简宁也很想马上知道，但现在……

"这个先等救下她之后再说，目前是什么情况了？"

陆祯向她大致说明了情况："宋海春要见他父亲的情人，蒋英，就是在十年前爆炸中受伤的人，现在已经在来的路上了。"

简宁点点头，心下有些不安，不仅仅是担心眼前这个女人出意外，而是如果她就是控制着几个凶手的人，很有可能宋海春现在也被她控制着，那情况就比普通的挟持人质案更加复杂了。

"我要下车。"

"不行，太危险了！那个女人可能就是要你的命！已经有谈判专家了，蒋英就在来的路上。"

简宁摇摇头，眉头紧锁："没这么简单，我必须确保那个女人没事并且抓到她。"这个女人身上存在着太多的疑点和不确定性，现在的情况也几乎可以确定在她的掌控之中，能否从被动转换为主动就看这一次了。

看到简宁如此坚决，陆祯没有再阻拦，但自然不会让她一个人身处危险，他当即决定："我陪你一起下去。"

"陆祯，你在后方……"

"你觉得我会让你一个人吗？"陆祯下了车，在简宁下车的下一秒扶住了她的手臂，然后向下牵住了她的手，"走吧。"

陆祯和简宁并肩走到了离他们最近的位置，简宁开口叫了他："宋海春。"

宋海春听到声音便看向简宁的方向，在看到她的容貌后，脸上是克制不住的震惊，他低头看着被他挟持的女人的侧脸："你、你！你们……"

"宋海春，我来换她做你的人质。"

正准备说这句话的简宁一瞬间蒙了，因为陆祯先于她喊了出来。

简宁语气焦急："陆祯！"

陆祯并没有看简宁，先脱了自己的外套，又把身上的配枪交给了身后的警员，他转回身向宋海春举起了自己的双手："宋海春，我现在身上没有任何武器。"

"不要，你们不要跟我耍什么花招！"

"不是耍花招，我是刑侦队的队长，他们都听我的命令，我做你的人质，你才更有保障能见到蒋英，你不是想见到她吗？"

宋海春这次没有强硬地拒绝，陆祯知道他在犹豫。

可就在这个时候，方易拿着手机神色慌张地冲了过来，压低声音道："队长，不好了，出车祸了，蒋英死了！"

"什么？"陆祯转过头，控制着自己的表情。

"蒋英死了？"然而这句话却不是出自陆祯或是简宁之口。

陆祯瞪大眼睛快速转头看向宋海春，在那里的宋海春又叫了起来，异常激动："蒋英是不是死了？"

"他怎么会知道的？"方易彻底震惊了，车祸是刚刚发生的，死亡消息也是刚刚传来的，除了他们几个人根本不会有其他人会知道。

突然的变化让所有人都措手不及，陆祯知道情况不对后立即给了狙击手一个手势，然而让众人出乎意料的是，宋海春大笑起来："哈哈哈，蒋英死了，这个该死的女人终于死了！"他松开了被挟持者，就在狙击手准备射击时，他猛然挥刀狠狠刺向了自己的胸口。

陆祯冲了过去，却已经阻止不了宋海春的自杀行为，只能夺下了炸弹启动器。宋海春倒在地上睁着眼睛身体抽搐着，血从他的嘴角流出，他的呼吸越来越弱，没多久就丝毫没有了动静。

宋海春死了。

紧跟着陆祯而来的拆弹人员将绑在那个女人身上的炸弹拆了下来，陆祯的视线也转向了她，这么近距离地看到她的外貌，也几乎看不出和简宁的差别。

"你……"陆祯刚想开口，原本面色平静的女人却突然露出了震惊而惊恐的表情，陆祯觉得哪里不对劲时，女人的嘴角溢出了血。

"你！"原本蹲着的陆祯一下子站了起来，"你服毒了？"

女人睁大着眼睛看着陆祯，张了张嘴，却只有血涌了出来，她发不出任何的声音，她用手捂着自己的脖子，跪坐在地。

陆祯一把扶住她的身体，一边向外喊着："医生！医生呢？！"

女人伸出另一只手抓住了陆祯的衣服，用尽力气扯了下，陆祯低头看着她，她的嘴巴一张一合，似乎想告诉他什么，几秒后，她闭上了眼睛。

等急救人员赶到时，女人已经没有了心跳。

10. 陷害

当简宁走到陆祯身边时，他还站在原地，看着地上未干的血迹，他的衣服和手上也沾了血。

"她死了，她服了毒，为什么？"

这个女人分明就是这么多案子的幕后黑手，她隐藏了这么久，突然出现在他们眼前难道就为了自杀吗？

简宁："她的表情怎么样？"

"痛苦，还有震惊，对！"陆祯略有些激动，"简宁，她很震惊！"

简宁听后若有所思："那她有说什么吗？"

"她好像想说什么，但是发不出声音。"陆祯努力回想着刚才那个女人的口型，"她好像说了两个字。"

简宁摇了摇头："她应该不是自杀，如果是她自己服毒是不会出现震惊的表情的，她分明是没有料到。"

"那就是有人下毒害她，会是谁呢？"

简宁微微蹙眉，心里有些不安："不想她被我们抓到的人。"

陆祯等人回了局里，等待那个女人的尸检报告、查明她的身份，最重要的是她与简宁的关系。

尸检结果没有意外，死因是中毒，却不是常见的毒物，而是蜘蛛的毒液，而经过 DNA 检测发现，她与简宁也没有任何的血缘关系，经过法医鉴定，她们外貌几乎一致的原因是那个女人整容了，就意味着她整成了简宁的模样。

"怪不得，我就想怎么会和简顾问这么像，原来是整容啊。"

"可是，她为什么……"所有人都齐齐看向了简宁，一个人整容成了和你一模一样的人，不管是出于什么目的，这种事细想起来简直让人毛骨悚然。

季浩洋马上转换了话题："不过，不管怎么说，我们总算是抓到了她这个幕后推手。"

"不是抓到。"陆祯纠正了季浩洋的说法，"只是她在我们面前死了而已，而且她死得蹊跷。"

季浩洋听了无比惊讶："哎？队长，难道不是畏罪自杀吗？"

陆祯锁眉不展："事情没这么简单，之前她谋划了这么久，不可能是为了出现在我们面前自杀的，她更像是被毒害的，首先我们还是要查到她的真实身份，季浩然，她的随身物品呢？"

季浩然摇了摇头："没有，别说身份证了，连手机都没有。"这就意味着可以查到那个女人的一点线索都没有。

"那就先从宋海春开始查起，查清楚他今天的行踪，找出他是在何时何地劫持了那个女人的。"

"是，队长。"

没多久后，简宁接到了韩磊的电话，刚接通，韩磊就直接道："简宁，张昊自杀了。"

听到这个消息，简宁很是意外，焦急地问："什么？抢救过来了吗？"

"幸好发现得及时，已经脱离生命危险了。"

"在哪家医院？我马上过去。"

陆祯见简宁脸色不对，担忧地问："怎么了？出事了？"

简宁神色焦急："张昊自杀了，就在苏唯住的医院，我过去一趟。"

"那我送你过去。"

简宁摇摇头："不用了，你继续查，我打车过去就好。"

陆祯没坚持送她过去，但还是陪着她出了警局，帮她拦了一辆出租车，看着她上车后才回了队里。

一进办公室，他发现他们都围在方易身后，脸上的表情都带着一些惊讶。陆祯拧着眉头走了过去："怎么了？查到什么了？"

季浩然抬起头看着他，表情变得有些复杂："队长，方易查到宋海春是在哪儿劫持的那个女人了。"

"哪里？"

季浩然抿了抿嘴："简顾问的家里。"

简宁在医院门口下了车，就听到了韩磊的声音。

"简宁。"

两人往医院里走："张昊现在情况怎么样？"

韩磊带着她往楼梯通道走："已经醒了，他一个人在家吞了安眠药，幸好他家人发现了。案子有进展了吗？"

简宁摇头道："还没有，但他们还在查。"

看完张昊之后，简宁联系了桑雨欣，万幸的是苏唯已经醒了。

苏唯躺在病床上，脸色依旧有些苍白，看到简宁后便问："炸弹犯抓到了吗？"

"他死了，自杀。"简宁把大概的情况告诉了他们，包括那个女人的死亡。

桑雨欣听后很是吃惊，根本没想到事情会发展成这样。

"天哪，怎么会这样？她居然死了，简顾问，需不需要我回队里？"

简宁拍拍她的手道："不用，你现在的任务就是好好陪着苏唯，其他的我们会查清楚的。"

桑雨欣送简宁出了医院，却看到了匆匆赶来的陆祯。

"嗯？队长也来了？"

简宁自然是诧异，心想难道是出了什么事吗？

陆祯走到她们面前，先看向了桑雨欣。

"小桑，苏唯情况怎么样？"

"已经醒了，他没有什么问题。"

"那就好，你好好照顾他，我下次再来看他。"陆祯说完将视线移向简宁，表情严肃起来，"简宁，走吧，有事和你说。"

桑雨欣回医院后，简宁开口问陆祯："你们是查到什么了吗？"

陆祯颔首道："嗯，那个女人是在你家里被宋海春挟持的。"

"我家里？"简宁知道后倒不是很意外。

"没错，你家里离那个银行很近，那个蜘蛛毒素的毒发时间大约是半小时左右。"

简宁顿时明白了："所以按照时间来推断，那个女人是在我家里被下的毒。"

"而且你家里还有一个快递箱，里面是一个发夹，是那个女人放的。"简宁没有表现出焦急，但陆祯却激动起来，"虽然是这样，可你没有嫌疑啊，这段时间你都没有回去过。"他担心简宁会被当作嫌疑人。

简宁并没有在意这一点，而是道："问题不在这儿，我想我知道那个女人的作用了。"

"什么？"陆祯有种不好的感觉。

简宁缓缓道："陷害我。"

卷　六

简　宁

1. 苯基乙胺

"陷害你？为什么？"

简宁摇了摇头："还不清楚，但是陆祯，从现在开始，我不能再做刑侦队的顾问了。"

"为什么？"听到简宁这么说，陆祯显得比刚才更为激动。

简宁语气平静地道："因为目前我是最大的嫌疑人。"

"你让我把你当作嫌疑人？"陆祯激动得控制不住自己的音量，发现有路人看过来后，才压低了声音，"简宁，我怎么可能办得到，再说你觉得我、我们会不相信你吗？"

简宁浅笑了一下，缓缓开口："我知道你们相信我，所以比起别人追查这件事你们更合适，而且如果我继续待在刑侦队，那你们就没法真正地证明我的清白，因为所有的调查过程我都会参与，你们没法排除我是否动过什么手脚。"

简宁说得很有道理，理智上陆祯也知道这样最好，但从感情上，他不想让简宁受到任何的怀疑和委屈。

陆祯撇撇嘴，满脸的郁闷："所以我们暂时见不上面了？"他的第一个关注点就在这上面。

简宁笑意更深："怎么会？别忘了我是嫌疑人啊。"

"哎？"明明是紧张甚至有些无奈的话题，陆祯却被简宁这句话逗笑了，他伸出手握住了她的手，看向了她漆黑而独特的眼睛，"是啊，我怎么没想到呢，我是警察，你是嫌疑人。"

陆祯没有松手，就这么牵着简宁的手往车那边走，而这一次，简宁却没有挣脱。

陆祯有些意外又有些惊喜，心想简宁是习惯了吗？

正想着，简宁突然开了口："我突然觉得你之前编的那句话挺有道理的。"

"哪句话？"

简宁几乎一字不差地说了一遍："异性之间适当的身体接触可以增加人的愉悦感，而且根据你的身体和心理上的感受可以判断你是否对对方有意。"

陆祯的心跳有些加速，他有些期待地看着简宁："你的意思是？"

简宁微微挑眉，浅笑着道："我现在大脑分泌的物质应该就是PEA了。"

"PEA？"这下他不懂了。

简宁说了全称："苯基乙胺。"

然而陆祯还是一脸茫然："简宁，你再说明白点啊。"

简宁停了下来，叹了口气："直白点说就是——我喜欢你。"

把简宁先送回家的陆祯又回了队里，离开时还愁眉不展的陆队长再度进办公室时，脸上就像是写了四个字"我很开心"，他哼着歌往里走，虽然自己也不知道是什么曲子。

季浩然知道，陆祯一哼歌必有高兴事，便问："队长，有什么好事吗？"

陆祯嘴角一扬，丝毫藏不住话的他直接说了出来："简宁答应我的表白了。"

"真的啊？"三个人的脸上都是将信将疑的表情。

陆祯双手环胸，一副得意模样："当然是真的了，想想你们队长是谁，一出手就搞定。"

季浩然在心里吐槽也不知道是谁搞定谁呢。

"可队长你不是情人节表白的吗？看来简顾问考虑了很久啊。"

"……"被拆穿的陆祯很没面子，辩解，"什么很久？也没几天好不好！"

季浩洋还有方易在电脑后面偷笑。

发现扯得太远的陆祯赶紧拉回到案子上，脸上的笑容也消失了。

"对了，有件事情要跟你们说一声，简宁从今天开始就不再是这里的顾问了。"

"简顾问要调职？"所有人都震惊地看着陆祯。

陆祯颔首道："不是调职，是暂停工作。她怀疑那个女人之前所做的所有事情都是为了陷害她，作为当事方要避嫌，所以我们要尽快查清楚真相。"

方易推了推眼镜，愁眉不展道："可队长，现在还是没查到那个女人的身份，通话记录包括地址，我们获得的信息很少。"

"她之前给简宁寄的东西不可能是毫无意义的。"陆祯让季浩洋去了物证科把那些快递箱拿了过来。五个案子都收到了一份东西，分别是枯萎的玫瑰花、一辆汽车模型、一本小说书、一个杯子和一个发夹。

"到底送这些东西有什么意义呢？"

安排队员们继续排查其他的线索，陆祯把五个快递箱搬到了自己的办公桌上，将那四样东西上所能表达的所有信息都写在了纸上，然后开始做各种演算，既然她的目的就是为了陷害简宁，那么她必定会准备一些证据。

可写了好几张纸，陆祯还是没搞明白其中隐藏的信息，他扔下笔，把纸揉成团扔进垃圾桶里，揉着眉头走出了办公室。

陆祯叉腰看着他们："怎么样？有新的进展吗？"

方易摘下眼镜揉了揉眉心，摇头道："还是没有一点线索。"

季浩洋放下手里的文件，站了起来："队长，其实我觉得我们不用查下去啊，那个女人已经死了，如果那个女人的目的就是陷害简顾问的话，那继续查下去，我们查到的肯定就是对简顾问不利的证据。"

陆祯却不这么认为："当然得查，那个女人虽然之前是那五桩案子的幕后推手，但是她现在死了，不是自杀，而是他杀，所以她是被害者，而我们的职责就是找出凶手。"

"队长说得对。"季浩然深表赞同，"那寄给简顾问的东西查出什么了吗？"

"没有。"

"说不定那些东西毫无意义呢？"季浩洋心想或许就是那个女人故意用来迷惑他们的，或者只是随意挑了东西寄给了简顾问。

"没有意义为什么要寄给简……"陆祯突然整个人顿住了，随后像想到了什么，低着头自言自语，"没有意义……对啊，如果东西本身是没有意义的呢？"他猛地一拍手。

下一秒，陆祯留下不明所以的队员们，转身疾走回了办公室，他把那五件东西扔在一边，反而拿起了那五个快递箱。

快递箱上唯一贴着的就是快递单，陆祯仔细看着快递单上每一个内容，最终发现了一个问题：

快递单号。

五个快递单号的前 11 位都是一样的，除了最后一位。

陆祯把那 11 个数字写在纸上：71152591221，他开始尝试把数字转换成英文字母，试了几次后，他找到了正确的解密方式。

7/1/15/25/9/12/21，转换成英文字母就是：GAOYILU，也就是高逸路，而每个快递单号最后一位按照收到的顺序排列便是门牌号：0279。

高逸路 279 号！

独自在家的简宁脸上的表情并没有在陆祯面前表现得那么轻松，虽然已经知道了那个女人的目的，她也已经死亡，但她被毒杀的背后却又显现出另一个问题——她的背后还有一个人。

对于那个女人的信息，他们了解得尚且不多，更不用说是她身后的人了，她不过是一枚棋子，如今更可以说是弃子，而那个还在暗处的人才是最大的麻烦。

简宁正思索着对策，手机响了。她接了起来，手机里传出了宋教授的声音："简宁，方便接电话吗？"

"宋教授，我在家，您说。"

"是这样的，有事要麻烦你，本来下午有一堂我的课，可我有急事要去趟外地，实在没办法，你能不能去学校再帮我代上一节课？"因为之前也有过一次。

大学时宋教授对她特别照顾，简宁没有犹豫便一口答应了："可以啊，是几点的课？"

"三点四十，麻烦你了简宁。"

"没事的，宋教授。"

简宁挂了电话，听了下现在的时间，准备了一下便出了门，在门口拦下了一辆出租车。

司机是个年轻的男人，等她上了车便问："小姐去哪儿？"

简宁报了学校的地址。

四十分钟后，出租车停了下来，简宁问了一声："到了吗？"

"到了。"

简宁付了钱开车门下了车，周围一片安静，接着她听到了驾驶座开门的声音。

中计了。

2. 塑造

她听到男人慢慢靠近，将身体转向他，她开口道："不用打晕我，我会跟你走。"

男人挥起棒子的动作停住了，他看着简宁有些迟疑，怕她会跑。

简宁听到他停下了动作，便继续道："这里这么偏僻，我是个盲人而且没有武器，你有什么好担心的？"

男人放下了棒子，厉声道："把你手机给我。"

简宁从包里拿出手机直接递给了他，语气平静地问："可以了吗？"

"走！"

简宁很清楚自己走到了一个地下室，然而她没有感觉到里面的潮湿和异味。男人把她带到了一个房间里，让她在一把椅子上坐下，然后他一句话也没说，转身离开时锁了房门。

简宁静静地坐着，轻轻跺了几下脚，便可以测算出这个自己所处房间的大致大小，房间并不大，没有窗户，周围很安静。

"简宁。"

宋教授的声音从安装在房间里的设备中响起，但其实之前给她打电话包括现在和她说话的都不是宋教授，她下车的一瞬间就明白了，只因为宋教授之前让她代过课，她便放松了警惕。

事到如今，简宁直接拆穿了他："你不是宋教授。"

"那你觉得我是谁？"

"韩磊。"她没有丝毫迟疑地叫出了他的名字，语气里透着一分苦涩。

简宁说完后房间里安静了数秒，然后男人富有磁性的嗓音在房间里响起："为什么会猜出是我？"

"因为只能是你。"

韩磊饶有兴致地问简宁："哦？为什么？"

"这世上除了我自己之外，没有一个人比你更了解我。"

韩磊没有说话，只有低笑声传出。

"为什么？"这次轮到了简宁提问。

韩磊的声音中始终带着些许笑意："你猜呢？我做了什么？"

"你让那个女人整容成了我的样子，模仿我的声音和举止，诱导别人犯罪，然后嫁祸给我。你利用完她之后，她便成了弃子，于是你毒死了她，为了完成对我的陷害。"简宁顿了一下，放慢了语速，一字一字地道，"你想毁了我，韩磊，我想知道为什么。"

韩磊却否认了："不，不，我怎么会毁了你？我只是在塑造你。"

简宁冷笑着道："把我塑造成一个罪犯吗？"

韩磊的声音低沉，缓缓开口："简宁，因为我一个人太孤独了，太无聊了。"

简宁轻呵了一声："所以你想把我拉下水，为什么是我？"

韩磊把简宁说的话还给了她："只能是你。"

"韩磊，你有一份很好的职业。"

"职业？"韩磊却不认同她的说法，"心理学不是一份职业，它是一种手段，让你知道怎么接近目标，怎么取得信任，怎么毁灭目标，你说呢？"

简宁的脑子里突然闪过了一些事："我们上大二时，有一个学姐的尸体在学校的河边发现，至今没有找到凶手，那是不是你干的？"

韩磊不承认也不否认，只是轻笑了一下。

这声轻笑让简宁确定了，于是她继续问："大三时，刚上大一的一个学妹失踪后两年才在学校附近挖出她的尸体，关节全被打断，也是你做的？"

韩磊依旧没有说话，只是沉默着。

他的沉默让简宁觉得心惊："恐怕不止这些吧。"

韩磊却转移了话题："当刑侦队找到那个房子之后，也会发现你做的不止他们知道的那些。"

"但他们相信我。"简宁语气坚定，她就是这么相信这点。

"你觉得警察是相信证据还是相信一个和他们相处了半年的女人呢？"韩磊顿了一下，继续道，"我既然能让警察查不到我身上任何的问题，我就有能力让他们相信你是一个畏罪潜逃的罪犯。"

简宁听后也只是轻笑，并不在意。

"陆祯，对了，你们在一起了，那又如何？他是刑侦队队长，你觉得他还会来找你吗？"

简宁微微抬起下巴，自信而淡然地道："就像你说的，他是警察，而我是嫌疑人，那他就一定会找到我。"

3. 被调查

"简宁，你不觉得现在的你，比起他，我才是更好的选择吗？"

简宁拒绝得很坚决："你从来都不是更好的选择。"

韩磊听后没有恼："别这么急着做决定，简宁，我可以给你一个小时来考虑。"

简宁依旧道："我不用考虑。"

"是吗？跟我一起走，我帮你解决一切问题，离开这里，不然你要背负的可就是连环杀人魔的罪名了，被所有人唾弃谩骂，你是承受不了的，而且你们永远也抓不到我。"

简宁微微抬起头："谁知道呢？任何事情只要发生了必定有迹可循，你也一样。"

房间里安静了数秒，韩磊冰冷低沉的声音才响起："我突然想到，其实还有一种选择，我现在就杀了你，没有人会知道，或许他们会在几年之后在某个地方挖到你的尸体。"

面对着这样的威胁，简宁并没有害怕，她莞尔一笑，语气轻松地道："我想我会从张昊女朋友的失踪案开始查，想试试看吗？最后是我背负罪名还是你被抓入狱。"

简宁没有等到回复，而是听到了开门的声音。

不是之前她进来的那扇门，是在她的身后。

黑色的皮鞋在瓷砖上发出声响，沉稳的脚步声一点一点地靠近，最后停在她的背后。

"好啊。"韩磊的声音就在她的耳边响起，一双手覆盖在她的眼睛上，慢慢用力将她的头向后按去，直到靠在他的身上。

韩磊笑了，声音却是如同地狱一般冰冷："简宁，你知道吗？那些女人中大部分都是自杀，你要知道，比死亡更痛苦的是绝望。"

在刑侦队办公室，已经一个多小时联系不上简宁的陆祯焦急地道："方易，追踪到那辆出租车了吗？"

"没有，手机我也追踪不到……等等……有信号了！队长，有信号了！"

几乎在同时，陆祯的手机响了，看到屏幕上显示的名字，他拿起手机的手都是颤抖着的。

一接起电话，陆祯就喊道："简宁？"

"陆祯。"

听到简宁的声音，陆祯悬着的心总算放了下来："简宁，你没事吧？"

"我没事，我现在一个人。"

"不要挂电话，等我来，我马上来接你，一定不要挂电话。"陆祯反复地重复着不要挂电话这句话，在看到她之前，他想一直听到她的声音，他不想简宁再发生任何事情了。

"好。"

陆祯回头喊道："季浩然，走！"

半个多小时后，坐在副驾驶座上的陆祯看到了在路边站着的简宁。

"简宁，我看到你了。"

季浩然把车停在简宁旁边，陆祯一等车停下，解开安全带开了门，下车后几乎没等站稳就抱住了还拿着手机的简宁："你没事就好。"

第一次被人这样抱住的简宁一开始有些蒙，谁知道陆祯越抱越紧，她的脸埋在他的胸口，渐渐有些喘不上气了。她抿了抿嘴："陆祯，行了，你再抱我要被你憋死了。"

陆祯也没抱人的经验，一听她这样说赶紧松开，但是改为拉住她的手。

一同来的警员搜查了简宁被带去的地下室，里面自然没了人，也没有找到任何有价值的线索。

知道是韩磊之后，季浩然简直觉得不可思议："简顾问，真的是韩磊啊？看着一副正人君子的模样，真是想也没想到啊。"他心想要不是陆祯是他队长，那时候他都觉得韩磊和简宁很般配呢。

陆祯重重地哼了一声，激动地道："我早就说过了，我看他不顺眼，正人君子？分明是一副衣冠禽兽的样子！"

季浩洋瞥着他，直接拆穿了他："队长，你看他不顺眼完全是因为简顾问啊。"

"去！"陆祯瞪了他一眼，"那是我作为刑侦队队长敏锐的侦查力好不好？"

季浩然撇撇嘴，心想那是你的嫉妒心好不好。

简宁紧拧着眉头，表情并不像在地下室时那么轻松淡定。

"可我和他认识这么多年，我却一点都没感觉到。"

陆祯马上道："那是因为他隐藏得好，他本身也是学心理学的，又是测谎师，自然懂得不被人发现了。"

"等等，这么想来，当时那个女人最后叫的好像就是韩磊。"他回忆起那一幕，那个女人的口型，越想越觉得是这样，她觉得自己被背叛了，于是想要告诉他们，只不过当时陆祯并没有看懂。

"所以他到底杀了多少人啊？"

简宁叹了口气道："就我目前知道的是三个人，还有还生死不明的顾婷，但远远不止这些，现在可以确定的是他杀的全是女性。"

听到顾婷的名字，陆祯震惊地道："等等，顾婷是他绑架的？可之前他不是还让你给张昊做心理辅导吗？"

简宁淡淡道："张昊自杀了不是吗？"

陆祯觉得心惊："你是说，这都是他计划好的？"

简宁点点头，嘴角溢出一抹冷笑："顾婷的案子也是他从一开始就打算嫁祸给我的，绑架了一个男人的女朋友，然后充当那个男人的心理辅导师，逼迫他自杀，韩磊就想把我塑造成这样的人。"

季浩然感叹着："天哪，怪不得那个房子里……"

简宁已经猜到了："房子里都是我和那个女人策划案子杀人的证据吧？"

"嗯。"

简宁已经有了打算："找到韩磊杀人的证据只能从顾婷的失踪案开始查，这应该是最近的一个案子。"

想到韩磊的手段，加上已经过了这么长时间。

"顾婷是不是很有可能已经死了？"

简宁却很确定地道："她还活着。"

"她还活着？"

简宁点点头，向他们说明了自己会这样认为的原因："我提到她的时候，韩磊语气中带着兴奋，还有一点紧张，这对他来说太不正常了，所以说顾婷还活着，而且她已经逃出来了。"

"逃出来了？那为什么现在还没有她的消息，她应该就在 S 市啊。"

简宁："韩磊最先摧毁的不是她的身体，而是她的精神，所以她现在肯定是精神已经错乱。"

陆祯蹙眉："那韩磊肯定也在找她，我们必须要在他之前找到她！"

三人回到队里，顾婷的案子也归为刑侦队查办。

可用的线索依旧很少，就像韩磊之前说的那样，他笃定了他们找不到证据。

　　然而还没找到新的线索，其他警局的警察就找上了门，为的是几年前简宁上大学时发生的那两起凶杀案。

　　金队长对简宁道："希望简小姐可以配合我们调查。"

　　陆祯挡在简宁面前，明摆着不想让他们带走她："是配合你们调查还是你们认定她有作案嫌疑？"

　　金队长自然也不是没有准备就来了："我们目前已经掌握了一些证据，希望陆队长能理解。"

　　简宁已经猜到会发生这样的事情："没事的陆祯，我跟你们走。"

　　简宁都这么决定了，陆祯也不好再多说："如果有什么情况希望金队长能及时告知我们。"

　　警车开了四十分钟，简宁被带到了金队长所属警局的审讯室，简宁坐在椅子上，还有警员给她拿来了热水。

　　"谢谢。"

　　金队长走进审讯室，在她的对面坐下："简小姐，你是天易大学毕业的是吗？"

　　"对。"

　　"那你认识周佳和汪蔓蔓这两个人吗？"

　　简宁如实告知："我知道她们的名字，在她们被害后知道的。"

　　"所以你否认在她们死亡前认识她们？"

　　"对。"

　　"可我们有证据表明，你之前就认识她们，和她们有过接触。"

　　简宁抬眼开口："什么证据？"

　　"周佳之前未找到的日记本里记录了她曾经找你做过心理咨询，就在她被害前一个月，而汪蔓蔓，之前她朋友说她曾经提过交了一个新朋友，是心理学专业的，同样也是在她被害前一个月左右。"

　　简宁很清楚，这些自然都是韩磊捏造的。

"学心理学专业的不止我一个人。"

金队长："但我们认为周佳和汪蔓蔓是被同一人所杀。"

"我可以很明确地告诉你，我不认识她们，日记本是伪造的。而除此之外，你们没有确凿的证据证明人是我杀的。"

金队长看着她厉声道："我们总会找到证据的。"

简宁没再说什么，而是突然问："对了，韩磊在吗？"

金队长诧异地看着她："什么？"

简宁轻笑："他不在吗？毕竟他是提供线索的人。"

"你等等。"金队长深深地看了她一眼，起身往外走去。

金队长离开后不久，审讯室的门再度打开，穿着西装的韩磊走了进来，他在简宁的对面坐下，两手合十放在桌子上："我之前在这里给他们做过测谎方面的培训，所以能让我见你一面。"

简宁只是轻笑了一下，带着一丝不屑。

见她没有说话，韩磊继续道："现在的确是没有确凿的证据能证明你杀了人，但谁知道呢？证据可是能一点一点挖出来的。"

简宁冷冷地开口："这句话同样送给你。"

韩磊叹了口气，微微歪着头看着她："简宁，你后悔吗，做出这样的选择？"

"不后悔。"

韩磊身体前倾，更仔细地看着她的脸。

"你的表情可不是这样告诉我的。"

"我是后悔把你当了这么多年的朋友，却没有看穿你是怎样的人。"

韩磊缓缓笑了起来。

简宁跟着笑了，声音却是冰冷："你也会后悔的。"

韩磊饶有兴趣地问："哦？后悔什么？"

"后悔陷害了我。"

韩磊静静地看着她，压低了声音："简宁，你知道吗？你应该庆幸你现在在这里，不然……"还会有更多的受害者。

4. 玻璃罐

因为没有直接能证明简宁和这两起谋杀案有关的证据，在审问之后，简宁被送了回去。

简宁一进办公室，原本在小办公室的陆祯一下子冲了出来："简宁，你没事吧？他们没为难你吧？"

"没有，韩磊虽然捏造了一些线索，但是没法证明我杀了人。"

陆祯恶狠狠地骂着："变态啊！他是准备把他杀的人全都陷害给你吗？"

就在这时，季浩洋大叫着跑了进来："队长！找到顾婷了！"

陆祯："找到顾婷了？人在哪儿？"

"在第六医院，今天凌晨被路人送进去的，人虽然抢救过来了，但情况很不好。"

陆祯和简宁马上去了第六医院，顾婷还在昏迷中。

陆祯从医生那儿走到简宁身边，脸色铁青，身侧的双手紧紧握成拳，他在简宁旁边的位子坐下，长长喘着气，在克制自己的情绪。

简宁听到他坐下的声音后便问："顾婷怎么样？"

"她、她……"

简宁伸出手握住了陆祯气得已经发抖的手。

"她的十根手指全……全都被割掉了，还有她的喉咙被灌了硫酸，再也没法说话了。"陆祯说完双眼发红，咬牙切齿地叫着他的名字，"韩磊，这个畜生！"他的左手重重地砸向一边的墙壁。

简宁一时间说不出话来，她想起韩磊跟她说过的话："你知道吗？那些女人中大部分是自杀。"他只会折磨她们，摧毁她们的精神和肉体，让她们承受不住后自杀，他让她们真正体会到了比死亡更加痛苦的事情，生不如死。

"通知她家人了吗？"

陆祯麻木地点了点头："桑雨欣去她家里了。"

"张昊那边先缓一缓，他的身体还没恢复。"

"嗯。"陆祯沉默了一会儿，再开口时声音带着浓浓的愤怒和不甘，"简宁，明明我们都知道是韩磊干的，明明就是他，可、可我们居然还是抓不了他！"

"会有办法的，韩磊之前或许没有破绽，但他现在想陷害我，就会做越多的事，也就越容易出错。"

听完简宁所说，陆祯偏头看着她，反手握住了她的手。

两人在医院等了半个多小时，顾婷还没苏醒，然而金队长却带人来了医院。

看到他的同时，陆祯一下子就站了起来，挡在了简宁身前："金队长，又有什么事吗？"

金队长的表情严肃，比之前还要显得冷峻："简小姐，跟我们走一趟吧，对了，陆队长也跟我们一同去吧。"

陆祯拧了眉头，心里有一种强烈的不安感，不过他们让他陪着简宁一起去，这让他稍微安心了一些。

陆祯和简宁出了医院上了警车，然而目的地并不是警局。此时已是深夜，路上的车本就少，又开了快半个小时，周围几乎没有了车和行人。

陆祯看着车外陌生的环境："金队长，这是要去哪儿？"

金队长仍然没有明说，只是指了指前方："就在前面，不远了。"

又开了五分钟，警车终于停了下来，陆祯发现有几辆警车停在周围，借着路灯和车灯，他看到了一个工厂。

工厂里发现了尸体，这是陆祯的第一反应，而金队长让简宁来，那么……又是韩磊。

陆祯紧握着拳头，紧抿着嘴唇跟在金队长身后往工厂里走，周围在勘察的警察看到他们投来了视线，他们看着简宁，脸上满是痛恶的表情。

简宁看不见，但陆祯却看得一清二楚，他们把简宁当作了凶手，一个连环杀人狂。

陆祯咬着牙才忍住，他只是默默牵住了简宁的手。

工厂里开着灯，陆祯被强光刺了一下眼睛，眯了一下再睁开便看到了在中央的东西。

眼前所看到的让他猛地睁大了眼睛，他握着简宁的手一下子捏紧，心脏猛地抽动了一下，一瞬间他的喉咙像被堵住一样，说不出话来。

工厂的中央放着十个玻璃罐，里面盛放着透明的溶液，而在罐中装着的是人，都是已经死亡的女人。

九具女性的尸体，除了最后一个罐里是空的。

金队长站在陆祯旁边，指着那些玻璃罐："陆队长，看到了吗？九具女性的尸体，她们每个人都被割掉了一个器官，就和现在躺在医院昏迷的顾婷一样！如果顾婷没有逃出来，她现在就在这最后一个玻璃罐里！"

陆祯扭头拧着眉头看着他："你们现在是觉得这些死者都是简宁杀的？"

金队长厉声道："我们在玻璃罐上采集到了她的指纹，上面只有她一个人的指纹。"

陆祯气愤地喘着气，激动地道："她是被陷害的，杀死她们的人是韩磊！"

听到韩磊的名字，金队长拧了眉头，厉声道："陆队长，我们办案靠的是证据。"

陆祯瞪向他，也抬高了声音："我会给你证据。"

在他们身后的简宁突然开了口："最后一个玻璃罐不是给顾婷准备的。"

金队长回头看着她，冷声道："那你是给谁准备的？"

简宁面无表情地道："是他给我准备的。"

5. 绝望

金队长要将简宁再度带回警局进行审讯，陆祯自是不愿，却也不可能直接强行带简宁走。金队长派人把他送了回去，陆祯双手叉着口袋一步一步极慢地爬着楼梯到了六楼，想到简宁原本应该在审讯室审讯嫌疑人，可现在却被当作了连环杀人就一肚子的火气。

这该死的韩磊！陆祯边心里暗骂着边走进办公室，低着头的他冷不丁后脑勺就被拍了一巴掌，直接把他给拍蒙了。

几秒后他缓过神来，一抬头正准备怒视拍他的人，结果就看到了同样瞪着他的龚局长。

"龚……"陆祯正想叫他，直接被打断了。

龚局长直接指着他的鼻子指责："陆祯，我这才去B市出差几天，你倒好，简宁被当作嫌疑人抓进来了！我把她安排给你当顾问，也不指望你能照顾好她，这下人都给送到别的警局去了！"

"龚局，简宁是被陷害的。"

"我能不知道她是被陷害的吗？你们现在锁定嫌疑人了吗？"

"锁定了，韩磊，职业是测谎师，之前是简宁的朋……"本来想说朋友的陆祯一想这种禽兽不如的东西怎么能算朋友，便改了口，"大学同学。"

"那证据呢？"

陆祯摇头："唯一的幸存者还在医院昏迷中，她的情况很不好。"

"确定的死者人数呢？"

"至少十一名女性了。"

"十一个人？"年轻时也办过不少大案子的龚局长也是一惊，惊讶于凶手的残忍和丧心病狂的程度，然而准确的人数他们还并不知道，或许远远不止这些。

龚局长表情沉重地拍了拍陆祯的肩膀："我知道了，你们继续挖证据，简宁那边我去沟通。"

别的警局所管辖的案子龚局长自然无权过多干涉，如今作为重大嫌疑人的简宁也不可能被他带回来，不过龚局长带来了那九名女死者的尸检报告，这对于刑侦队来说无疑是非常及时重要的信息。

九名女性的身份都已经被确定，都是年轻女性，年龄在二十到三十岁之间，其中竟然就有失踪了快两个月的网络红人顾漪晴。

第一名死者是在三个多月前被杀，舌头被割掉，第二名死者顾漪晴被拔光了所有的牙齿，第三名死者被割去了鼻子，第四名死者被割去了嘴唇，第五名死者被切掉了耳朵，第六名死者被切掉了乳房，第七名死者被割掉了手臂，第八名死者被切掉了乳房，第九名死者在一周前被杀害，并被割掉了所有脚趾。

陆祯理了一下时间，明白了："韩磊的第九个目标是顾婷，在她逃脱之后，他又找了新的目标。"

方易起身拿着纸走到陆祯旁边："队长，你看这几名死者的死亡日期，我查了一下，那几天简顾问可是在帮我们查案，整晚都在警局，怎么可能去杀人？"

这依旧没有为简宁摆脱嫌疑，陆祯摇了摇头："问题是金队长认为简宁并不是独自作案，而是有同伙，她是策划者，那个女人是执行者。"而现在他们连那个女人的身份都还没有确定，更不要说和韩磊之间的联系了。

一个多小时后，桑雨欣从医院打来了电话，告诉了他们一个好消息："队长，顾婷醒了！"

陆祯几人赶到医院的病房，金队长带着简宁来了这里，不过让陆祯没想到的是还有一个人，就是韩磊。

快一天没有见到简宁，陆祯发现她脸色有些苍白，心里是又心疼又自责："简宁，你怎么样？脸色怎么这么差。"

简宁扯了个笑容："没休息好而已。"

陆祯看着她的表情，拧了眉头，心里很是不安。

陆祯、简宁、金队长和韩磊四人进了病房，顾婷的脸上身上包着纱布，露出一双没有任何生气的眼睛。

"顾婷。"金队长轻轻叫了她一声，然而她一点反应都没有，直愣愣地看着前方。

金队长只好又叫了她两声，顾婷才微微偏头看向了他。

金队长指着简宁问她："顾婷，是这个女人把你绑架了吗？"

顾婷没有反应，没有点头也没有摇头，只是直愣愣地看着她。

金队长于是又问了一遍，顾婷仍旧没有反应。

就在这时，陆祯指向了韩磊："顾婷，是他绑架的你吗？"

顾婷顺着他手指指的方向看向了韩磊，几秒后，她摇了头。

陆祯不可置信地看着顾婷的动作，再度向她确认，然而顾婷还是继续摇头，就像是一个机器人，被操控着没有灵魂一般。

"怎么可能？！"陆祯看着顾婷又看向神态自若的韩磊，分明就是韩磊干的啊！

而就在这时，门外发生了状况，不知从哪儿得到消息的张昊冲了过来，他一下子撞开了门，在看到简宁后怒目圆睁，异常激动："简宁，你这个畜生！我要杀了你！"

简宁一愣，站起身转向门口的方向。

陆祯赶紧挡在简宁面前，拉住了她有些冰凉的手，所幸季浩然等人拦着，才没有让完全失去理智的张昊靠近简宁，但他还在哭骂着："你不得好死！不得好死！

"你这个变态！我要杀了你！"

每一句话每一个字都像刀一样扎进了简宁的心里，她突然开了口，声音中带着一种悲凉和痛苦。

"你的目的达到了。"她面向着韩磊笑了，带着泪水。

6. 终结

"什么？简宁你说什么？"病房外，陆祯不可置信地看着简宁。

简宁麻木地摇头："不用再查了，没用的，你查不出任何证据的。"

韩磊在一旁看着简宁的表情，嘴角扬起了一抹笑。

"简顾问，不管怎么说，我们肯定要继续查的。"

简宁似乎完全听不进去他们的话："金队长，我要去下洗手间。"

"嗯，我安排警员带你去。"

"小桑，能陪我去下吗？"

"好。"

一个男警员加上一个女警员带着她去了洗手间，男警员在门外守着，女警员陪着她进去，生怕简宁做手脚逃脱。

十分钟后，他们走了回来，陆祯看着他们又一次在他面前带走了简宁，只是这一次，简宁没有对他说"没事的"。

韩磊并没有离开："看来她已经后悔当初做的决定了，选择你终究是错误的。"

陆祯站在离他很近的地方，咬牙切齿地道："只要我还活着，韩磊！我就会亲手把你送进监狱的。"

韩磊露出一如既往的温润笑容："我等着。"

等韩磊离开后，桑雨欣从口袋里拿出一样东西交给陆祯："队长，这个你看看。"

被带回审讯室的简宁在又一次被审讯后提出要见陆祯。

"下午不是才见过吗？"

简宁却道："见了他之后，我什么都告诉你，不然我什么都不会说的。"

金队长考虑一下，答应了。

半个多小时后，陆祯到了，他单独进了审讯室，十五分钟后离开。

金队长紧接着进了审讯室："你的要求我们办到了，现在可以交代了吗？"

简宁面色平静地颔首道："给我纸笔，我会写下来。"

金队长还是照着她的要求让队员拿来了纸笔，随后简宁又表示要一个人在里面写。

"我看着你写。"

简宁坚持道："你会打扰到我。"

金队长心想要求真是多："我又不说话。"

"可你会呼吸。"

金队长被噎得没了声音，走出审讯室前对简宁厉声警告："你可别耍我。"

金队长到了隔壁的监控室看着，简宁的确拿起了笔在纸上开始写，他这时才确信简宁应该是真要招了。

他叹了口气："我原本以为有那么一点可能性她是无辜的，看来是想错了。"

正这么想时，他却看到了简宁做出了一个惊人的举动，她将手中的笔狠狠扎向了自己的脖颈。

简宁被马上送上救护车送到了最近的医院，万幸的是，她扎得并不深，没有生命危险。然而依旧让金队长惊出了一身冷汗，他根本没想到简宁会选择自杀。

接到电话的韩磊也到了医院："金斌，她怎么样了？"

金队长看向韩磊："没事了，她已经醒了。"

韩磊颔首道："我进去看看她，劝她认罪。"

"好。"

简宁躺在病床上，听到脚步声睁开了眼睛。

"你来了。"只靠着脚步声她就知道来的人是韩磊。

韩磊在病床旁的椅子上坐下，看着面色憔悴的她，轻笑："简宁，我之前就跟你说过，你承受不了的。"

简宁低着头，眼神空洞，脸上没有表情："我只是希望这一切都能结束，是你赢了。"

看着她的状态，韩磊摇了摇头："你还是后悔了吧，我们本可以双赢的。"

"我不后悔，和一个连环杀人狂在一起才是生不如死。"

韩磊："希望到最后你都能这么说。"

"我不能阻止你，但总有人能阻止你。"

韩磊只是轻笑，并不以为然。

两人沉默了一会儿，简宁突然问了一个问题："大学时你曾经跟我说过，你母亲也是盲人，这是真话吗？"

韩磊看向窗外："是真话，我和你说的很多都是真话，特别是大学的时候，我现在倒是特别怀念大学。"

"怀念你第一次杀人的感觉吗？"

韩磊的视线移向简宁的脸上，声音冰冷地道："她是自杀的。"

"周佳？"

韩磊摇了摇头："不，并不是她，霍思娜，一个自闭症女孩。"他记得很清楚，那个有些特别的女孩。

又是自杀，简宁扯了下嘴角："你不喜欢亲自动手，对吗？"

"因为这样就失去了一定的乐趣，看着她们求死很有趣，就像现在的你一样。"

"你可以现在杀了我或者让我自杀，成为第十……三个……"简宁不是很确定地说出了这个数字。

韩磊倾身将简宁身上的被子盖好，他俯身看着她，缓缓道："是第十六个，我记得十六是你的学号。"

病房外传来了敲门声，金队长打开了门，走了进来。

"陆队长来了啊。"

韩磊站直了身体，看向他们。

陆祯急匆匆地走到病床旁，一把抓住简宁的肩膀，凑过去查看她的脖子，包着纱布，他看不清伤口何如，心里更急了："简宁，伤得重不重啊？你不会对自己下狠手了吧！"

简宁摇摇头："没事，我有分寸，出了一点血，就是有点痛。"

虽然看上去简宁脸色还不算差，但陆祯还是觉得危险："你说你扎什么脖子，你扎手指啊！"

简宁顿时无语了："又不是验血，你自杀扎手指吗？"

金队长听着他们的对话，一头雾水："这是怎么回事？"

"陆祯，给金队长听听吧。"

　　陆祯总算是松开了简宁，从口袋里拿出手机，按了几下，里面便出现了简宁和韩磊的声音，完完整整地记录下了他们刚才的对话，一字不差。

　　韩磊自始至终都没有怀疑过简宁的自杀是假的，他万万没有想到自己居然会被他们设计了。

　　"原来如此，简宁，我居然没想到你在演戏。"

　　简宁的脸上丝毫没有了刚才的悲伤绝望："韩磊，我知道查线索是没有用的，因为你太谨慎了。顾婷的精神完全被你摧毁了，她又没办法指认你，所以我要让你看着我认输痛苦，这当然不够，只有你看到我自杀了，你才会真的相信我彻底绝望，对于一个没有威胁的人，你才会放松警惕。"

　　金队长是真的从没怀疑过韩磊："是你！"他还一直在案件上寻求韩磊的帮助，却没想到韩磊竟然就是自己要抓的凶手。

　　"我早就说了是他了！"陆祯愤然地说着，拿出手铐过去直接将韩磊的双手拷上，语气凶狠狠的，"韩磊，我说过，我总会亲手抓到你的！"

　　韩磊却笑了，依旧高傲地看着他们："可你们只找到了九具尸体。"

　　简宁也跟着笑了，恢复了以往的笃定自信："其他的尸体被你埋在哪儿刚才你已经告诉我了。"

　　"什么？"韩磊的脸上终于出现了一丝慌张。

　　"在我们大学的旧址。"简宁说完反问他，"不是吗？"

　　当天，就如何简宁所推测的那样，他们在天易大学的旧校区附近挖出了另外六具女性尸体。

　　这一系列的连环杀人案由于归金队长他们查办，陆祯在协助他们后便不参与后续的工作，他也乐于此，反正韩磊的罪行已经被揭露，已经很久没有休息的陆祯希望好好和简宁出去约会。

陆祯心里是挺崩溃的，人家情侣确定了关系后都出去逛街约会，他们倒好，一个忙着破案，一个都被陷害到进了审讯室。

从金队长那里出来，陆祯去了医院接简宁出院。

"你伤口还疼吗？"

简宁摇头道："不疼了。"

"会留疤吗？"他有些担心。

简宁一挑眉："你嫌弃吗？"

陆祯立马举起右手，毫不犹豫道："不嫌弃！"

"那个女人的身份韩磊交代了吗？"简宁对此非常关心。

陆祯撇撇嘴，还是说了："已经交代了，是他在国外认识的一个女人，叫温雅，算是他的一个病人，之前出了车祸，毁了容，他是她的心理医生，后来就让她整成了你的模样，不过……"陆祯的语气立马变了，"见到我第一句话就问这个啊？"

简宁觉得莫名："那我问什么？"

"这么久没见了……"陆祯的语气中还带了点委屈。

简宁直接拆穿他："昨天才刚见过。"

"昨天还有金队长和那个杀人犯在。"杀人犯指的就是韩磊，"案子已经全部归金队长他们来查了，反正今天不许提案子。"

"我要是提了呢？"

陆祯牵着她的手往病房外面走："提一下我就亲你一下。"

两人上了车，陆祯起身身体探向简宁。

简宁感觉到了陆祯的靠近，便问："你干吗？"

"帮你系安全带啊。"陆祯语气无辜，拉过安全带帮简宁系好，却没有坐回驾驶座上，俯身快速地在简宁的嘴唇上亲了一下。

简宁愣了一下："我没提案子啊？"

　　"是啊，可我想亲你啊。"陆祯说完又亲了一下，嘴角扬起，带着一丝痞笑，"有意见吗？我的嫌疑人。"

　　简宁轻笑，漆黑的双眸染上了笑意："没意见，警察先生。"

扫一扫看更多图书番外，作者专访